19-12-09

La conspiración de las lectoras

José Antonio Marina
María Teresa Rodríguez de Castro

La conspiración de las lectoras

EDITORIAL ANAGRAMA
BARCELONA

Diseño de la colección: Julio Vivas y Estudio A
Ilustración: cartel © Vicente Vila, «Willa»

Primera edición: diciembre 2009

ISBN: 978-84-339-0792-9
Depósito Legal: B. 39777-2009

Printed in Spain

Liberdúplex, S. L. U., ctra. BV 2249, km 7,4 - Polígono Torrentfondo
08791 Sant Llorenç d'Hortons

A María

J. A. M.

A mis padres, Jacobo y María Teresa,
y a mi tía Carmen (Nena).
A mi familia

Me gustaría agradecer a Marisa Mediavilla, directora de la Biblioteca de Mujeres; a Pilar Piñón, directora del Instituto Internacional, y a Tracy Eubank, antigua alumna del Smith College, la ayuda que han prestado.

M. T. R. de C.

Cada generación, provista de los conocimientos de las anteriores, podrá prolongar constantemente una educación que desarrolle todas las facultades del hombre, y de esa manera conducir a la especie humana hacia su destino. Entonces, imperará la justicia, y la equidad, no por obra de la autoridad pública, sino en virtud de la propia conciencia de los ciudadanos.

INMANUEL KANT

A estas alturas de mi vida, no sé si mi admirado Kant fue un ilustrado o un iluso.

DON NEPOMUCENO CARLOS DE CÁRDENAS,
comentando las guerras napoleónicas

INTRODUCCIÓN

JOSÉ ANTONIO MARINA: Entre las variadas figuras en que se encarna la racionalidad, en las que se hace real e impura la razón pura –como son el científico, el jurista, el filósofo, el hombre de negocios, el ingeniero, el médico–, siempre me ha atraído una, sin duda menor, pero que para mí está aureolada de un prestigio aventurero, literario y cinematográfico. Me refiero al detective, que ejerce una racionalidad práctica y emocionante. Detecta enigmas, husmea, busca información, induce, deduce, seduce y a veces hasta adivina, como señaló el gran lógico Peirce, que elaboró para explicarlo una teoría sobre la abducción.[1] Tengo mis modelos: Sherlock Holmes, Nero Wolfe, Maigret, la señorita Marple, Aristóteles y el abate Mersenne, cuya historia contaré alguna vez, que en pleno siglo XVII desde su celda parisina mantuvo una secreta red de corresponsales científicos en toda Europa. Para imitarlos he creado mi propia agencia de detectives –Mermelada & White–,[2] que no investiga crímenes sino asuntos políticos, filosóficos o culturales relevantes para mis clientes o para mí. Reconozco que es una forma ingenua de satisfacer una ensoñación infantil o adolescente: ser un detective o, al menos, escribir novelas policíacas, y, a ser posible, por entregas. Al final, he descubierto la cuadratura del círculo: escribir novelas de detectives de las cuales soy yo el protagonista. Ya les había advertido de la ingenuidad de mi solución.

Nuestra especialidad son los casos olvidados o desapercibidos o archicomplejos, en especial aquellos que, por moverse en terrenos poco definidos y exigir saberes múltiples, quedan descuidados por la investigación académica. Por ejemplo, nos interesa adivinar tendencias, descubrir los sistemas ocultos que determinan la realidad vivida, explicar la aparición de movimientos sociales o la tiránica vigencia de las modas. En suma, revelar la categoría en el corazón de la anécdota. Somos una mezcla de *cool-hunters* y de arqueólogos. Este libro es la narración de uno de esos casos o, mejor dicho, de la investigación de uno de esos casos. No sospechaba que iba a ser tan interesante ni tan triste. Como suele ocurrir en las novelas policíacas, no es una historia lineal, porque los detectives nos guiamos a veces por corazonadas, y ya se sabe que las razones del corazón a veces son muy poco razonables, por ello seguimos con frecuencia pistas equivocadas o dejamos de lado las verdaderamente relevantes. Pero así es este oficio y, si me apuran, así es la vida.

Este caso comenzó con un comentario que me hizo Carmen Martín Gaite una tarde que conversábamos en mi jardín. Carmiña era una estupenda conversadora, capaz de convertir cualquier cosa en una aventura excitante. Recuerdo el divertido pasmo con que le oí contar sus peripecias en un gélido Archivo de Simancas, mientras buscaba documentación para su libro sobre Macanaz. Hasta tal punto me interesó la historia, que la animé a escribir un relato y titularlo: «El rastro del muerto». Había, sobre todo, un misterioso «asunto del chocolate», que ese personaje citaba varias veces en su copioso epistolario, y que tenía en la narración de Carmen un aura tragicómica intrigante. Durante la conversación en el jardín a la que me refiero, me contó que andaba buscando documentación sobre Elena Fortún, la autora de los cuentos de Celia y Cuchifritín, y que en uno de sus libros, *Celia, lo que dice*,[3] el primero de la exitosa serie, había encontrado una palabra que le había intrigado: «Lyceum». La madre de Celia quedaba frecuentemente a tomar el té con sus «amigas del Lyceum». Carmen había descubierto que se trataba de un interesante grupo de mujeres, de todas las tendencias políticas, que había fundado en Madrid una asociación cultural relacionada con una red internacional de Lyceums. Pronunció un par de conferencias sobre este asunto,[4] pero murió sin tener tiempo de seguir la pista con la tenacidad con que acostumbraba.

Mi curiosidad aumentó porque en la autobiografía de María Teresa León, mujer de Rafael Alberti (o mejor dicho, para adecuar el estilo al tema, mujer de la que Alberti era marido), leí: «En los salones de la Calle de las Infantas se conspiraba entre conferencias y tazas de té.» Y añadía: «El Lyceum club no era una reunión de mujeres de abanico y baile. Se habían propuesto adelantar el reloj de España.»[5] El asunto no podía ser más interesante: *una conspiración femenina para adelantar el reloj de España.*

Elena Fortún y María Teresa León pertenecían a ese misterioso club. Su presidenta y fundadora fue una mujer por la que siento gran admiración, María de Maeztu. Directora de la Residencia de Señoritas –el análogo femenino de la famosa Residencia de Estudiantes–, miembro de la Junta de Ampliación de Estudios, doctorada en Estados Unidos, es una figura que concentra las contradicciones de la difícil hora española que le tocó vivir. Se había convertido en el centro de una red social tupida, culta y variada. Mantenía, por ejemplo, una estrecha relación con el Instituto Internacional, una institución educativa fundada por un matrimonio americano que vino a España para predicar el protestantismo pero acabó dedicándose a fomentar la educación de la mujer. De María conservamos el retrato que escribió Carmen de Zulueta, otra protagonista de esta investigación:

> Cuando nos cruzábamos en algún pasillo, me daba un golpecito afectuoso en la cabeza y seguía corriendo. María aprovechaba cada minuto del día, parecía haberse contagiado de las americanas vecinas del Internacional, con el lema *«time is gold»*. Iba siempre a gran velocidad, con un sombrerito en su cabeza rubia que se decía que era peluca, y un abrigo de petitgris, una piel de ardilla, entonces de moda.[6]

Lo llevaba en la nuca, y Carlos Morla comenta de él en sus memorias: «Diríase que se le va a caer o que ya se le ha caído.»[7] Este sombrero –siempre el mismo– resultaría ser algo tan característico de María de Maeztu que hasta Federico García Lorca dedicaría una canción con acompañamiento de guitarra al «sombrerito de María», que dio lugar a anécdotas curiosas.[8] Gloria Giner, mujer de Fernando de los Ríos, ex ministro de Justicia, tuvo que conseguir un salvoconducto para que su amiga pudiera utilizarlo en el Madrid de principios de la guerra civil porque se consideraba que llevarlo era un capricho burgués, como usar corbata o zapatos de tacón.[9]

María nos explica la razón de su actividad: «No me basta con *ser*, tengo que *hacer*.» Todo ser humano, inevitablemente creador, debe en realidad decir lo mismo: «Ante mí surgen un cúmulo de empresas, un cúmulo de proyectos que he de realizar. No puedo quedar pasivo ante el mundo, ante sus desfallecimientos y fracasos. No puedo contemplar impávido el drama del dolor humano que es el vivir. No puedo permanecer indiferente ante los niños abandonados, ante las mujeres que sufren. No puedo elegir entre la acción y la contemplación.»[10] La comprendo muy bien.

María de Maeztu encarna una de las ideas básicas del Lyceum, que era compartida por la ciudadanía más reflexiva y consciente del momento: lo que voy a llamar la «utopía educativa». «Hoy más que nunca se le pide a la educación que realice el milagro de convertir lo imposible en posible», escribió.[11] Desde finales del XIX, en España las esperanzas de regeneración política se cifraban en la escuela. De hecho, una parte de nuestra historia puede explicarse como un enfrentamiento entre dos paradigmas: «Sólo la educación puede cambiar una situación injusta» y «Sólo la fuerza puede cambiar una situación injusta».

Pensé que la historia de un grupo de mujeres brillantes, en un ambiente intelectual también brillante, viviendo un momento trágico de la historia de España, creyentes en esa utopía que también me enardece, era un asunto digno de ser investigado, pero lo olvidé. Hay demasiados temas atractivos, que están por ello sometidos a una especie de darwinismo mental, a una inclemente lucha por la vida, en la que unos perecen y otros sobreviven y acaban convirtiéndose en libros. Pero, como los rockeros, los buenos asuntos nunca mueren, o si mueren les llega el turno de resucitar. Eso ha ocurrido con el Lyceum, por razones que detallaré en el capítulo siguiente, donde comienza la narración del caso.

I. EL RETORNO DE UN CASO OLVIDADO

En los últimos años me ha interesado cada vez más estudiar la «inteligencia social», es decir, los fenómenos que surgen de la interacción entre inteligencias individuales, y que pueden ser emergentes o submergentes, producir formas de convivencia nobles o encanalladas, claras o confusas, ascendentes o degradantes. Y esto ocurre a todos los niveles de convivencia –en las parejas, las empresas, o las naciones–, lo que me lleva del entusiasmo a la angustia, en una suerte de ciclotimia filosófica, ya que la inteligencia social me parece simultáneamente la gran esperanza de la humanidad y el gran peligro de la humanidad.[12] Ella se encarga de elaborar las normas morales, los códigos jurídicos y las vigencias culturales, y, por ello, la calidad de nuestra vida depende de la calidad de esa inteligencia. Tal vez les extrañe que apele a una inteligencia social en vez de confiar en la inteligencia individual, pero lo hago por buenas razones. La inteligencia aislada no basta para acceder al campo de los valores comunitarios, es decir, para crear formas de vida que se puedan compartir. Como señaló Antonio Machado, en la soledad se ven cosas muy claras que no son verdad. La racionalidad individual puede justificar perfectamente el egoísmo más desmesurado. Ya decía el perspicaz Hume que era absolutamente racional que me importara más el dolor de una muela que el bienestar de la humanidad. Es verdad que algunas personalidades descomunales –como Moisés, Buda, Jesús de Nazaret o Mahoma– han provocado verdaderos terremotos culturales, pero ha sido gracias a su capacidad para cambiar el modo de pensar de grandes comunidades, que con minuciosidad de tejedores constantes ampliaron, enriquecieron o malversaron su huella. Así pues, a pesar de estas excepciones magníficas, podemos decir que las normas justas proceden de la racionalidad social, mancomunada, compartida, que autocorrige los egoísmos, que busca evidencias comunes, que amplía las imágenes privadas del mundo, y corrobora sus logros por la experiencia. Y que es de la irracionalidad social de donde proceden los movimientos destructivos, porque, prolongando la afirmación de Machado, «también en comunidad puedo ver cosas muy claras que no son verdad». Puede haber unanimidades perversas.

A esta digresión biográfica añadiré otra bibliográfica. Friedrich Hayek, un filósofo que ganó el Premio Nobel de Economía, sostuvo, en la línea de Mandeville y Adam Smith, que la razón compartida, en su evolución espontánea, es más poderosa que la razón individual. Era demasiado confiado y no se le ocurrió pensar que también podía ser más destructiva.[13] Otro filósofo, Daniel Dennett, señala que no se puede confiar en una «racionalidad del grupo», añadiendo algo muy interesante para mi planteamiento: «La racionalidad del grupo, o cooperación, ha de ser alcanzada, y ésta es una gran tarea de diseño.»[14] O, para ser más exactos, de educación. Ortega, que también hablaba de la evolución espontánea de la sociedad, como Hayek, creía sin embargo que esa función educativa debía ser llevada a cabo por una minoría y que «la acción recíproca entre masa y minoría selecta es, a mi juicio, el hecho básico de toda sociedad y el agente de su evolución hacia el bien como hacia el mal».[15] Para él, la masificación era la gran amenaza.

La inteligencia social de la que dependemos todos depende a su vez de dos factores: la calidad de las personas que intervienen y la calidad de las interacciones que se dan entre ellas. Un ejemplo nos lo hará ver con claridad. La democracia es un sistema para institucionalizar la inteligencia social, el mejor que se nos ha ocurrido hasta ahora, pero cuya eficacia depende de las virtudes cívicas de los participantes y del modo en que las ejerzan. Una ciudadanía dividida por el odio –da igual el que sea: de clase, raza, religión, cultura–, incapaz de encontrar un lenguaje común con el que hablar sobre las diferencias o una ciudadanía desidiosa o dogmática que se niega a analizar críticamente los sucesos, puede deteriorar tanto un sistema democrático que acabe por aniquilarlo. (Al revisar el libro antes de enviarlo a la imprenta, compruebo que ésta es una de las historias que hemos contado: el odio social como culminación de la estupidez.)

La inteligencia social –al igual que la inteligencia individual– triunfa o fracasa. Vivimos por ello en permanente situación de riesgo. Descubrir los mecanismos de esos fracasos y la manera de evitarlos me parece la más urgente tarea del pensamiento político, filosófico y ético. La única que se puede hacer después de Auschwitz, Camboya, Vietnam, Ruanda, la ex Yugoslavia, y otras monstruosidades históricas. O de la guerra civil española y sus secuelas, sin ir más lejos. Ya no estoy hablando de ciencia. Estoy hablando de supervivencia, porque cada vez que la inteligencia social fracasa, aparece el horror. De repente, una sociedad puede sufrir un colapso ético, y sus sistemas de convivencia se desploman. La historia nos proporciona frecuentes y terribles ejemplos. Éste es el asunto que estudio con creciente inquietud, y con la megalómana pretensión de encontrar un antídoto. Pero, antes de atreverme a hacer una teoría sobre un tema tan complejo, me parece imprescindible estudiar diferentes casos reales, y a eso he dedicado mis últimos libros.[16] Compruebo una y otra vez que hay un progreso ético de la humanidad, pero que es angustiosamente precario. Las ideas justas se van imponiendo, a pesar de los obstáculos y los intereses opuestos, como si la teleología de la inteligencia social acabara, tras múltiples rodeos, por someterse a la *satyagraha,* al poder de la verdad y de la bondad, según decía Gandhi. Pero nada nos garantiza que eso vaya a suceder siempre. ¿Qué ocurriría si la inteligencia social se encanallase definitivamente, si perdiera su sensibilidad moral, su espíritu de progreso y de compasión? Mi interés por la educación deriva de esta interrogante. Es absolutamente necesario proteger la inteligencia social, tan vulnerable, tan voluble, tan definitiva. Por eso, ya no pido a mis lectores que piensen sólo, les pido que actúen.

Tenemos que aprender de la historia. Hay muchos casos de progreso ético, desde la abolición de la esclavitud, al establecimiento de sistemas democráticos, que son el nervio de nuestra esperanza. El libro de primeros auxilios donde deberíamos buscar la salvación. Entre ellos destaca por su claridad el reconocimiento de la igualdad jurídica, política, social y económica de la mujer. Ha sido una revolución cultural que se ha impuesto pacíficamente, y eso la hace especialmente interesante para mi propósito. Tras estudiarla como un extendido fenómeno histórico –aunque, por desgracia, no universal–, se me ocurrió hacer un zoom sobre el caso español, que tiene características muy peculiares: se inició con un gran retraso, experimentó un avance rápido –durante la República–, un retroceso –en la época franquista–, y un progreso, espero que definitivo, al llegar la democracia.[17] Al engolfarme en esta investigación, volví a acordarme de las mujeres del Lyceum. En ocasiones, y ésa fue una de ellas, parece que se da una rara conjunción de personalidades y de talentos que aceleran la historia. Por lo que sé, alrededor de los años veinte alcanzó su madurez la generación tal vez más brillante de mujeres españolas de toda la historia. Tenía razón María Teresa León: ellas aceleraron la hora de España. Y lo pagaron.

A su triste sino hemos añadido la injusticia de la amnesia. Las hemos olvidado antes de conocerlas del todo. Es terrible la frecuencia con que ignoramos hasta el nombre de las personas que hicieron reales los sueños que vivimos ahora. Sembraron en el viento de la historia, y el viento se las llevó.

Sus semillas germinaron en el vendaval, pero dejándonos con el alma en vilo por no saber si alguna vez conseguirían el reposo necesario para enraizar. Pero, si mi hipótesis es acertada, todo lo valioso será recuperado si la inteligencia social encuentra de nuevo su camino. El conocimiento de la historia se parece por ello a la tarea de los botánicos que buscan semillas de especies desaparecidas para hacerlas brotar de nuevo. Nietzsche, en un momento de gran lucidez, dijo que cada cual debía elegir su genealogía, es decir, qué vida del pasado va a continuar.

Recuperar la memoria es una doble muestra de inteligencia y justicia –que en el fondo son la misma cosa–. En el periodo a que me refiero, las mujeres se esforzaron en hacerse social y políticamente visibles. Fueron años de exaltación y esperanzas, en que se comenzó a desmontar la «mitología femenina» acuñada por el sistema patriarcal apuntalado por el sistema religioso. Era una mitología contradictoria en apariencia, que glorificaba y a la vez despreciaba a la mujer. Se trataba, por supuesto, de una glorificación envenenada, de un elogio mortal, porque defendía que la mujer era intelectualmente inferior al hombre, pero espiritualmente superior por la maternidad y por su función educativa, y que esto era lo importante. Ambas cosas, su miseria y su grandeza, su minusvalía y su plusvalía, la recluían en el hogar, donde debía estar bajo la tutela del padre, de los hermanos o del marido, a salvo de la podredumbre del mundo. En 1921, Carmen de Burgos, «Colombine», una tenaz agitadora social, escribió una novelita titulada *El artículo 438.*[18] Colombine fue una de las primeras feministas españolas y la primera corresponsal de guerra, amante durante veinte años de Ramón Gómez de la Serna, que la describía así:

> Carmen es bella, con la recia y apretada belleza que se sostiene en la madurez. Es recia y alta, muy alta, y eso salva y acaba de hacer indiscutible su figura. Ella se emboza en su altura y eso hace que le caigan bien todas las proporciones. Su opulencia está tan llena de espíritu y de buena voluntad cotidiana, que eso la aligera.[19]

Esta historia de amor terminó mal, porque Ramón acabó teniendo relaciones amorosas con la hija de su amante, al parecer casi tan breves como una greguería, pero lo suficientemente largas como para decepcionar a Colombine. Volviendo a la novela, el artículo 438 del Código Penal de 1870, que daba pie a un drama de injusticias y costumbres, decía así:

> El marido que sorprendiendo en adulterio a su mujer matase en el acto a ésta o al adúltero o les causara alguna de las lesiones graves, será castigado con destierro. Si les causara daños de segunda clase, quedará libre de pena.

El destierro era a una distancia mínima de veinticinco kilómetros y durante un periodo que podía variar de seis meses y un día a seis años. En cambio, los crímenes pasionales que producían la muerte del marido se consideraban parricidio y estaban penados con cadena perpetua. La mujer podía ir a la cárcel si cometía adulterio, pero la infidelidad de un marido no era adulterio, a no ser que llevara a su concubina al hogar conyugal o produjera escándalo público. El artículo 438 desapareció de la legislación tras la aprobación del Código Penal de 1932, aunque al finalizar la guerra civil, cuando se derogó el Código republicano y se volvió al Código de 1870, se recuperó el «uxoricidio por honor». La discriminación legal era tremenda. La mujer podía ir a la cárcel si desobedecía o insultaba de palabra a su esposo. Éste es el ambiente jurídico en que se fraguaron los movimientos feministas. El Código Civil de 1889 colocaba a la mujer casada en una situación insostenible, denunciada en la *Cartas a las mujeres de España* de Gregorio Martínez Sierra: «Las leyes reconocen que la mujer es igual al hombre cuando se trata de deberes y castigos. Cuando se trata de derechos, no. Una mujer, si roba, va a la cárcel; si mata, al patíbulo; si posee una propiedad o abre una tienda, paga contribución; pero si está casada, el marido administra su propiedad, decide el lugar de residencia, ejerce con autoridad indiscutida la Patria Potestad, es decir, el dominio sobre los hijos. Esto sería lógico si, en el caso de que la mujer cometiese un crimen, el marido fuese a la horca por ella, ¿no les parece a ustedes?»[20]

Todos los movimientos sociales responden a una necesidad sentida por mucha gente, pero esta necesidad común resulta estéril si no cristaliza en alguna forma de organización que unifique energías dispersas. En el caso del movimiento por la igualdad de la mujer, esa función la cumplieron en España muchas organizaciones de distintas procedencias ideológicas.[21] Todas tenían que luchar contra prejuicios de añejas y resistentes raíces. Ya se sabe que el prejuicio es el error que se convierte en costumbre. La historia de la misoginia está nutrida de disparates. En 1786, la muy ilustrada y progresista Real Sociedad Económica Matritense de Amigos del País había organizado un debate sobre la conveniencia de que las mujeres estuviesen presentes en las instituciones públicas. Cabarrús expuso una opinión muy extendida, aún vigente en la época que estoy contando: «Las mujeres no pueden ejercer ninguna influencia sobre el gobierno, sino sobre el carácter y las costumbres de una nación. No deben tomar parte en la administración pública. Sólo de un modo indirecto pueden influir sobre los gobiernos. Ellas forman, para la patria, ciudadanos virtuosos. La naturaleza ha distribuido los papeles con sabiduría e igualdad. Dejadnos a nosotros las inquietudes y las fatigas del exterior; reinad dulcemente en el interior de los hogares.»[22] Siglo y medio después, hay un nuevo debate sobre la condición intelectual de la mujer. Un médico respetado, Novoa Santos, reconocía que hay mujeres excepcionales por su inteligencia, pero que representan «algo monstruoso, poseedor de caracteres secundarios de tipo masculino».[23] Las cosas, en vez de mejorar, habían ido a peor.

Las actitudes misóginas han tenido una larga historia en todo el mundo. En 1900, el *New York Medical Journal* afirmaba que las mujeres universitarias y las que ostentaban algún cargo político estaban «poseídas por ideas masculinas de independencia, eran antisociales, pervertidas sexuales y, consecuentemente, unas degeneradas». En 1903, se publicó en España la traducción del libro del neuropatólogo de Leipzig Paul Julius Moebius titulado *La inferioridad mental de la mujer*. Por razones que no acierto a comprender, fue traducido al castellano por Colombine, una de las primeras feministas de nuestro país.[24]

Entre todos los movimientos feministas, las conspiradoras del Lyceum resultan un grupo muy atractivo, formado por mujeres brillantes y rompedoras que, además, vivieron una especie de parábola histórica. Procedentes de ambientes ideológicos muy diversos, se reunieron durante años en un ambiente de concordia que se mantiene a pesar de que la sociedad española se enfrenta, y acaban dispersándose con la llegada de la guerra. Creen que la educación y la cultura pueden resolver los conflictos sociales. Son historias que se unen y se separan. Hilos vitales de procedencia dispersa que se cruzan para tejer un efímero tapiz y se vuelven a separar impulsados por las circunstancias. ¿Quiénes eran, de dónde venían, por qué se unieron, por qué se separaron, qué fue de ellas? Tal vez con los resultados de este estudio valiera la pena escribir un libro que recuperara nombres injustamente olvidados. Como he dicho muchas veces, la mejor manera de enterarse de un asunto no es leer un libro, sino escribirlo.

Tenía una noticia más del Lyceum: la divertida anécdota que Rafael Alberti cuenta en *La arboleda perdida*. La junta directiva del club le invitó a dar una conferencia en el mismo. El día anunciado, el poeta se presentó en el salón con una paloma enjaulada en la mano, un galápago en la otra, y vestido con una levita inmensa, desproporcionada, pantalón de fuelle, cuello ancho de pajarita y un pequeñísimo sombrero hongo en la punta de la cabeza. La conferencia fue al principio una muestra de humor absurdo. Recitó un poema titulado «La estulticia», en la vena ripiosa cultivada a ratos por el poeta, y que sin duda no era digno de figurar en las *Mil mejores poesías* de ninguna lengua:

Yo digo: ¡Viva la estulticia!
Yo, en mi anhelo de conocer
hombres y libros, llegué a ver
que el saber todo lo desquicia.
Ni aun hallaréis vuestra leticia
en el amor de la mujer,
cenizas hoy, brasas ayer.
Yo digo: ¡Viva la estulticia!

Los asistentes se rieron, pero Alberti, tal vez animado por las risas, se dedicó a criticar a conocidos escritores –Ramón Pérez de Ayala, Juan Ramón Jiménez, Ortega, D'Ors, Martínez Sierra, Valle-Inclán–, lo que produjo la indignación de muchas de las espectadoras (entre las que se encontraban las mujeres de algunos de los mencionados), y el aplauso de algunas vanguardistas, como Ernestina de Champourcin, Concha Méndez –amante sufridora de Luis Buñuel– y Maruja Mallo.[25]

En resumen: el olvidado Lyceum continúa pareciéndome un interesante caso para investigar, por su densidad histórica, por sus fines, por la cantidad de personajes conocidos que tuvieron relación con él y relación entre ellos, porque casi todo el mundo de la intelectualidad del momento pasó por allí, por su diversidad, por su delimitación en el tiempo, y también, y no en último lugar, por cómo Carmen Martín Gaite me había hablado de él. Funcionó durante diez años cruciales en la historia de España: desde 1926 a 1936. Es decir, conoció el momento triunfante de la dictadura de Primo de Rivera, su fracaso, el advenimiento de la República, sus avatares y el comienzo de la guerra civil. Razones suficientes para despertar mi interés histórico, social y narrativo. Además, puede servirme de ejemplo para el estudio de los mecanismos de la inteligencia social y de cómo resolvió un problema concreto: la situación de la mujer española. Mi único problema es que sé muy poco sobre esas mujeres. Por eso, llamo a María Teresa, una de las colaboradoras de la agencia y le hago un encargo: «Tenemos que averiguar todo lo que podamos sobre esa conspiración de lectoras.» No le doy más explicaciones, porque no me gusta que mis ayudantes se apresten a encontrar lo que me gustaría que encontrasen. Mi viejo amigo Freud me previno contra ello: «Las personas», dijo, «están tan deseosas de complacer, que mis pacientes tienen sueños freudianos, y los pacientes de Jung, sueños jungnianos.» La maquinaria investigadora se pone en marcha sin tener un rumbo claro, y los resultados han sido todavía más interesantes de lo que esperaba.

II. PRIMER INFORME DE MARÍA TERESA

MARÍA TERESA RODRÍGUEZ DE CASTRO: En Mermelada & White nunca sabemos lo que vamos a investigar. Los casos se presentan de improviso, según los clientes o el arbitrio del jefe lo determinan. Lo mismo sucedía a los clásicos de la agencia, los detectives a los que debemos imitar. En esta ocasión tenía que averiguar lo que se traía entre manos un grupo de mujeres cuyas reuniones en la Casa de las Siete Chimeneas causaron al parecer un enorme revuelo en el Madrid de la década de los veinte del pasado siglo. La verdad es que no sabía por dónde empezar, así que, siguiendo el ejemplo de Maigret, me dediqué a pasear por el escenario del caso, es decir, por la escasa y dispersa bibliografía con que contaba. El jefe suele repetir –y creo que lo dice en serio– que nuestro cerebro es más inteligente que nosotros, y que lo único que debemos hacer es mantenerlo activo, proporcionarle muchísima información, y dejarlo trabajar en paz. Él –el cerebro, no el jefe– se encargará de seleccionar y relacionar las cosas con una pericia desconcertante, y acabará proponiéndonos ocurrencias adecuadas. Lo dice con tanta convicción que nos ha convencido.

Comencé recogiendo información sobre los orígenes del Lyceum Club Femenino de Madrid.[26] La Asamblea Constituyente se celebró en abril de 1926, en la Sala de Juntas del número 8 de la calle Miguel Ángel, en Madrid, uno de los locales de la Residencia de Señoritas, que dirigía María de Maeztu. Ciento quince socias, que en adelante se conocerán como «las fundadoras», aprobaron los estatutos del club, copiando literalmente los del primer Lyceum que se creó, el de Londres, cuya fundación, en el año 1904, ha sido narrada por Constance Smedley-Armfield en su libro *Crusaders: The Reminiscences of Constance Smedley*. Este primer Lyceum fue presidido por Lady Frances Balfour, hija del duque y la duquesa de Argyll, y cuñada del primer ministro británico Arthur Balfour, mujer de ideas sufragistas y estupenda oradora, que desempeñaría su puesto durante quince años.[27] El club, inaugurado en 1904, tendría su sede en el número 128 de Piccadilly. Pronto aparecieron otros Lyceums por toda Europa: Berlín, París, Bruselas, Roma, Ámsterdam... y Madrid. Como dice uno de los autores que los ha estudiado, fueron entre otras cosas un «grupo de presión» para mejorar la situación jurídica de la mujer.[28]

En 1926, España vivía la dictadura de Primo de Rivera, un periodo de estabilidad y prosperidad engañosas porque estaban fuera de la ley, y esto hace precario cualquier logro. El Rey había aceptado suspender la Constitución y entregado el poder a un general populista, al que consideraba su Mussolini particular. Este anómalo gobierno duró seis años, cosa que resultaba insólita en la taquicárdica vida política española. Los muy viejos mencionaban lo que en su tiempo se llamó el «Parlamento largo», aquellas Cortes de 1886, que duraron, con un gobierno de don Práxedes Mateo Sagasta, hasta 1890, es decir, cuatro años. Primo de Rivera terminó la guerra de África, una estupidez derivada de un delirio de grandeza, y estaba consiguiendo mejorar la situación económica gracias a buenos técnicos como José Calvo Sotelo, ministro de Hacienda, y el conde de Guadalhorce, ministro de Fomento. (Me dice JAM que Carmen Martín Gaite escribió por encargo una biografía de este personaje, que le fascinó. De repente he sentido que el mundo es un pañuelo.) No soy historiadora, pero me atrevo a decir que Primo de Rivera era un ingenioso metido a político: escribía innumerables notas en los periódicos sobre los asuntos más inverosímiles –como explicar que no había roto con su novia o que no mantenía ninguna relación amorosa con una famosa cantante–, y lo hacía con cierta gracia. Llamó a Valle-Inclán «eximio escritor y extravagante ciudadano», expresión sin duda excelente, propuso a los españoles un plan dietético, y explicaba nuestra situación política en Marruecos con una lógica de mesa camilla. España era como un viudo que hubiera perdido a una mujer rica y bella (Cuba) y se hubiera casado con otra pobre e inaguantable (Marruecos) y, además, este segundo matrimonio le hubiera sido impuesto por los amantes de esta última (Francia e Inglaterra).[29] Lo cierto es que gobernaba a golpe de ocurrencias y una de ellas fue conceder el voto a la mujer, con dos excepciones: no podían votar las mujeres casadas ni las dueñas o pupilas de casas de mal vivir (Decreto de 12 de abril de 1924). La razón que dio para no conceder el voto a las mujeres casadas fue que quería evitar que en el matrimonio surgiesen disputas entre los esposos por causa de la política. Nunca se llegaron a celebrar elecciones en que pudieran participar las mujeres, pero el dictador eligió a trece, de todos los sectores ideológicos, para pertenecer a la Asamblea Nacional, abierta el 11 de octubre de 1927 con carácter consultivo. Entre ellas, María de Maeztu.

La historia del Lyceum se concentra en Madrid, una ciudad pequeña donde, como dice Nourry, «todo el mundo se conocía, es decir, se adoraba o se detestaba».[30] Es la época de la Residencia de Estudiantes, del café como lugar de encuentro, como sede de la tertulia. Ortega y Gasset había empezado a editar en 1924 la *Revista de Occidente*, para europeizarnos un poco. Unos meses después de su Asamblea Constituyente, el 4 de abril de 1926, el Lyceum Club Femenino comenzó a funcionar en la calle de las Infantas número 31, en el edificio conocido como «la Casa de las Siete Chimeneas», que tenía leyenda propia y todo.[31] He encontrado un artículo en *La Esfera*, escrito por el periodista Julio Romano, sobre la inauguración del club. Le sirve de guía la escritora *Beatriz Galindo* (el seudónimo adoptado por Isabel Oyarzábal en algunos artículos, como homenaje a «La Latina», preceptora de Isabel la Católica): «Como leerá usted en los Estatutos de la Asociación, ésta es ajena a toda tendencia política o religiosa», arguye la ilustre cronista. «Hace tiempo que queríamos tener una casa donde poder reunirnos y traer a nuestras amigas, señoras extranjeras. Esto, que parecerá una novedad inquietante en España, es una cosa vieja en Europa.» El periodista le pregunta por los fines del club: «Aparte de tener nuestra casita, trataremos de fomentar en la mujer el espíritu colectivo.»[32]

Como estudiosa de los movimientos sociales, esta mención al «espíritu colectivo» es lo único que me ha interesado hasta el momento de toda esta historia. El periodista pregunta por sus fuentes de financiación. «Hace ya bastantes meses que las socias fundadoras venimos pagando una cuota. En una función de las que organizó El Mirlo Blanco, Carmen Baroja, que ha trabajado y trabaja con grandísimo entusiasmo por esta idea, dijo: "Tenemos que reunir dinero para el club. Vamos a poner el precio de la butaca a cuatro duros." Y en una sola función recaudamos 4.000 pesetas.»[33]

Me ha hecho gracia que la intendencia del club la resolviera El Mirlo Blanco, que era un teatro de cámara experimental organizado por los Baroja. Ricardo Baroja había tenido la idea de representar en su casa alguna comedia, y esa idea fue acogida por los contertulios de los Baroja con entusiasmo: Valle-Inclán, Azorín, Enrique de Mesa, Manuel Azaña, Cipriano de Rivas Cherif, los Zubiaurre, Corpus Barga, Anselmo Miguel Nieto, Enrique Díez-Canedo... Todos se prestaron a colaborar. Los ensayos y las funciones de El Mirlo Blanco se hacían en el salón de los Baroja-Monné. Una de las primeras representaciones fue el *Don Juan Tenorio* de Zorrilla, con Valle-Inclán y sus barbas de chivo haciendo de doña Brígida. Todo muy familiar y provinciano.

Carmen Baroja, una de las fundadoras del club, servía de puente con estos conocidos personajes. Nos ha dejado en su delicioso libro *Memorias de una mujer de la generación del 98* una perspicaz descripción del sentimiento de amargura que sentían muchas mujeres inteligentes y marginadas.

> Al principio del *Pickwick* de Dickens, hay un episodio con un cochero. El señor Pickwick sale de su casa para reunirse con sus amigos en cierta estación y toma un coche. El filósofo hace preguntas al cochero sobre el caballo que les lleva:
>
> –Si le soltara del coche –dice el cochero– se caería al suelo, pero las ruedas le hacen andar.

> Siempre me he comparado al caballo viejo de Pickwick.[34]

¿Qué hacer cuándo alguien se siente así? ¿Cuando no deja de pensar que sus horas transcurren sin nada en que ocuparse, sin ningún sentido, y que nada puede hacer al respecto, porque sus obligaciones se encuentran perfectamente delimitadas, sin ninguna alternativa factible? Carmen habla del aburrimiento que la tiraniza y asfixia hasta extremos insoportables:

> Este aburrimiento mío me ha seguido durante casi toda la vida; ¡y ahora que espero tan poco es cuando me ha abandonado! Tenía de joven la obsesión de mi inutilidad y de que el tiempo pasaba sin hacer yo nada de provecho –no sé qué es lo que consideraba de provecho–. Me forjaba historias y escenas en donde era la protagonista, que variaban de lugar y de argumento, y los mejores ratos los pasaba fuera de la realidad, que veía estúpida, triste y monótona. A veces, me quejaba, y mi hermano Pío y mi madre me afeaban mi manera de ser descontentadiza. Yo hacía esfuerzos inauditos por convencerme de que tenían razón y a veces lo conseguía, pero al poco tiempo otra vez venían el aburrimiento y el tedio a agarrarme. Empezaba labores, repujados, costuras y lecturas, que hacía deprisa. Todo lo que yo he trabajado, feo o bonito, ha sido para vencer ese descontento y esa tristeza.[35]

Las informaciones del club con las que iba topando no me interesaron gran cosa, de manera que seguí investigando exclusivamente por seguir las órdenes de JAM. Me pareció que se trataba de una especie de casino de señoras aburridas y desocupadas, aquejadas del *spleen* de una clase acomodada. Incluso el parecido con los clubs ingleses me parecía elitista y anticuado. Un artículo de la periodista Josefina Carabias –una estupenda periodista, gran cronista de la sociedad española– justificaba esa opinión:

> El club de señoras también se ha quedado casi desierto durante el verano. Apenas se veían por los rincones del salón en penumbra algunas literatas enfrascadas en la lectura, quienes de cuando en cuando cerraban el libro para bostezar. Por las tardes, las pizpiretas camareras del salón de té permanecían mano sobre mano. La sala de conferencias y fiestas, refugio durante el invierno de lo más fino de la intelectualidad madrileña, aquella sala por cuyo estrado pasaban los poetas, los novelistas y los viajeros ilustres que llegaban a Madrid, también tenía derecho a descansar, y ha descansado. Pero en esta tarde de otoño ha vuelto a animarse el club de las señoras. El salón ha encendido todas sus lámparas, y la concurrencia parece haber abandonado el distinguido medio tono en el que habitualmente transcurren las conversaciones del club.
>
> Nuestra amiga la señora de R. va de un lado a otro y se siente feliz al encontrarse de nuevo en su ambiente. También ella ha estado dos meses fuera de Madrid, y tan pronto como ha llegado y ha dado las órdenes precisas para que su casa comience a funcionar de nuevo con normalidad, ha tomado un taxi para trasladarse al club. Porque a nuestra amiga la señora de R. quitarla su ratito de charla en el club todos los días es matarla. Desde que se casó esta señora, hará de esto diez o doce años, arrastraba una vida lánguida. Su marido, un hombre de negocios que no la comprendía, la dejaba aburrirse en

casa. Menos mal que al principio ella se entretenía con los niños... Pero los niños crecieron, y hubo que llevarlos al colegio. El día era interminable para la señora de R., poco aficionada a los paseos ni a las diversiones. La pobre cada día se aburría más, y ya había llegado a ese momento terrible en que las mujeres optan entre estas dos soluciones: solución A, hacerse beatas. Solución B, echarse un amante...

Afortunadamente, una amiguita de sus tiempos de soltera, a quien ella contó sus penas, la libró del dilema terrible, brindándole esta tercera solución:

–¿Por qué no te haces del Lyceum?

De este modo, la señora de R. encontró que su verdadero camino era el intelectualismo. Y se hizo intelectual en poco más de tres meses. En el club hizo amistad con las señoras de los más destacados escritores, poetas, artistas y políticos. Cada día, al volver a casa, encontraba a su esposo más vulgar y aburrido, al comparar con los brillantes maridos de sus amigas del club. Pero, en cambio, rebosaba de satisfacción al encontrarse familiarizada con Eremburg *(sic),* con Morand y con Bernard Shaw.

Este verano lo ha pasado la señora de R. en una playa del Norte, con sus niños, y ha sido feliz pudiendo mostrar a sus compañeras de veraneo, mujeres también de maridos obscuros, las cartas de las esposas de los literatos de Madrid y los libros de autores extranjeros.

Y en esta tarde de otoño, la señora de R. es más feliz todavía. El club está más animado que nunca, y ella se entrega con todo el entusiasmo de su corazón a este mundillo, mitad literario, mitad elegante, que la ha salvado de hacerse beata o de engañar a su esposo.[36]

Josefina Carabias describe un club femenino aparentemente inofensivo y poco interesante, y el material que yo iba recopilando parecía corroborarlo. En el libro *La Venus mecánica* del escritor vanguardista José Díaz Fernández, encontramos una descripción de un club femenino sospechosamente parecido al que investigamos, descripción muy crítica y que parece apoyar la tesis de que el Lyceum no era más que un club frívolo de mujeres aburridas y carentes de interés: «En el club femenino, el hombre sólo tenía acceso a la sala de té. Las asociadas se esforzaban en demostrar que el otro sexo no les era necesario y que preferían el trato entre sí para gastar alegremente las horas de ocio. Pero como casi todas eran esposas, madres o hijas de intelectuales, en realidad lo que llevaban allí eran las opiniones de sus maridos, de sus padres o de sus hijos, expuestas aún con más encono y con más agresividad. La independencia de aquellas señoras consistía en fumar egipcios e inventarse fiestas artísticas para que acudiesen personas del otro sexo.»[37]

No comprendía por qué esta historia interesaba tanto a JAM. Conozco su pasión sistemática y su afán de utilizar cualquier historia para alguna argumentación filosófica, pero esto sólo daba para una vetusta crónica de sociedad. Esto, es verdad, no significa nada, porque el jefe considera que las revistas del corazón o los programas cutrelux de la tele son una fuente imprescindible para la investigación sociológica, y nos hace verlos. Pero, cuando estaba en ese momento de frustración intelectual, descubrí en la Hemeroteca Municipal de Madrid unos artículos publicados en la revista vanguardista *La Gaceta Literaria*. En palabras del fundador de la revista y autor de los artículos, Ernesto Giménez Caballero, «*La Gaceta* fue la precursora del Vanguardismo en la Literatura, el Arte y la

Política. Una revista que por dos años resultó unitiva y desde 1930 divergente, pues la juventud se fue politizando. Y de *La Gaceta* saldrían los inspiradores del comunismo y del fascismo en España».[38] Entre sus colaboradores estuvieron Guillermo de Torre, Alberti, Lorca, Bergamín, Enrique Lafuente, Altolaguirre, Max Aub, Corpus Barga, Gabriela Mistral... «Yo los recibía muchas veces con mi mono de trabajo, pues como tipógrafo componía *La Gaceta*. Pero era un mono u overol o tutta de vanguardia en paño azul eléctrico o gris humo con cremalleras argénteas.»[39] La revista se publicó de 1927 a 1932, y su programa era triple: ibérico, americano e internacional. «Su criatura», escribió Giménez Caballero, «fue llamada "generación del 27".»[40]

El comentario me interesó. La cultura unía, la política separaba. Al menos, Giménez Caballero era un personaje curioso. El que fuera bautizado como «el D'Annunzio español» fue un vanguardista adelantado, antes de convertirse en uno de los fundadores ideológicos del falangismo. Su *Carta a un compañero de la joven España* le convirtió en un precursor del fascismo español. En 1928 fundó el primer cine club de España, donde se estrenó *Un perro andaluz*, de Buñuel y Dalí. Rodó *Esencia de verbena*, donde aparece Ramón Gómez de la Serna haciendo de muñeco de pimpampum y de torero. En plena guerra mundial protagonizó uno de los episodios más surrealistas de la política europea, recogido en sus *Memorias de un dictador*. Durante una cena en el año 1941 con Goebbels y su mujer, Magda, decide proponer un increíble enlace matrimonial para Hitler: «Guardó [Goebbels] un breve silencio que yo acogí para encarecer la urgente reanudación de la estirpe hispano-austriaca, que traería el armisticio a Europa, con un enlace tradicional y revolucionario. "Y ¿cuál sería la candidata a emperatriz?" "Sólo podría ser una. En la línea de princesas hispanas como Ingunda y Brunegilda y Gelesvinta y Eugenia... Sólo una, por su limpieza de sangre, por su profunda fe católica, y, sobre todo, porque arrastraría a todas las juventudes españolas: ¡la hermana de José Antonio Primo de Rivera!"»[41] La solución al conflicto bélico pasaría, según él, por el matrimonio de Hitler con Pilar Primo de Rivera.

El relato que nos interesa analizar, por su relación con el club que estamos investigando, se titula «Las mujeres de Cogul»,[42] y fue publicado por Giménez Caballero en *La Gaceta Literaria* en varias entregas. El autor esconde, bajo el disfraz de un inofensivo folletín publicado semanalmente, un mensaje críptico –un *roman à clef*– que busca dejar al descubierto un plan de ramificaciones internacionales. Intuyo que este extraño relato, que resumo a continuación, nos pondrá sobre la pista de las maquinaciones de las mujeres que se reunían en el Lyceum Club Femenino de Madrid: los puntos fundamentales de la conspiración que me han encargado desvelar se encuentran en esas páginas, para el que sepa leer entre líneas. Yo he creído leer algo entre ellas.

Al protagonista de nuestra historia, Robinson, que habita tranquilo y solitario en una isla, se le presenta un día una dama francesa cuya galera había naufragado. Viajaba con su marido, un barón rico y banquero de París, que murió en el naufragio. Regresaban a su ciudad de un «circundeo oceánico por tierras vírgenes y salvajes» cuando se desencadenó la tragedia. Y ella decide relatar a Robinson lo que ha conocido en sus viajes, especialmente lo que observó en una extraña tierra, una curiosa península que sus indígenas llaman de Cogul. Y en concreto lo que va a comentarle tiene que ver con los usos y costumbres de sus mujeres. Me ha sorprendido el nombre de Cogul, y supongo que el autor debió de escogerlo porque en las cuevas prehistóricas de ese pueblo catalán hay una representación pictórica de un grupo de mujeres alrededor de un símbolo fálico.[43]

La náufraga relata la situación en que vivían, un patriarcado que ellos creían idílico, donde el hombre de Cogul, guerrero y emprendedor, se veía obligado a ausentarse durante largos periodos para combatir. Entonces, con el fin de evitar que les robasen a sus mujeres, inventan dos estratagemas: la primera consistiría en la instauración de una clase social intermedia que vigilase sus pertenencias, la «sacerdotal», que se dedicaría a entretener a las mujeres espiritualmente; y la segunda daría lugar a un convenio mancomunado muy riguroso, al que llamarían «honra», que regularía las relaciones entre los cogulenses y sus mujeres. El sistema no era perfecto, y dio lugar a dos desviaciones insospechadas, el «Don Juan» y el «San José», ambos peligrosos por distintas razones: el primero se transformó en un deporte audaz de cogulenses célibes, que ansiaban poseer lo dificultado; y el segundo consistía en el culto al hombre santificado y comprensivo que acoge al hijo no suyo. Aun así, «en ese sistema y dicha vivieron años y años». Pero un día de primavera apareció en Cogul una náufraga procedente de unas lejanas islas, las Casitéridas, y de entre éstas de la isla de Kent. Y todo empieza a cambiar. Estuvo un tiempo en reclusión preventiva, pues nadie sabía si era peligrosa, tiempo que aprovechó leyendo libros que sólo leían los sacerdotes y juristas de Cogul, por lo que consideraron que era pacífica. Pero decidió contar al resto de las mujeres de la isla, que se le acercaban con curiosidad, lo que leía. Al poco tiempo, sin que conozcamos la razón, empieza a ser bien recibida en las casas de algunas de ellas (evidentemente, algo contenían esos libros que les llevó a decidirse a iniciar contactos con cierta frecuencia. Libros que sólo leían los sacerdotes y los juristas de Cogul... ¿Qué libros serían?).

Las mujeres de Cogul solicitaron la fundación de «una especie de locutorio presidido por la náufraga de Kent». Aseguraba la narradora que las cogulenses «tenían un plan y debían desarrollarlo tácticamente». (¿Un plan? ¿Cómo lo ejecutarían? ¿Lo llevaron a buen término?) El club y el nombre escogido, según parece, obedecían a una «consigna internacional» (¿qué ramificaciones tendría, y en qué países?). Las socias fundadoras debían atraer a «nuevas prosélitas», y lograr entre todas un «fondo común». Las cogulenses, «disfrazadas mansamente de ovejas sumisas», lograron «arrastrar a los primeros hombres», y esto lo consiguieron «tocándoles la vanidad». Organizaron «diversos actos de irradiación exterior», que fueron tan numerosos y exitosos que hubo que habilitar nuevos locales, e incluso se intentaron «posibles expansiones» en otras provincias.[44] Se intentó combatir al club desde dentro, introduciendo «clubistas bien amaestradas», pero esos intentos fracasaron (el contraespionaje no siempre da sus frutos, está claro).

Las mujeres llegaron a obtener resultados prácticos: «fueron minando poco a poco las viejas organizaciones femeninas del país» (habrá que averiguar cuáles eran, y en qué medida se vieron afectadas por sus planes), y «canalizaron su fuerza y la pusieron al servicio de la revolución pequeñoburguesa que estalló en Cogul». Sin embargo, los «tradicionales presto presentaron batalla con una institución muy curiosa...».

Y ahí se interrumpe el relato. Al menos no queda constancia en los archivos de la hemeroteca de que continuasen los capítulos. Nos quedamos con muchas interrogantes y pocas respuestas, que trataremos de conseguir. De esa institución que inventaron para frenarlas no tenemos noticia alguna, ni una pequeña indicación que me aclare por dónde comenzar a investigar. Lo más extraño es la forma en que se interrumpe el relato, precisamente cuando nos iba a contar la labor de la institución que trató de entorpecer su avance.

Las «viejas instituciones sacrosantas de Cogul» tuvieron que hacer algo para dificultar el avance del Lyceum, pues ya no me cabe duda de que ésta es la organización a que el autor se refiere, un avance que se refleja en el éxito que iban teniendo sus distintas iniciativas. Es posible que en el norte del país, en la ciudad que Giménez Caballero denomina «Evaso», donde se constituyó la institución que buscaba presentar batalla a estas mujeres, surgiese un movimiento lo suficientemente fuerte para precipitar su fin: al fin y al cabo, hasta donde sabemos, ese club dejó de funcionar una década más tarde, si es que no han seguido actuando clandestinamente desde entonces... ¿Y si fuese así? ¿Y si continuasen entre nosotros? La mayoría de sus miembros, por no decir todas, habrán muerto a estas alturas... ¿Quedará algún vestigio de un grupo de mujeres del siglo pasado en éste? ¿Existirán otras decididas a continuar su obra, fuese cual fuese ésta? La señorita Marple, otra detective maravillosa que siempre he admirado, descubría a los asesinos porque, al comparar a las personas que iba conociendo con habitantes de su pequeño pueblo, Saint Mary Mead, le parecía que encontraba muchas semejanzas entre unos y otros. Le resultaban conocidas sus fortalezas o sus debilidades, su forma de conducirse. «La naturaleza humana es la misma en todas partes», aseguraba con mucha convicción.[45] ¿Me ayudará observar a las que tengo a mi alrededor para entender mejor a las que ya no están?

III. LA CONSPIRACIÓN SE DEFINE
(Extracto de grabación magnetofónica)

JOSÉ ANTONIO MARINA: Llegué a conocer a Giménez Caballero, cuando era un viejecito menudo, pulcro y con una nariz interminable. Tan inacabable como sus anécdotas. Durante la guerra civil escribió un texto que merece estar en la antología del disparate: «Si no hubiesen enseñado tanto los muslos las mujeres francesas en los vaudeviles y piscinas de París, donde se educaron nuestros republicanos; si no hubiesen jugado tanto a la pelotita las yanquis que llenan las pantallas de nuestros cines desde hace años, y si no se hubiesen entregado al culto del sol y del tueste en esas playas nórdicas que el "europeísmo" de hace algún tiempo puso de moda, quizá no hubiese estallado esta horrible Guerra Civil de España.»[46] O sea, que la culpa de la guerra la tuvieron las mujeres descocadas.

MARÍA TERESA RODRÍGUEZ DE CASTRO: Lo peor es que probablemente lo creyera.

JAM: Al menos pensaba que la República había sido un regalo hecho a las mujeres, una especie de desastre político motivado por la galantería. Pero volvamos a lo nuestro. Todo apunta a que Giménez Caballero está hablando del Lyceum en esos artículos. Se refiere a un grupo de mujeres, a una asociación que copia una institución extranjera, organiza actos culturales, y pretende cambiar astutamente el sistema machista. Al parecer, todo comenzó con la llegada de una náufraga procedente de Kent. Aunque la promotora fue, por lo que sabemos, María de Maeztu, ¿puede tratarse de Victoria Kent, la que fue directora general de Prisiones?

MT: Victoria Kent fue la vicepresidenta de la primera junta directiva del Lyceum,[47] así que probablemente se refiere a ella. Aunque debemos tener en cuenta que el Lyceum no nació como resultado del impulso de una única mujer: lo que he podido recoger en diferentes fuentes es un sentir general, presente en muchas de ellas. Giménez Caballero proporciona en el folletín una serie de nombres de miembros importantes del grupo, cuyos apellidos tendré que investigar. «Zenobia, Pilar, María Luisa, Amalia, Mercedes, Matilde, Isabel, Carmen, la Condesa, Concha, María, Trudis, Clara.»[48]

JAM: Parece que el de Zenobia resulta fácil de identificar. Será Zenobia Camprubí, la mujer de Juan Ramón Jiménez.

MT: Zenobia fue secretaria del Lyceum. Me parece una personalidad fascinante. La llamaban la «americanita». Era nieta de una puertorriqueña casada con un norteamericano, y hablaba perfectamente inglés. Estuvo trabajando como voluntaria en la Residencia de Señoritas que dirigía María de Maeztu. La historia de Zenobia me conmueve. Mi abuela me contó que su padre –mi bisabuelo– era amigo de los padres de Zenobia. Viajaba mucho a América y coincidió en el barco en que viajaban de recién casados Zenobia y Juan Ramón. El comentario que había hecho al volver fue: «Coincidimos en el barco con la hija de Camprubí, que se ha casado con un tipo rarísimo.»

JAM: Algo más que rarísimo. Estaba aquejado de un egocentrismo cósmico. Recuerda el poema:

> Bien sé yo
> que cuando el hacha de la muerte me tale,
> se vendrá abajo el firmamento.

MT: Me gustaría averiguar cómo fue Zenobia. En Madrid, se dedicó a alquilar pisos a norteamericanos que llegaban aquí, y puso una tienda de muebles. Ambas cosas eran muy avanzadas para aquel tiempo. A María de Maeztu le desconcertaba que esa eficaz mujer de nombre y aspecto exóticos escribiera las cartas sin ponerles fecha. ¿Cómo es posible que alguien escriba una carta sin poner fecha?[49] En un artículo de la revista *América,*[50] Zenobia contó muy divertida que a Ramón Gómez de la Serna, en una biografía que escribió de Juan Ramón, le dio por atribuirle a ella dos características totalmente falsas en su momento, pero que curiosamente resultarían proféticas. La describía como «americana» y «maestra», y no era ni lo uno ni lo otro. Era catalana, pero terminó adquiriendo la nacionalidad norteamericana, y dando clases en las universidades de Maryland y Puerto Rico.

Giménez Caballero describe así a la Zenobia de su folletín:

> Sus ojos eran claros, con fijeza audaz, de felino. Su expresividad facial, constante, arrulladora. Y su voz resultaba hipnótica, con virtudes de hechizo. Se contaba en Cogul que por aquella mujer hubo serias y apasionadas querencias entre los escribas de la localidad, sobre todo por su aire exótico, pues procedía también de muy lejanas tierras. Pero se la llevó el más aparentemente tímido. Un poeta con mirada de nazareno.[51]

JAM: Verde y con asas. ¿A qué se refiere Giménez Caballero al mencionar que en el Lyceum se leían libros que únicamente poseían «los sacerdotes y juristas de Cogul»?

MT: Aún no lo sé. Uno de los artículos que he recopilado, publicado en el diario *La Estampa* en 1928,[52] recoge una visita realizada por el periodista Luis E. de Aldecoa al Lyceum Club Femenino, acompañado por el matrimonio Elorrieta. En ella se le proporciona información sobre la organización del Lyceum, y la bibliotecaria le confirma que los libros de Gregorio Martínez Sierra eran los más demandados por las socias, los más leídos de entre los miles que había logrado reunir la biblioteca del Club.

JAM: Parece una ironía, conociendo la historia de esos libros.

(Nota: En efecto, la relación entre María de la O Lejárraga, miembro del Lyceum, y su marido, Gregorio Martínez Sierra, es un buen ejemplo de la situación que estas mujeres querían cambiar. Martínez Sierra fue un dramaturgo de gran éxito, y José Luis Garci recuperó no hace mucho para el cine *Canción de cuna*. Carmen Martín Gaite, en su prólogo a *Celia, lo que dice*,[53] considera que uno de sus libros, *Cartas a las mujeres de España*, publicado diez años antes de la inauguración del Lyceum, fue el detonante que impulsó su fundación. En concreto, el capítulo segundo, que habla de los clubs de mujeres:

> (...) El feminismo norteamericano es claro, burgués, práctico, y transparente. Podría decirse que es «el feminismo de las amas de casa». Y por ahí empezó: por la reunión de unas cuantas amas de casa que, después de cumplidos sus deberes, criados y educados sus hijos, reglamentada en perfecta ordenación la rutina del arreglo

doméstico, cumplidos ya, o a punto de cumplirse, los cuarenta años, curadas del amor, se encontraron, ya no tan bonitas, pero sí tan fuertes y tan sanas como a los veinte, con el entendimiento más abierto y el corazón más generoso, y no quisieron resignarse a retirarse a un rincón de la vida como trastos inútiles, y a pasarse los veinte años de espléndida salud que aún les quedaban tristemente aburridas en compañía de una labor de media o de crochet, o adorando a un gato o a un loro, o ridículamente obstinadas en darse colorete, teñirse el pelo y apretarse el corsé, para ir de salón en teatro, en el necio y lamentable empeño de hacer creer en la eternidad de unos treinta y cinco desvanecidos para siempre. (...) Por eso, los primeros clubs, es decir, las primeras reuniones de mujeres para un fin común que se fundaron en Norteamérica, fueron clubs de estudio y de cultura. ¿No creen ustedes que éstos debieran ser los primeros que se fundasen en España? Un rincón con un poco de lumbre, silencio y muchos libros, donde las mujeres pudieran aprender por su cuenta algo de lo mucho que ni la familia ni el Estado se han preocupado de enseñarles.[54]

Esta actitud de Gregorio Martínez Sierra parecía muy comprensiva con los movimientos de defensa de la mujer, pero no casaba en absoluto con las noticias que tenemos acerca de su comportamiento. No sé si las buenas o las malas lenguas dicen que todas las obras de este conocido dramaturgo habían sido escritas por su mujer, María Lejárraga. Para salir de dudas, le pido información a María Teresa. Gregorio Martínez Sierra y María Lejárraga se casaron en 1900 –me cuenta mi ayudante–, y, tras la muerte de Gregorio, ella publica un libro de memorias, *Gregorio y yo*.[55] El libro comienza con una dedicatoria sorprendente: «A la sombra que acaso habrá venido –como tantas veces cuando tenía cuerpo y ojos con que mirar– a inclinarse sobre mi hombro para leer lo que yo iba escribiendo.» En efecto, Gregorio publicó sólo con su nombre las obras que escribieron, en el mejor de los casos, entre los dos. María desvela en sus memorias las «poderosas razones» que la llevaron a decidir que «los hijos de nuestra unión intelectual llevaran solamente el nombre del padre». La autora enumera las razones por las que renuncia a utilizar su nombre en todo lo que escribía: la primera habla de la falta de entusiasmo con la que los padres acogieron su primera obra. La segunda razón, la de que «siendo maestra de escuela, es decir, desempeñando un cargo público, no quería empañar la limpieza de mi nombre con la dudosa fama que en aquella época caía como sambenito casi deshonroso sobre toda mujer literata... Sobre todo literaria incipiente». La tercera, «tal vez la más fuerte, fue el romanticismo de enamorada...».

Antonina Rodrigo, en su libro *María Lejárraga: una mujer en la sombra*,[56] recoge muchos trozos de cartas que parecen demostrar la total dependencia intelectual de Gregorio respecto de María. Antonina considera que, tras la lectura de su epistolario, nos está permitido pensar que Gregorio era incapaz de escribir no ya una comedia sino una carta de pésame, unas cuartillas para presentar un acto, un prólogo, sus conferencias... En ellas es constante el apremio y en ocasiones llega a la coacción y el autoritarismo para que María escriba y le mande comedias, colaboraciones, traducciones... A menudo, entre los elogios y la frase cariñosa, desliza con premura y vehemencia el encargo. En los primeros años de la década de los veinte, su matrimonio hacía aguas. María huyó a París al enterarse de la infidelidad del marido con la actriz Catalina Bárcena, y se compró una casa en Niza, pero siguieron con su alianza literaria. Gregorio intentó buscar otros «colaboradores» como Marquina u Honorio Maura, pero ninguno le satisfacía. Sospecho que María se convertirá en una de las protagonistas de nuestra investigación.)

JAM: Tal como lo estás contando, no sé si la historia del Lyceum da para un relato épico o intimista, para una crónica revolucionaria o para la anatomía de un grupo, a lo Bloomsbury.

MT: No creo que hubiera entre ellas una relación tan estrecha. Es cierto que había rumores de relaciones lésbicas entre algunas de ellas, pero el grupo, de acuerdo con la información que manejo, no giraba en torno a las relaciones sentimentales de sus socias. Algunas de las liceómanas posiblemente serían lesbianas, pero considero que lo que ellas buscaban era, como diría Virginia Woolf, una «habitación propia».[57] Aparcan la política y la religión, porque en los estatutos del Lyceum se vetaban esos temas. Tal vez creían –como Giménez Caballero– que la política, la religión y la politización de la religión actuaban como dinamiteras de la convivencia. Al final, no pudieron impedir que el Lyceum se fuera politizando, y comenzaron a aparecer enfrentamientos. El Lyceum dejó de funcionar cuando comenzó la guerra civil. Cuando las tropas de Franco tomaron Madrid, el nuevo régimen incautó los locales del Lyceum, que se convirtieron en la sede del Círculo Medina, un lugar de reunión de la Sección Femenina de Falange. La política, que las mujeres del club habían tratado de apartar de su convivencia diaria para fomentar lo que las unía y evitar lo que las separaba, impuso al final su tiranía. Un informe de la Asociación Internacional de Clubs Lyceum, fechado en 1957, para los congresos de París y Estocolmo, constataba de manera concisa: «Lyceum Club de Madrid: cerrado por causas políticas».[58]

JAM: Es cierto que la religión era contemplada como un motivo de desunión. En uno de sus primeros escritos, fechado en 1910, Ortega defiende que la escuela debe ser laica, para cumplir su función socializadora. La religión, dice, puede unir a los hombres en una comunidad, pero «lo que ciertamente es antisocial es la Iglesia, la religión particularista».[59] Hay una cosa que me intriga. Giménez Caballero habla en su folletín de una curiosa institución que les presentó batalla. ¿Has podido averiguar a qué institución se refiere?

MT: El Lyceum resultó enseguida una institución sospechosa. Isabel Oyarzábal –que acabó siendo embajadora en Suecia– dice que «era el único lugar en Madrid donde se podía respirar, lo que hizo que tuviera mala reputación».[60] Sus socias fueron etiquetadas de «criminales», «liceómanas», «ateas», «excéntricas» y «desequilibradas». Se consideraba el club como un «casino femenino» lleno de «mujeres jugadoras» porque había una sala para jugar a las cartas. Se sospechaba que era un local de ocio, que era, por supuesto, donde obraba el demonio.[61] Las llegaron a acusar de tener un fumadero de opio. «Si fuera verdad lo del fumadero no tendríamos ánimos para organizar tanta cosa. ¿No te parece?», le comentaba en una carta la poetisa Ernestina de Champourcin a su amiga Carmen Conde, entre divertida y hastiada.[62] Como veremos, los ataques venían de varios frentes; sobre todo, de algunos intelectuales conservadores y de determinados sectores eclesiásticos.

He encontrado una serie de artículos escritos bajo el seudónimo de Lorvent en la revista *Iris de Paz*, una revista religiosa publicada por los claretianos. Este individuo consideraba a las liceómanas enormemente peligrosas; de hecho, pedía su hospitalización o confinamiento:

> (...) ¡Desgraciados niños los que tienen una madre liceómana!... Pues al angelito que le tocó en suerte una madre liceómana sólo le queda el mísero recurso del pataleo cuando se ve desatendido, olvidado... ¡Pobres niños los que tenéis madres en el club! Quizás os valiera más tenerlas en la Patagonia. Sois para ellas un estorbo. Os cambiarían acaso por una muñeca, pues la muñeca no da que hacer, y puede ser objeto cotizable para la tómbola de caridad sin caridad que el club organiza periódicamente. Pobre niños que no tenéis otro delito que el de haber nacido de una madre modernista, que aun considera como acto heroico el haberos permitido venir al mundo.
>
> Realmente, para las madres imbuidas de ciertas doctrinas y en ciertas prácticas que el Club Femenino permite, y para cuya difusión en conferencias pseudocientíficas presta sus locales y aporta su concurso, el niño es un ser llamado a desaparecer..., un ente al cual se persigue como perturbador de la vida comodona y frívola que algunas madres quisieran vivir, un ser a quien se suprime de propósito, para que no venga a complicar la vida de esas personas sin conciencia ni corazón... La sociedad haría muy bien recluyéndolas como locas o criminales, en lugar de permitirlas clamar en el club contra las leyes humanas y las divinas... El ambiente moral de la calle y de la familia ganaría mucho con la hospitalización o el confinamiento de esas féminas excéntricas y desequilibradas.[63]

Detrás de estas críticas, se encuentra el temor a una palabra, origen de todos los males: el feminismo. «Era un paso más hacia la igualdad de los sexos; una conquista más de la mujer que quiere tener los mismos derechos que el hombre; una consecuencia lógica de las campañas que en pro de la manumisión de esa pobrecita esclava que se llama la mujer española habían emprendido algunas casadas descontentas y algunas solteras imposibles; un corolario de los mítines abolicionistas, en que, aparte de algunas cosas razonables, se proporcionan muchas ideas absurdas y antievangélicas... Era el sufragismo inglés injertado monstruosamente en el ideario de la mujer española. Era... el disloque.»[64] Lorvent, y otros muchos como él, asocian la palabra «feminismo» con algo negativo, con inglesas locas que se niegan a comer o que se lanzan a los pies de algún caballo, perturbando el orden público para pedir el derecho de voto para la mujer, con mujeres redichas y hombrunas, antipáticas y amargadas, que rechazan a los hombres porque no logran llamar su atención y también, lo que va a tener graves consecuencias, con un ataque al Evangelio. Gregorio Martínez Sierra defiende la palabra: «Entonces, ¿no hay que estar desesperada para ser feminista? No, por cierto; para ser feminista, es decir, partidaria de que la mujer debe pasar su vida lo más feliz posible, siendo lo más útil posible a la humanidad, gozando con tan perfecta naturalidad como el hombre la plenitud de sus derechos de ser humano, basta haber nacido ser humano y, por añadidura, mujer. Las mujeres deben ser feministas como los militares son militaristas y como los reyes son monárquicos; porque, si no lo son, contradicen la razón misma de su existencia.»[65]

JAM: No me extraña la postura de Lorvent, pidiendo el internamiento de las liceómanas. Patologizar al adversario es un recurso muy usado. En 1938, el comandante Antonio Vallejo-Nájera, jefe de los Servicios Psiquiátricos Militares, publica un artículo sobre las presas marxistas en la cárcel de Málaga en el que escribe:

> Recuerde, para comprender la activísima participación del sexo femenino en la Revolución marxista, su característica debilidad del equilibrio mental. Cuando desaparecen los frenos que contienen socialmente a la mujer, entonces se despierta en el sexo femenino el instinto de crueldad y rebasa todas las posibilidades imaginadas, precisamente por faltarles las inhibiciones inteligentes y lógicas, características de la crueldad femenina que no queda satisfecha con la ejecución del crimen, sino que aumenta durante su comisión. Además, en las revueltas políticas tienen la ocasión de satisfacer sus apetencias sexuales latentes.

Vallejo establecía un diagnóstico: «La medicina exige una política, el marxismo es una enfermedad y en nuestras manos está en gran parte su tratamiento.»[66] No era de extrañar que considerara que la única solución para los hijos de los rojos era separarlos de sus padres. En fin, el tema es sugestivo e importante. Seguiremos investigando.

(Nota de JAM: Tras esta conversación con María Teresa, coincidí en Málaga con Julio Neira, que acaba de publicar un libro sobre Manuel Altolaguirre,[67] un curioso personaje escritor e impresor, casado con Concha Méndez, miembro del Lyceum que ya he mencionado. Hablamos sobre ella, y me recomendó que investigásemos sobre una interesante mujer, Victorina Durán, miembro del Lyceum, relacionada con un «círculo sáfico» madrileño. Victorina Durán declaraba abiertamente su lesbianismo. Ella y su amante, Matilde Calvo Rodero, ambas artistas, expusieron sus obras en el Lyceum. Victorina fue escenógrafa, trabajó para la compañía de Margarita Xirgu, a la que también se relacionó con el «círculo sáfico», como a Victoria Kent, sin que haya podido verificar la exactitud de esta afirmación.[68]

Angie Simonis, en su libro *Yo no soy esa que tú te imaginas*, nos habla de otros personajes destacados de este círculo, como la poeta Ana María Martínez Sagi, rescatada del olvido por la pluma de Juan Manuel de Prada en su «biografía detectivesca» *Las esquinas del aire. En busca de Ana María Martínez Sagi*, del año 2000.[69] El gran amor de su vida fue Elisabeth Mulder, también escritora, con la que sostuvo una breve pero intensa relación. Ana María se une a la columna Durruti durante la guerra civil y se exilia primero a París y luego a Estados Unidos, donde trabaja como docente, mientras que Elisabeth no se define políticamente, lo que le facilita las cosas tras la contienda, alcanzando cierto prestigio como novelista durante el franquismo.

Otra figura feminista rescatable para las lesbianas es Lucía Sánchez Saornil, que participó del movimiento ultraísta desde sus comienzos en 1918, publicando poemas vanguardistas en varias revistas de la época. Fue también pionera de una cierta exhibición del deseo homosexual femenino en poesía, pero usó para hacerlo un seudónimo masculino, Luciano de San-Saor. En la revista valenciana *Umbral*, en 1937, conoce a América Barroso, su compañera de toda la vida.)[70]

(Nota de MT: Creo que el jefe no me ha dicho lo que busca, y que estoy dando palos de ciego.)

IV. CASTICISMO Y COSMOPOLITISMO

Estas prospecciones han bastado para decidirnos. Vamos a escribir un libro sobre el Lyceum Club. Será una historia coral, casi populosa, habitada por muchas personas, que resaltará sobre una historia coral más amplia, la de la estremecida sociedad española. Para marcar bien los tiempos, dividiremos nuestra crónica en cuatro etapas, que jalonan una larga marcha desde la esperanza hasta la desdicha: 1) desde la fundación del Lyceum hasta la proclamación de la República, 2) desde este momento hasta el comienzo de la guerra civil, 3) la pesadilla de la guerra, y 4) la continuación triste de la historia del Lyceum. El que los periodos estén marcados de esta manera supone un reconocimiento de que la realidad política determinó el discurrir de los acontecimientos. Una advertencia: vamos a escribir la historia dentro del universo 2.0, es decir, mediante un texto común que iremos variando, y en el que sólo en algunos casos se mantiene la autoría.

La mujer española durante siglos se había resignado a una pasividad que desesperaba a activistas como Margarita Nelken. La mayoría de las mujeres españolas parecía resignada a su suerte. Habían internalizado el sistema patriarcal. Margarita Nelken las comparaba con los siervos prusianos que al enterarse de su emancipación en 1807 comenzaron a llorar por la esclavitud perdida, aterrorizados ante la perspectiva de ser libres.[71] La Nora de Ibsen encontró pocas simpatías. Marañón, en 1920, hizo la siguiente descripción del público ante *Casa de muñecas*, en tres ciudades importantes:

> El público, del que formaban parte gran número de mujeres muy distinguidas y cultas, ha acogido con risas y protestas, o por lo menos con absoluta indiferencia, las escenas del último acto en las que la protagonista, reflexivamente, sofoca a su corazón y a su sexo y levanta el vuelo de su hogar.[72]

El recelo hacia la igualdad de la mujer era común a todas las ideologías. En su Congreso Internacional de Ginebra (1866) los anarquistas radicales sostuvieron que el trabajo de la mujer, «sacerdotisa del hogar», debería ser condenado y prohibido como causa de degeneración e inmoralidad de la especie humana. Además de esta prédica trascendente, había otras razones más prosaicas. Los obreros estaban en contra del trabajo femenino en las fábricas. La revista anarquista *Acracia* argumentaba abiertamente que al obrero le interesaba que la mujer se quedara en casa. «Es un hecho probado que en los trabajos en los que la mujer puede hacerle la competencia, el hombre gana un jornal más reducido que en aquellos otros en que esta competencia no es posible.»[73] En 1868 los obreros textiles de Igualada se movilizaron masivamente contra el trabajo femenino, y al final lograron de los empresarios el despido de 700 operarias.

Sólo contadas individualidades habían luchado para abrir brecha en una muralla bien fortificada, pero un movimiento social no se consolida si esas personalidades no se integran de alguna manera. En los tiempos que narramos habían surgido «atractores» para unificar esas energías dispersas, y el Lyceum fue uno de ellos, como cuenta María Teresa León en su *Memorias de la melancolía:*

> Dentro de mi juventud se han quedado algunos nombres de mujer: María de Maeztu, María Goyri, María Martínez Sierra, María Baeza, Zenobia Camprubí... y hasta una delgadísima pavesa inteligente, sentada en su salón: Doña Blanca de los Ríos. Y otra veterana de la novelística: Concha Espina. Y más a lo lejos, casi fundida en los primeros recuerdos, el ancho rostro de vivaces ojillos arrugados de la Condesa de Pardo Bazán... ¡Mujeres de España! Creo que se movían por Madrid sin mucha conexión, sin formar un frente de batalla, salvo algunos lances femeninos, casi siempre tomados a broma por los imprudentes. Ya había nacido la Residencia de Señoritas, dirigida por María de Maeztu, e inaugurado el Instituto-Escuela sus clases mixtas, hasta poner los pelos de punta a los reaccionarios mojigatos. Pero las mujeres no encontraron un centro de unión hasta que apareció el Lyceum Club.[74]

Como dice el escritor José María de Salaverría, casado con la tesorera del Lyceum (Amalia Galarraga), consiguieron, y eso nos parece importante, que mujeres que «en el resto de su vida pueden disentir en ideas», se puedan comunicar en el Lyceum.[75] Ricardo Baeza (casado con María Martos, la bibliotecaria del club) escribe en su columna del diario *El Sol* acerca del esfuerzo que supuso la puesta en marcha del club. Y lo que significaba para las mujeres, cuyo papel en la vida pública española era prácticamente inexistente. «Yo quiero subrayar especialmente lo que tiene de halagüeño y de promisor para la civilización y la sociedad españolas el éxito imprevisto y creciente de esta fundación, que nos revela un estado de opinión y de espiritualidad en la mujer española, fraguados tácita y oscuramente, superiores al que podía esperarse. (...) Mal que les pese, la mujer española parece empezar a decidirse a tener personalidad.»[76]

Esto disparó las alarmas. María Teresa León escribe: «(...) Aquella insólita independencia mujeril fue atacada rabiosamente. El caso se llevó a los púlpitos, se agitaron las campanillas políticas para destruir la sublevación de las faldas. Cuando fueron a pedir a Jacinto Benavente una conferencia para el club, contestó, con su arbitrario talante: no tengo tiempo. Yo no puedo dar una conferencia a tontas y a locas. Pero otros apoyaron la experiencia, y el Lyceum Club se fue convirtiendo en el hueso duro de roer de la independencia femenina.»[77]

Las «liceómanas» no se quedaron de brazos cruzados ante los ataques recibidos. Llevaron el caso a los tribunales para defender su club, su rinconcito tranquilo. Victoria Kent y Matilde Huici defendieron al Lyceum de los ataques sufridos.[78] El periodista Luis E. de Aldecoa en su visita al club pregunta a Rosario Lacy, María Martos y Carmen Gallardo si las campañas que algunos elementos alentaron contra el casino contribuyeron a detener su desarrollo. «No. Además fueron injustas. Lo que alarmó a algunas personas que no quisieron tomarse la molestia de enterarse del espíritu de nuestro club, fue el artículo del reglamento que prohíbe discusiones de carácter político o religioso. Precisamente esta norma se sigue en los casinos de hombres. Además de que, por estar con nosotras muchas extranjeras, creímos discreto apartarnos de toda lucha de esa naturaleza. Estamos equidistantes de los dos extremismos, aunque individualmente cada una mantenga una tendencia. Precisamente figuran en nuestras listas algunas profesoras de centros católicos.»[79] En el primer congreso de la Asociación Internacional de Clubs Lyceum celebrado en Londres (asociación que comprendía todos los centros femeninos con esa denominación, incluido el de Madrid desde su constitución) se consideró necesaria la inclusión en los estatutos de todos los Lyceum de un artículo que prohibiera a sus miembros la discusión de asuntos políticos y religiosos, a fin de garantizar el respeto a las opiniones y convicciones de cada socia.

El Lyceum era una manifestación de lo que hemos llamado «utopía educativa». Sus miembros eran kantianas sin acaso saberlo. (Recuerden la cita con que comienza este libro.) Pensaban que la búsqueda de la justicia era un objetivo en que todas podían coincidir. Se trataba de mejorar la situación de la mujer española y ello debía hacerse mejorando su nivel cultural. La educación tenía que ser el gran motor del cambio. Por eso, no se dedicaron sólo a hacer actos culturales –una actividad muy gratificante–, sino que fundaron La Casa del Niño, una institución educativa y asistencial, asunto sin duda más aburrido. Victoria Kent escribe acerca de esta casa en el diario *El Sol:* «Queremos tomar a nuestro cuidado niños de malas viviendas, niños de esos hogares donde no se concibe la vida sino como una maldición, para darles algo de lo que les falta; queremos hacerlos fuertes, que es hacerlos alegres; queremos tenerlos limpios, que es tenerlos sanos; queremos arrancar vidas a la muerte; queremos tributar a la vida lo que la vida reclama: optimismo, vigor para la lucha, alegría en el trabajo. Nuestro proyecto tiene una doble finalidad: 1.ª Amparar a los niños necesitados. 2.ª Educar a sus madres. Tendremos un sitio lleno de sol y a pleno aire, donde atenderemos y tomaremos a nuestro cuidado niños y niñas de dos años a seis. Estos niños permanecerán en lo que llamaremos la Casa de los Niños de ocho de la mañana a ocho de la noche (...)»[80]

Elena Fortún narra en un artículo para *Crónica*, ya creada la Casa y tras varios años de funcionamiento, la labor que realizan en ella Consuelo (una enfermera casada con un médico) y un grupo de mujeres, artículo que describe cómo sería una Nochebuena en la Casa: «No está ya en medio de los jardines frondosos. Nuevas calles de nivel más bajo han cortado la tierra, limitando el espacio que la rodea. Aún la casita, sobre desmontes amarillos, recibe la sombra en verano y el encanto, en todo tiempo, de viejos árboles que extienden protectores sus ramas como brazos. La tierra cruje helada, y la Casa del Niño, aterida por fuera, es por dentro un corazón caliente que late con el gorjeo de setenta pequeñitos de dos a cinco años, desde las ocho de la mañana hasta las siete de la tarde. (...) Gracias a su maravillosa administración puede sostenerse esta obra con suscripciones. Pero hacen falta muchas casitas como ésta. Una, por lo menos, en cada distrito. ¡Qué es una sola guardería de niños en todo Madrid! "¡Ochocientas solicitudes urgentes!", dice Consuelo Bastos, angustiada. Ella, con un grupo de heroicas mujeres, emprendió esta obra hace seis años desde la sección social del Lyceum Club.»[81]

Consuelo trabaja sin descanso en una obra que su marido no entiende. El doctor Manuel Bastos reflexiona en su libro *Una vida de mujer* acerca de la razón que pudo impulsar a Consuelo a acudir al club y colaborar en su obra social:

> Nunca he llegado a saber qué la movió a inscribirse como socia (...) era bien poco amiga de tertulias, pláticas

y cotilleos femeninos. Sentía una franca repulsión por los tés de señoras distinguidas y nunca buscó amistades fuera de su casa (...). ¿Cómo podía parecerle bien a ella y mucho menos seducirle una especie de casino de damas ociosas? No es extraño pues que el tal Lyceum fuera acogido con muy poca simpatía por la mayoría de las gentes. El pueblo de Madrid se regocijó con variadas cuchufletas a costa de aquellas señoras del casino que abandonaban las tareas domésticas para haraganear como los caballeros de análoga condición (...) el ambiente popular era entonces muy intransigente con los ociosos, fueran del sexo que fueran. Para mayor escarnio, daba además la maldita casualidad de que el club estaba ubicado en un barrio de no muy buena fama, y esto era un motivo más para que se desataran las lenguas contra aquel punto de reunión (...) Ninguna razón había para ello. Los propósitos del Lyceum habían sido expuestos (...) por sus fundadoras. Se trataba de fomentar en la mujer el espíritu colectivo facilitando el intercambio de ideas, de aprovechar todos aquellos esfuerzos personales que hoy dan un rendimiento mínimo por su disposición aislada y de aunar iniciativas en beneficio de la comunidad.[82]

A nuestro amigo Lorvent –comenta MT– le resultaba sospechosa la naturaleza camaleónica del club.

[El Lyceum] es una especie de camaleón, que adopta todos los colores: el blanco y el negro, el verde y el rojo, según convenga para la recluta de asociadas y para los efectos de la propaganda. Para las damas católicas, se presenta como una fundación benéfica; para las que no lo son, como asociación en que no se habla de beaterías; para las damas rojas, ostenta el rojo subido de algunas teorías radicales de emancipación, y hasta para las damas verdes ofrece el atractivo de los bailes de la «Argentina», y acaso también las crudezas pornográfico-científicas del Dr. Juarros... ¡Extraña policromía![83]

Lo que resultaba ofensiva era la coexistencia pacífica de maneras distintas de pensar o de sentir. A eso se debía la variedad de gente relevante y famosa que pasó por sus salones. García Lorca dio una conferencia sobre la imaginación y la inspiración en poesía; Rivas Cherif dio una sobre la danza española, ilustrada con intervenciones de la bailarina Laura de Santelmo; Unamuno llevó a cabo una lectura de su obra *Raquel encadenada;* Azaña habló sobre el *Quijote*. Suscitaron mucha controversia, además de la conferencia de Alberti de la palomita y el galápago, la del doctor Lafora sobre la psicología de Don Juan o la del doctor Marañón sobre el amor y la eugenesia.[84] Carmen Baroja nos cuenta en su Diario que no hubo intelectual, médico o artista que no diera una conferencia en el Lyceum. Los temas eran muy variados. En los años treinta, se dio una conferencia en alabanza de la mujer gorda, especialmente como madre: «una madre debe ser gorda», dijo el conferenciante. «Es preciso que una madre sea la mayor cantidad de madre posible.»[85]

En estos años se produce un fenómeno de emergencia social, largo tiempo presagiado, una revolución silenciosa gestada desde finales del siglo XIX. Como aseguraba Concepción Arenal en el año 1883, «la cuestión social de la mujer está esencialmente planteada en España, y, como todas las cuestiones que se plantean en la sociedad, es preciso resolverla». Y esta cuestión no se empieza a plantear, como en los países anglosajones, en el marco de la reivindicación de derechos políticos como el voto, sino en el plano de la educación.[86]

La España de finales del XIX y principios del XX presenció un renacimiento pedagógico. El lema «Escuela y Despensa», enunciado por Joaquín Costa, es el más escueto y dramático programa político que nunca se haya escrito, salvo el propuesto por don Adolfo Posada, que creía que con «Escuela» bastaba, porque «la Escuela es la llave de la Despensa».[87] Tal concisión se había ampliado teóricamente y profundizado técnicamente gracias a figuras como Francisco Giner de los Ríos, José Castillejo, Manuel B. Cossío, y otros protagonistas de la Institución Libre de Enseñanza. La fundación de la Junta de Ampliación de Estudios, del Instituto-Escuela, de la Residencia de Estudiantes, de la Residencia de Señoritas, la aparición de movimientos educativos católicos como las escuelas del padre Manjón o las teresianas del padre Poveda, o anarquistas como los ateneos libertarios o posteriormente el grupo de Mujeres Libres, que surgió en Cataluña, demuestran la vigencia de la utopía educativa, que incluía como núcleo irremediable la educación femenina. Cuando el 13 de octubre de 1909 es fusilado Francisco Ferrer Guardia, muere gritando: «¡Viva la Escuela Moderna!» Un grito que pone de manifiesto esta revolucionaria amalgama de política y educación. En 1914, Ortega funda la Liga de Educación Política Española, para hacer una «nueva política» basada en la tenacidad educativa de una minoría selecta y comprometida:

> Vamos a inundar con nuestra curiosidad y nuestro entusiasmo los últimos rincones de España; vamos a ver España y sembrarla de amor y de indignación. Vamos a recorrer los campos en apostólica algarada, a vivir en las aldeas, a escuchar las quejas desesperadas allí donde manan; vamos a ser primero amigos de quienes vamos a ser conductores. Vamos a crear frente a ellos fuertes lazos

> de socialidad... Vamos a impulsar hacia un imperioso levantamiento espiritual los mejores hombres de cada capital... Vamos a hacerles saber a esos espíritus fraternos, perdidos en la inercia provincial, que tienen en nosotros auxiliares y defensores. Nosotros no tenemos prisa: prisa es lo único que suelen tener los ambiciosos.[88]

La Liga contaba con 99 miembros al presentarse en público –Azaña, Américo Castro, García Morente, Madariaga, Pérez de Ayala, Salinas, etc.–, entre los cuales no había ninguna mujer.[89] Sin embargo, la educación de la mujer era una de las grandes urgencias nacionales. En febrero de 1869, Fernando de Castro inició en la Universidad Central una serie de conferencias dominicales sobre «la educación de la mujer», dando relevancia a una cuestión pocas veces sometida a debate público. Algunas pioneras intentan acceder a la universidad. La investigadora Consuelo Flecha nos narra su historia.[90] María Elena Maseras consta como la primera mujer en matricularse en una facultad española (Concepción Arenal asistió como oyente a diversas clases en la Facultad de Derecho de la Complutense, pero tuvo que disfrazarse de hombre), y lo hace tras solicitar un permiso especial del rey Amadeo de Saboya para realizar los estudios de segunda enseñanza y poder continuar en la universidad después, petición que se acoge positivamente por Real Orden de 2 de septiembre de 1871, dirigida al rector de la Universidad de Barcelona. Se matricula en la Facultad de Medicina para el curso 1872-1873. Tras terminar la carrera solicita el título de licenciada, y durante tres años el caso es discutido en el Consejo de Instrucción Pública. Prevalece el criterio de que se conceda a las mujeres el derecho a estudiar, pero no al ejercicio libre de la profesión, y esto queda reflejado en el dictamen final, de enero de 1882. Ni siquiera esto tranquiliza al ministerio, que en marzo de ese mismo año publica una Real Orden que prohíbe a nuevas alumnas iniciar estudios universitarios. Todavía más: se les prohíbe el acceso a la segunda enseñanza por Orden Telegráfica de 9 de octubre de 1882. Sin embargo, una Real Orden de 25 de septiembre de 1883, tras varias solicitudes, vuelve a autorizar la matriculación de segunda enseñanza a las mujeres, pero manteniéndose la prohibición para los estudios universitarios. La Real Orden de 11 de junio de 1888 regula el reconocimiento del derecho a estudiar en la universidad, aunque de forma muy restrictiva (tienen que consultar a la superioridad para que resuelva según el caso y las circunstancias).

En el congreso pedagógico hispano-portugués-americano de 1892 toman parte activa la Asociación para la Enseñanza de la Mujer y un grupo de mujeres relevantes de la época, entre las que se encuentran Concepción Arenal, Emilia Pardo Bazán, o Concepción Aleixandre. La participación femenina es bastante numerosa. Ya no se introduce como objeto de discusión el derecho a recibir una mejor educación, se daba por hecho. La polémica se desplaza hacia los contenidos y los niveles que debía alcanzar la formación que recibieran. Las posturas están muy polarizadas. Emilia Pardo Bazán, en la conferencia pronunciada en la sección «Conceptos y límites de la educación de la mujer y de la aptitud profesional de ésta», defiende el derecho a recibir una educación completa, y busca el reconocimiento del derecho a la formación en todos los niveles y al trabajo en profesiones liberales. No se llega a debatir en este congreso, sin embargo, la organización social, tan injusta para las mujeres. Concepción Arenal señala: *«¡Sería fuerte cosa que los señoritos respetasen a las mujeres que van a los toros, y faltaran a las que entran en las aulas!»*[91] En ese mismo congreso, la ponencia de Concepción (una anciana en esos momentos) es duramente combatida por varias maestras. Se levanta a defenderla una mujer que para nosotros tiene especial relevancia, María Goyri, que tiene en esos momentos dieciocho años. Su réplica es acogida con aplausos. Emilia Pardo Bazán la abraza efusivamente. María asegura que «el miedo de los hombres de que les hagamos la competencia, me recuerda el que las cigarreras tienen a la introducción de las máquinas: gritan... El resultado no hay que dudar cuál será; contra el progreso no se puede marchar».[92]

–Javier Sáinz Moreno esboza un retrato de esta mujer, que, como ocurrió a tantas mujeres del Lyceum, consiguió unir la actividad intelectual con la acción –dice MT–. Imagínate a una chica con un amplio y abombado pantalón largo, y con blusa de manga larga ceñida con fuerte cinturón de cuero con anillas, realizando dentro de un gimnasio masculino saltos con los aparatos, poleas, picas, potro, anillas y trapecio, incluso alguna acrobacia. Una mujer muy distinta a lo que se acostumbra ver por aquel entonces. Años más tarde esa misma mujer recorre a lomo de burro zonas alejadas de la civilización en la provincia de Soria, recogiendo romances recordados por los labradores junto a su marido, Ramón Menéndez Pidal. Durante el viaje de novios por las rutas del Cid, se detienen en Osma para presenciar un eclipse de sol, y allí se le ocurre recitar el romance de la «boda estorbada» a una lavandera del Duero con quien conversa, y entonces esa campesina comienza a recitar por su parte un romance que no han oído ellos nunca sobre la muerte de un príncipe Don Juan. Éste es el origen de un estudio que María Goyri publicaría en el *Bulletin Hispanique* en 1904, «Romance de la muerte del príncipe don Juan (1497)».[93]

La historia de nuestras primeras universitarias es francamente curiosa. Gregorio Martínez Sierra lanzaba una sugerencia a las mujeres españolas en la «carta» que les dirigió. «Las puertas de la universidad no se las cierra a ustedes la ley, sino la costumbre. No es porque el Estado haya sido más justo con ustedes que en otras partes; es porque se ha olvidado de ustedes, sencillamente. Tan imposible le ha parecido, sin duda, que una mujer tenga deseo de estudiar, que no se le ha ocurrido la idea de prohibírselo. Antes de que se le ocurra, aprovechen ustedes la ventaja y pónganse a aprender encarnizadamente.»[94] Y ellas decidieron hacerlo, lo que provocó situaciones desconcertantes. María Teresa León relata en sus memorias cómo fueron las primeras clases de su tía, María Goyri: «Cuando María Goyri apareció en la puerta de la universidad para dar su primera clase, un portero estaba esperándola. La condujo, ante la sorpresa de los estudiantes, hasta la sala de profesores. Allá el decano de Filosofía y Letras se acercó ceremoniosamente a la muchacha. Señorita, quedará usted aquí hasta la hora de clase. Yo vendré a recogerla. La cerró con llave y se fue a sus ocupaciones. Cuando sonó la campana, el profesor regresó, abrió el encierro y ofreciéndole el brazo la hizo caminar lentamente entre dos filas de estudiantes que entre asombrados e irónicos veían la irrupción de la igualdad de los sexos instalada en la universidad. (...) Todos los días se repetía la escena.»[95]

María sufrió las ridículas restricciones para ir a la universidad. Su presencia se consideró un problema de orden público, que exigía tomar medidas por si el orden de las clases de veía perturbado. «Este complicado régimen se practicó durante el primer curso de 1892-1893 hasta que cayó en desuso en el Doctorado de 1895-1896, sin duda porque se advirtió que no era tan temible la supuesta barbarie de los alumnos masculinos», según el testimonio de María Goyri, recogido por Mercedes Gaibrois, historiadora y académica de la Historia en 1932, y otra de nuestras conspiradoras.[96]

En 1918, se había creado el Instituto-Escuela, experiencia que recogía la semilla de la Institución Libre de Enseñanza, y que introdujo nuevos modos educativos, entre ellos, con gran escándalo de muchos, la coeducación. Constancia de la Mora, de quien tendremos ocasión de hablar, que se educó en las Esclavas del Sagrado Corazón, cuenta en sus memorias la envidia que le daba aquel otro colegio que se veía desde el suyo:

> En la calle de nuestro Colegio en Madrid, en el edificio de al lado, estaba instalada una de las pocas escuelas laicas de entonces. Fundada por don Francisco Giner, la Institución Libre de Enseñanza había servido de hogar a toda una generación de amantes de la naturaleza, de la verdadera cultura y de las cosas sencillas (...) Nosotras veíamos desde la terraza del convento jugar alegremente a los niños y niñas de la escuela vecina y recuerdo cómo las piadosas monjas nos los señalaban con el dedo, durante nuestros tristes recreos, diciendo:
>
> –Esos niños son malos. No aprenden religión. Sus padres son liberales y los pobrecitos están condenados a sufrir el fuego eterno. Además, ¡tampoco quieren al rey![97]

Los renovadores educativos consideraron que España tenía que ponerse en contacto con el resto del mundo, por eso se comenzó a mandar becarios a otros países. Ése era el primer paso para la europeización de nuestro país, asunto que despertaba recelo en algunos intelectuales de la generación del 98, y que enfrentó al joven Ortega con Unamuno. La ilustración contra el casticismo. Es curioso observar que el eslogan «España es diferente» aparece en momentos de baja cultura y sumisión política. Los utópicos educativos aspiran –siguiendo a nuestro querido Condorcet– a la universalidad. Y la antesala de la universalidad es el cosmopolitismo. Irene Claremont, una inteligente inglesa de quien fue marido José Castillejo, cuenta en su deliciosa biografía que Castillejo –un curioso personaje excéntrico a fuer de racionalista, utópico de la educación y fanático de la horticultura, que dirigió la Junta de Ampliación de Estudios–, al terminar su licenciatura, fue a pedir consejo a don Francisco Giner de los Ríos, otro eficacísimo excéntrico, sobre su futuro profesional. «¿Sabe usted francés?», le preguntó Giner. «No.» «Pues apréndalo.» Castillejo siguió el consejo y cuando se presentó al maestro para decirle: «Ya sé hablar francés», Giner le respondió: «Pues ahora aprenda alemán.»[98]

Algunas instituciones extranjeras comenzaron a colaborar con las españolas. En 1872, el matrimonio Alice y William Gulick llegaba a España para establecer una misión protestante. Después de variadas peripecias y de enfrentamientos con los defensores acérrimos de la ortodoxia, en 1892 la misión se separa de la institución educativa, y se funda el Instituto Internacional, protegido por las universidades de Harvard, Dartmouth, Chicago, Smith, Wellesley, Mount Holyoke. El Instituto Internacional tenía como objetivo «dar una libertad justa a las mujeres, presentar al pueblo español un nuevo ideal femenino: sacar de la reclusión oriental a las mujeres y ponerlas a enseñar, como hizo, hace sesenta años, Horace Mann con las jóvenes americanas».[99]

Según José Castillejo, lo esencial en la colaboración entre el Instituto y la Junta de Estudios fue la personalidad de las profesoras norteamericanas. Las americanas traen a España un modelo vivo de la mujer moderna en el momento en que las españolas están tratando de modernizarse, de hacer carreras que no sean simplemente la de Magisterio. María de Maeztu, que fue profesora del Instituto, reconoce la deuda de su Residencia con el mismo, y sobre todo con los *women's colleges* americanos, como Smith, Vassar o Wellesley, fundamentalmente los del Este. En concreto, las publicaciones sobre nacimiento, organización y crecimiento de los colleges y las visitas a esas universidades, en cuyas residencias vivió.[100] La vinculación que a partir de 1917 se da entre la Residencia de Señoritas y el International Institute for Girls in Spain va a ser la clave del establecimiento de relaciones con algunos colleges de mujeres, que enviaban maestras a España a dar clases en el Instituto.[101]

A partir de los nombres que se leen en el censo elaborado por Concha Fagoaga y de otras fuentes consultadas, comprobamos que hay bastantes extranjeras o mujeres relacionadas con el extranjero en el Lyceum.[102] María de Maeztu era hija de inglesa, Isabel Oyarzábal tenía madre escocesa, María Martos, ascendencia irlandesa, y también Victoria Kent tenía ascendencia anglosajona. Carmen Monné, casada con Ricardo Baroja, era norteamericana, como Mabel Rick, mujer de Ramón Pérez de Ayala. Trudi y Luisi Graa eran de origen suizo. Zenobia Camprubí era nieta de un norteamericano y acabó siendo ciudadana norteamericana, Constancia de la Mora había estudiado en Cambridge y escribió sus libros en inglés. Además, con el Lyceum colaboraron distinguidas personalidades iberoamericanas: Gabriela Mistral, Victoria Ocampo, Alfonsina Storni, Norah Borges –la hermana de Jorge Luis, una conocida ilustradora–. Era, pues, una institución cosmopolita, lo que, como sabemos desde Kant, es la antesala de la universalidad. Tal vez éste es uno de los rasgos que estrepitosamente distingue al Lyceum del provinciano ambiente español, que aún no ha perdido el pelo de la dehesa, del cortijo, la masía, el pazo, o el caserío.

V. LAS PROTAGONISTAS

Como los nombres de las protagonistas han caído en el olvido, resulta indispensable hacer una «galería de retratos» para recordarlas, pero nos parece un procedimiento demasiado estático para una generación que se caracterizó por una brusca aceleración vital. Uno de los tabúes que rompe la «mujer moderna» es el de la inmovilidad como característica femenina. Le apasiona la velocidad. José María de Salaverría escribe en el diario *ABC* un artículo donde cuenta su visión del club: «Uno de los fenómenos modernos que más ha contribuido a alterar la fisonomía de la sociedad civilizada es el de la mujer circulante y actuante. No dejaba de circular y actuar en otras épocas, pero todos sabemos con qué clase de reservas.»[103] Ya hemos mencionado la impresión de aceleración que María de Maeztu producía, y que recoge también Carlos Morla-Lynch, diplomático chileno cuyas memorias proporcionan una interesante visión de estos años: «Lista y avispada, de una vivacidad y rapidez asombrosas. Diríase que anduviera sobre patines de ruedas.»[104] Victoria Kent creía que al avión cambiaría nuestro modo de relacionarnos. Las vanguardistas del Lyceum –Concha Méndez, Ernestina de Champourcin, Maruja Mallo– consideraban que la movilidad era el requisito indispensable de la libertad. Medio siglo después, Francisco Umbral llamó la atención sobre la importancia que la velocidad tuvo en la modernización de las costumbres hispánicas:

> La velocidad es libertad en acto. Los que trajeron las primeras vespas no sabía lo que hacían. Trajeron las gallinas de la libertad. Con la democratización de la velocidad en España, allá por los años cincuenta, empezaron todos los males. La velocidad es un simulacro de la libertad, como el confort es un simulacro de la justicia. Pero a veces son peligrosos incluso los simulacros. La vespa tuvo enseguida una leyenda erótica, y no sin razón. Porque lo cierto es que la pareja perdía muchas inhibiciones al poner tierra de por medio entre ellos y la familia, la moral, las costumbres, los prejuicios, los usos, el qué dirán y todo eso. Se supo entonces, gracias a la vespa, que la moral es tanto una cuestión de tiempo como una cuestión de espacio.[105]

«Creo que uno de los modelos de "inteligencia social"», dice MT, «es el de "redes sociales", y me parece que las mujeres las establecen con más facilidad.» Es cierto que muchas de las protagonistas de esta historia se conocían, participaban en grupos que entre sí se relacionaban también. El caso más notable es María de Maeztu, que formaba parte de casi todas las instituciones educativamente relevantes; entre otras cosas dirigía la Residencia de Señoritas, institución creada junto a la Residencia de Estudiantes por la Junta de Ampliación de Estudios e Investigaciones Científicas. Victoria Kent fue residente y bibliotecaria de la misma, y la primera mujer graduada en Derecho.[106]

Victoria Kent envía a Antonina Rodrigo en el año 1978 esta semblanza de la Residencia de Señoritas: «La Residencia de Señoritas significó un gran avance en la vida de las estudiantes españolas, una obra valiosa de evolución liberal y moral, inspirada por la Junta de Ampliación de Estudios. Solucionó el problema del alojamiento en pensiones y casas de huéspedes, únicos medios de que disponían las estudiantes de provincias que deseaban cursar materias superiores en universidades u otros centros superiores en Madrid. La solución fue perfecta. (...) El ambiente creado por las residentes era fraternal y convivíamos cordialmente con todas las ideologías. Disponíamos de toda libertad para asistir a nuestras clases, bien en la Universidad, bien en otros centros culturales. Pero las salidas de noche sólo eran permitidas si íbamos acompañadas por algunas amigas o familia responsable. No teníamos contacto con la Residencia de muchachos, es decir, no teníamos reuniones conjuntas, pero sí podíamos asistir a las conferencias que se organizaban allí (...)»[107]

En un borrador de una Memoria de la Junta explicando la labor de la Residencia, María de Maeztu, además de describir los cursos que se imparten a las alumnas, indica los propósitos, que van más allá de la pura instrucción académica: «La labor de la Residencia no se limita a dar a las alumnas una intensa formación intelectual. Intenta ofrecer a las muchachas un ambiente sano, favorable a los ideales morales, utilizando para ello la acción de la vida corporativa en un régimen de prudente libertad. Busca todos aquellos influjos que pueden multiplicar los intereses de las estudiantes: ofrece libros, fomenta excursiones, pone a las jóvenes en comunicación con pensadores y artistas y les acerca, mediante revistas y conferencias, a los estremecimientos del mundo. (...) Para atender a su desarrollo físico, organiza deportes y juegos al aire libre; y para la tutela moral, recurre al ejemplo, usa la sanción del buen gusto, sostiene la tradición de los buenos modales, realza el sentido de la dignidad humana y procura alejar los estímulos envilecidos.»[108] Las chicas de la Residencia la apodan cariñosamente «María la Brava» por su severidad disciplinaria.

Victoria Kent se inscribió en el Colegio Oficial de Abogados de Madrid en 1925. Las otras dos a las que se les permitiría ejercer la abogacía por aquel entonces fueron Clara Campoamor, que inició su carrera un mes después, y Matilde Huici, la única casada, que lo hizo en 1926, también socias del Lyceum. El juicio en defensa de Álvaro de Albornoz –uno de los encausados por la fracasada rebelión republicana de diciembre de 1930 contra la Monarquía– contribuiría de manera especial a la fama y el prestigio de Victoria como abogada. Fue la primera mujer en el mundo que informaba como abogado ante un Tribunal Supremo y lo hacía ante el tribunal militar de máxima jerarquía, el Tribunal Supremo de Guerra y Marina, los días 20 y 21 de marzo de 1931. La prensa se hizo eco de su brillante actuación. Magda Donato la describiría de la siguiente forma: «Victoria Kent tiene una personalidad acusada, con su ya célebre boina de terciopelo, su impecable traje sastre, sus blusas de estilo "camisero", su alta y esbelta figura... Físicamente, tiene "línea", una línea perfectamente definida; y su vida tiene "línea" también.»[109] Amiga de Matilde Huici y Clara Campoamor fue Hildegart, un trágico personaje del que hablaremos después.

En la Residencia de Señoritas colaboró también Zenobia Camprubí, que nos va a poner en relación con una interesante mujer: Constancia de la Mora y Maura, «Connie», un ejemplo de las tensiones políticas que fracturaron la sociedad española. Constancia y su hermana Maruchi eran nietas de don Antonio Maura, que fue Jefe de Gobierno durante el reinado de Alfonso XIII, sobrinas de Miguel Maura, ministro de la República, y primas de Jorge Semprún Maura, ministro socialista durante el reinado de Juan Carlos I.[110] Educada en un ambiente tradicional, se casa con un señorito malagueño empeñado en despilfarrar su dinero. En marzo de 1931, cuenta en su autobiografía –*Doble esplendor*– que llega a la estación de Atocha decidida a «comenzar una nueva vida», y se da cuenta de que «España entera se disponía a hacer algo muy parecido».

> Entonces fue cuando Zenobia se cruzó en mi camino, para continuar a mi lado durante mucho tiempo. Había oído hablar de ella a varias de las familias norteamericanas de empleados de la General Motors. Tenía pisos amueblados para alquilar y, en cuanto algún americano llegaba para vivir en Madrid, ya fuese solo o con su familia, acudía a Zenobia, antes que a ningún otro sitio, para ver si tenía algún departamento para rentar. Había establecido una tienda, junto con una amiga suya (Inés Muñoz), en donde vendían bordados, vidrios, cacharros de cerámica y de barro y otros objetos fabricados por las industrias populares de España. (...) Todo lo que había llegado a mis oídos sobre Zenobia me fascinaba y llenaba de curiosa admiración; así que me propuse visitarla y hablarle de mis problemas. Antes de presentarme en su casa decidí telefonear, y con gran extrañeza por mi parte comprendí que ella ya sabía quién era yo y lo que me sucedía, y no encontró nada de extraño en que quisiera hablar con ella. Yo no me había dado cuenta, hasta entonces, de que nuestros asuntos particulares eran ya del dominio público. (...) Me propuso, mientras

ella estuviese fuera, que me encargase de sus departamentos amueblados, aunque me advirtió que no podría pagarme más que 1,50 pta por cada hora que yo dedicase a aquel trabajo. Sabía que aquello era muy poco y casi le avergonzaba ofrecérmelo, me dijo, pero sentía mucho no poder pagarme más. Me entregó un billete de cincuenta pesetas a cuenta de mis gastos y me prometió que, a su regreso, probablemente me ofrecería un puesto en la tienda que ella y su amiga Inés Muñoz tenían, y que se llamaba Arte Popular Español. (...) Mi presencia en la tienda atrajo nueva clientela, pues muchas señoras de la sociedad acudían aunque no fuera más que por ver a la nieta de Maura despachando.[111]

Posteriormente, Constancia se divorció, se enamoró de Ignacio Hidalgo de Cisneros, jefe de la aviación republicana, se casó con él, se afilió al Partido Comunista, y tuvo que exiliarse después de la guerra. En cambio, su hermana Maruchi, íntima amiga de José Antonio Primo de Rivera y de Dionisio Ridruejo, fue una de las jefas de la Sección Femenina de Falange Española.

Varias liceómanas estaban vinculadas a Juan Ramón Jiménez, por amistad o por admiración. Por ejemplo, Ernestina de Champourcin. A María Lejárraga, de una generación anterior, le unía una gran amistad con Juan Ramón. Se conocieron en 1900, a la llegada del poeta a Madrid, y antes de que Juan Ramón se casase con Zenobia. Esa amistad se intensificaría con la preparación e inmediata publicación de la revista modernista *Helios*. Gregorio Martínez Sierra y María Lejárraga, Juan Ramón Jiménez, Pedro González Blanco y Ramón Pérez de Ayala decidieron hacer una revista literaria «seria y fina», como escribiría Juan Ramón a Rubén Darío en una carta en 1903. Cuenta María en sus memorias: «Nosotros cinco hacíamos de todo: novela, poesía, crítica de literatura y arte, filosofía, amén de traducir verso y prosa extranjeros. Sección peculiarísima de nuestra afortunada revista fue su glosario, conjunto de notas sobre todos los temas posibles, que escribíamos todos y que se firmaba con el nombre de Helios, símbolo y cifra de nuestro afán común.»[112] La mujer de Pérez de Ayala, la norteamericana Mabel Rick, sería también socia del Lyceum.

Otras socias del Lyceum se conocían por su participación en la Asociación Nacional de Mujeres Españolas (ANME), una de las primeras asociaciones femeninas, fundada en 1918. La presidenta de la ANME, María Espinosa de los Monteros, que dirigía la casa Yost de máquinas de escribir, definió a la ANME en una conferencia que pronunció en la Real Academia de Jurisprudencia y Legislación de Madrid («Influencia del feminismo en la Legislación contemporánea») como de tendencia de *centro*, al excluir a la derecha y a la izquierda.[113] «Curiosamente», dice MT, «por las memorias publicadas por María Lejárraga, que tras la muerte de Gregorio firmaba como "María Martínez Sierra",[114] sabemos que le gustaba trabajar utilizando una máquina de escribir Yost, de la misma casa que dirigía María Espinosa de los Monteros a la temprana edad de veintidós años. A María le gusta describirse como una mera amanuense de sus personajes: ellos bullen en su interior, y requieren de la mano de la escritora para cobrar vida. Juan Ramón Jiménez, gran amigo suyo, le aseguró una vez que si no escribía un libro admirable, no sería más que una española inofensiva. Y ella siente una inquietud que no logra explicar, pero que la empuja a actuar de alguna forma, inquietud que le impide sentarse tranquilamente en casa a esperar a su marido. María, que como todo escritor lleva un demonio dentro, decide seguir el consejo de Goethe, y escribirle para aquietarlo. Lucha contra él de esa forma. En su libro cuenta que una vez, paseando por un jardín en no recuerda qué lugar del mundo, vio un reloj de sol con la siguiente frase: "nisi serenas", no señalo sino las horas serenas, y que le impactó tanto que lo adoptó como lema de vida.[115] De sus ganas de comunicar y de esa máquina Yost salieron, entre otras obras, su famosa *Canción de cuna.*»[116]

La maestra Benita Asas, firme defensora del voto femenino, y posterior presidenta de la Asociación, es otro nombre a tener en cuenta en esta investigación. Isabel Oyarzábal, escritora, conferenciante, corresponsal de prensa extranjera, dramaturga, actriz, folklorista, traductora, diplomática, fue una de las vicepresidentas del Lyceum y miembro de la ANME. Esta malagueña de madre escocesa llegaría a ser embajadora de España en Suecia y Finlandia con la República.[117] A la ANME, fundada ocho años antes de la inauguración del Lyceum, pertenecieron también Clara Campoamor, María de Maeztu y Victoria Kent. Otras asociaciones, como la Cruzada de Mujeres Españolas en la que tan activamente participó la periodista y escritora Colombine, o la Juventud Universitaria Femenina (de la que formaron parte María de Maeztu, Clara Campoamor, María Espinosa de los Monteros, Victoria Kent o Elisa Soriano, entre otras), estuvieron también presentes en el Lyceum.[118]

Continuamos con la red de relaciones. María Lejárraga era amiga de Victoria Kent, y tuvo bastante que ver con el nacimiento de la Elena Fortún escritora. En el libro de Marisol Dorao *Los mil sueños de Elena Fortún*[119] se revela que María fue la que puso en contacto a Encarnación Aragoneses (el verdadero nombre de Elena) con Torcuato

Luca de Tena, propietario del diario *ABC* y de *Blanco y Negro*. Encarnación guardaba una serie de cuadernos con múltiples historias que había ido desarrollando en sus frecuentes paseos por el Parque del Retiro de Madrid: se sentaba en uno de los bancos, mirando jugar a los niños, escuchando lo que decían, y riéndose de sus ocurrencias. Estos cuadernos se los enseñaría Encarna a María en uno de sus encuentros en los salones del club, y María, entusiasmada, decide presentarle al fundador del *ABC*. Encarnación comienza a colaborar con *Gente Menuda* en el año 1928, colaboraciones que no se referían solamente a modas o consejos femeninos, sino que tenían un ámbito mucho más amplio: de ellas surgieron personajes como Roenueces, el simpático conejito, Don Oppas, o el Mago Pirulo. Así nacieron Celia y su hermano Cuchifritín. Algunos de estos personajes saltarían de las publicaciones semanales a los libros. Y uno de los libros de Celia nos ha traído hasta aquí. El mundo es un pañuelo.

También tenemos a las chicas del Círculo de la Generación del 27, a la nadadora y poetisa Concha Méndez, la pintora Maruja Mallo, la poetisa Ernestina de Champourcin y la escritora María Teresa León, jóvenes vanguardistas adelantadas que comenzaban a conquistar el espacio público, y que mantuvieron relaciones con importantes figuras del mundo cultural. Concha, que fue novia de Buñuel, se casaría con Manuel Altolaguirre, y Ernestina de Champourcin lo haría con Juan José Domenchina; Maruja Mallo fue novia de Alberti, quien finalmente se casaría con María Teresa León.

Carmen Baroja también generó una red. Hermana de Pío y Ricardo, madre de Julio y Ricardo Caro Baroja, sus memorias son un estupendo testimonio de este sorprendente club femenino; en ellas señala lo que es el problema fundamental para las mujeres por aquel entonces: la falta de preparación, que te permitiría cuestionarte las cosas, y la falta de reconocimiento público de esa preparación, necesaria para ganarte la vida y escoger, si así lo deseas, un camino diferente al establecido. «Yo era francamente feminista, veía la poca diferencia que había entre los dos sexos. Encontraba a muchos hombres estúpidos, tan estúpidos o más que las mujeres, y que, sin embargo, gozaban de un sinfín de prerrogativas en todas partes, desde las mismas ideas ancestrales, pasando por la literatura, hasta la Iglesia, etcétera. Esto me sublevaba. Yo creía que si las mujeres, empezando por mí, a quienes veía en mi propia casa, en mi propia familia, a muchas con magníficas cualidades, no éramos más inteligentes era por nuestra falta de preparación, por nuestra falta de conocimientos. Además, me avergonzaba de las estratagemas de las muchachas, y sobre todo de las mamás de las muchachas, para pescar novio, aunque yo iba comprendiendo que se trataba con el matrimonio de solucionar problemas trascendentalísimos... Por eso yo como todas o casi todas las de mi generación creíamos a pies juntillas que, en cuanto las chicas tuvieran manera de ser independientes, cesarían estas escenas y las muchachas andarían libres, sin dedicarse a la vergonzosa caza del novio.»[120]

No debemos olvidar tampoco en nuestra investigación al Instituto Internacional, la institución norteamericana unida muy estrechamente a María de Maeztu. Helen Phipps, que formará parte de la junta directiva del Lyceum como vicesecretaria, dirigía el Instituto Internacional en el año de la fundación del club. Helen, profesora de la Universidad de Columbia que, como muchas otras profesoras norteamericanas procedentes de diversas universidades, como Vassar o Smith, vienen para dar clases en el Instituto Internacional con la idea de contribuir a la educación de las mujeres en España, inicia una práctica adjunta a las clases de inglés, durante el año 1926, que tiene un enorme éxito, como recoge la publicación interna *notes & news* del Instituto Internacional.[121] Se trata de los tés semanales, a los que acuden las chicas de la Residencia de Señoritas y algunas de las profesoras del Instituto-Escuela para niños, así como las amigas españolas del Instituto Internacional. El éxito de estos tés de Helen posiblemente influyera en la idea de fundar el Lyceum, como fiel trasunto de otros que se creaban en Europa. El contacto con estas mujeres extranjeras que se lanzan a vivir a países tan distintos a los suyos guiadas por el afán de ayudar en la medida de sus posibilidades, mujeres que practican gimnasia, que leen libros que no tratan únicamente de economía doméstica y religión, que en suma les abren los ojos a otra realidad tan distinta de la suya propia, tiene mucho que ver en que empiecen a tomar conciencia sobre la situación tan atrasada de la mujer en España.

De tan tupida red de redes va a emerger el Lyceum.

VI. LAS VANGUARDISTAS
(Concha, Maruja, Ernestina)

Vanguardistas, universitarias, extranjeras formaban la parte más llamativa del Lyceum. Había en el aire una renovación artística. En los primeros años del siglo XX, el arte ejerció de vanguardia ideológica y social. «Eran los tiempos en que por las calles madrileñas corría la subversión y la burla»,[122] escribe María Teresa León. Al Lyceum Club acuden mujeres casadas y con hijos, las «maridas» de gente importante, de las que hablaremos después, pero también chicas, muchas de las cuales se alojan en la Residencia de señoritas. Entre las chicas jóvenes que acuden, como socias o como invitadas, destacan tres que se han sentido fascinadas por las vanguardias de la época. En 1925, año fundamental para el cambio en las artes plásticas y para el Arte Nuevo, se edita la doctrina surrealista de Breton en la *Revista de Occidente* y se publica el ensayo de Ortega *La deshumanización del arte*, todo ello un año antes de la inauguración oficial del club. En ese mismo año se conocen Concha Méndez y Maruja Mallo. Y ambas entran en contacto con la joven poetisa Ernestina de Champourcin. Las chicas jóvenes del Lyceum conocían las nuevas tendencias, leían periódicos como *La Gaceta*

Literaria o *El Sol*, y estaban al tanto de lo que se hacía en otros países. Mostraban además mucho interés por la obra de sus compañeras de generación, y trataban de establecer contacto con todas ellas. La poetisa Carmen Conde, desde Cartagena, mantiene una intensa correspondencia con Ernestina de Champourcin, y le pide que le informe sobre el Lyceum y sus actividades.[123]

Las tres se rebelaron contra lo que la sociedad esperaba de ellas. En *Concha Méndez. Memorias habladas, memorias armadas*, la nieta de Concha, Paloma Ulacia Altolaguirre, recoge un testimonio de su abuela:

> Al presentarnos al señor, éste preguntó a mis hermanos: «Pequeños, ¿qué queréis ser de mayores?» No recuerdo lo que contestarían, pero viendo que a mí no me preguntaban nada, teniendo toda la cabeza llena de sueños, me acerqué y le dije: «Yo voy a ser capitán de barco.» «Las niñas no son nada», me contestó, mirándome. Por estas palabras le tomé un odio terrible a este señor. ¿Qué es eso de que las niñas no son nada? Empecé a pensar. Yo era una niña que estaba inconforme con mi medio ambiente.[124]

Giménez Caballero habla en su folletín de Concha y la describe de la siguiente forma: «Es una monja alférez. Casta y guerrillera. Se marchó inflamada de aventura y de mundo. Desde entonces su vida es un baedeker. Cuando me la encontraba, por las calles de Cogul, ya sabía cómo saludarla: "Y ahora, Concha, ¿adónde vamos y de dónde venimos?" Y ella se electrizaba respondiendo: "¡Me marcho a África, vengo de América y he pasado por Oceanía!"»[125]

Ernestina le habla a Carmen Conde de Concha Méndez en una de sus cartas, en octubre de 1928: «Concha tiene ganas de conocerte, siente por ti una gran simpatía aunque sois, a mi juicio, completamente opuestas. Ella hace versos como juega al tenis o gana campeonatos de natación. Su familia le ha prohibido escribir y en vista de eso quiere marcharse fuera, se irá a Londres probablemente.»[126] Concha era una nadadora estupenda que ganó varios premios, escribe poesía y, en un momento de su vida, perseguiría sus sueños de convertirse en capitán de barco, de marchar por África, América y Oceanía, y dejaría España, «despidiéndome de los míos por medio de una carta que manos amigas les hicieron llegar. Embarqué en Bilbao –de tripulante– gracias a la recomendación que conseguí de una compañía naviera, en un barco de cabotaje de los llamados vagabundos. Del puerto inglés de Cardiff, adonde llegué en una mañana tan fría como inolvidable, el barco había de dirigirse a Panamá. Por un momento pensé cambiar el terrible frío inglés por el calor tropical panameño y jugué mi destino a la cara o cruz de una moneda –años después leí que Jorge Sand había jugado la misma suerte en un momento de indecisión de su vida y me gustó haber coincidido con tan ilustre escritora–. El destino me había llevado a Londres; apenas sabía inglés, pero el caso es que gané mi sustento enseñando el español y valiéndome del idioma francés para entenderme con mis discípulos, en su mayoría señoras. El sustento espiritual me lo proporcionaban: museos, parques y ciertos hábitos agradables de la vida inglesa... Finalizado aquel verano, regresé a Madrid; otra vez la vida burguesa. Y otra vez la atracción de América en mi mente. Con lo poco que aún conservaba ahorrado de mi trabajo en Londres, alcancé a pagarme un pasaje de emigrante (fui de los últimos emigrantes que llegaron a Argentina) a bordo del transatlántico español *Infanta Isabel*. El dinero no me daba para más, y rechacé toda ayuda ajena. Salí del puerto de Barcelona (...). Por causa de fuerza mayor (no llevaba dinero), apenas llegada (a Buenos Aires) comencé a colaborar en grandes diarios y revistas; pues, al conocer mi situación, las gentes me ofrecían su ayuda».[127]

Ernestina informa a Carmen Conde de las aventuras de su amiga Concha en una carta de 16 de enero de 1929: «¡Concha Méndez se fue! Ayer recibí una postal suya de Bilbao, a punto de embarcar. Está loca, radiante; y eso que llegará a Londres con 50 pta en el bolsillo. Me tiene impresionada su valentía. Además, nuestros primeros escritos han sido gemelos, siempre. Es como si parte de mí, la Ernestina vagabunda y bohemia, se hubiera ido con ella. Dijo en nuestra última entrevista: "Seré Mar sobre el Mar."»[128]

Concha Méndez tenía un veloz Citroën, de moda en la época. Ernestina contribuirá a fundar el Cineclub de Madrid que se reunía en el Hotel Ritz; y Concha y Maruja, como todos los compañeros de vanguardia, sentirán una enorme fascinación por el cine. Bajo la influencia de la nueva imagen femenina, transformada tras la Primera Guerra Mundial, Ernestina, y sobre todo Concha y Maruja, se desenvuelven sin pudor y sin complejos entre sus compañeros: Dalí, Lorca, Buñuel, Benjamín Palencia, Alberti, Altolaguirre, Domenchina. Les acompañarán en sus exploraciones, en su deseo de vivir intensamente, transformando el presente, soltando lastres del pasado. Ernestina y Maruja llevaron el pelo *à la garçonne*. Éste es un hecho significativo. Hacia 1924 se puso de moda el corte de pelo *à la garçonne*, que venía a acabar con los viejos tirabuzones y las largas cabelleras cantadas por los poetas. La novedad llegó de París. La moda *à la garçonne* manifiesta un cambio cultural. La expresión la inventó Victor Margueritte, en su novela *La Garçonne*, que vendió un millón de ejemplares entre 1922 y 1929. Monique Lerbier, la heroína, denuncia en ella la hipocresía burguesa, multiplicando las aventuras sexuales, las transgresiones, antes de encontrar un inesperado equilibrio. Diseña un tipo que va a ser imitado, en el que el estilo físico es determinante. El corte de cabellos es masivamente adoptado en Francia. Con ello se transformaba una tradición inmemorial, el poder misterioso de la cabellera, su secreto su acción oculta. Muchas mujeres no se atreven, otras lo hacen contra la opinión familiar.

En España se va imponiendo más lentamente, y el primer paso es la liberación del sombrero. Cuando en 1924 dos mujeres –María Teresa Usabiaga y Pilar Careaga– se matriculan en la Escuela de Ingenieros Industriales, el periódico *El Debate*[129] dedica mucha atención a ese hecho sin precedentes. De las dos pioneras, María Teresa tiene un aspecto más transgresor, porque va sola y sin sombrero a la escuela. Pilar, en cambio, va acompañada de un familiar, que va a recogerla al final de las clases, y lleva sombrero. Concha Méndez y su inseparable amiga Maruja se dedicaban a la transgresora práctica del *sinsombrerismo.* «Íbamos por los barrios bajos, o por los altos, y fue entonces cuando inauguramos un gesto tan simple como quitarse el sombrero. Recuerdo un pleito que tuve con mi madre una tarde que me veía salir a la calle con la cabeza descubierta: "¿Pero por qué no llevas sombrero?" "Porque no me da la gana..." "Pues te tirarán piedras en la calle." "Me mandaré construir un monumento con ellas." Íbamos muy bien vestidas, pero sin sombrero, a caminar por el Paseo de la Castellana. De haber llevado sombrero, hubiese sido un globo de gas: el globo atadito a la muñeca con el sombrero puesto. En el momento de encontrarnos con alguien conocido, le quitaríamos al globo el sombrero para saludar. El caso es que el sinsombrerismo despertaba murmullos en la ciudad.»[130]

El periodista Julio Romano ya nos puso sobre aviso al inaugurarse el club. Si las mujeres eligen el camino del estudio, si empiezan a poner en duda el lugar que les ha sido asignado en la estructura social, dejarán de ser femeninas, se masculinizarán: «Siluetas rectas, a lo mancebo, pelo a lo chico, cigarrillos egipcios, ademanes viriles y clubs, la mujer moderna se lanza audazmente a la conquista de las costumbres y privilegios masculinos con un alegre desenfado. La caricatura de un periódico exótico pone de relieve la confusión a que da lugar en el hogar, y en la calle, la masculinización femenina. Las primeras víctimas son los niños. En la historieta gráfica que tenemos a nuestros ojos, un crío, un mamoncete de medio palmo, mira con extrañeza a su madre, que tiene el pelo violentamente cortado, viste pijama y fuma un cigarrillo. El chiquillo eleva sus ojos claros e infantiles en la andrógina figura que tiene ante sí, y dice sorprendido, confundiéndose: "¡Anda: hoy le toca a papá darme el biberón!" (...) El Lyceum debe ser el hogar posible de todas las mujeres españolas, y no una agrupación donde predomine la catedrática y la marisabidilla, la doctora redicha y petulante. ¡No, por Dios! Ese tipo extranjero de señora de anteojos de concha, carpeta debajo del brazo, estirada y seca como un sarmiento, que hace la exégesis de Kant o Hegel, mientras su marido empuja el carrito del bebé, o limpia los cacharros de la cocina, esa mujer de caricatura humorística recuerda con su antipática presencia el axioma de que "las demasiadas letras secan el corazón", y el tesoro de la mujer española es su dulzura, su piedad, su comprensión humanitaria de todos los dolores, y cualquier cosa que pueda cegar esas fuentes lo creemos un sacrilegio»...[131] Si alguien las señala con el dedo y las llama «feministas», su familia sufrirá las consecuencias. El egoísmo de estas mujeres les hará desgraciados. Lorvent les recuerda todo esto: «¿Cómo cumplirá su obligación de educar a su prole la que no piensa sino en la discusión de los derechos de la mujer, y en la conferencia que ha de dar en el mitin abolicionista?»[132]

Como escribió Francisco Umbral, dos constantes caracterizan a la vanguardia artística y literaria del primer cuarto del siglo XX en Europa: experimentación y alegría. «Las vanguardias», decía, «fueron la revolución del optimismo, frente al pesimismo y el milenarismo catastrofista del realismo burgués.»[133] En una encuesta escrita publicada en *La Gaceta Literaria*, Ernestina definía la vanguardia de la siguiente forma: «He entendido la vanguardia como un estado de espíritu inherente a la juventud auténtica, la que no se disfraza de anacrónicas gravedades... Todo joven que viva su época intensamente, actuando sobre ella con elementos de futuro, despertando con su esfuerzo las posibilidades del porvenir, sincero ante sus posibles evoluciones, es, en mi opinión, un vanguardista.»[134] Estamos en los años veinte, la época del jazz, del charlestón, de los dry martinis y los peppermint, de los cafés literarios (el Café Gijón, la Granja del Henar, el Café Castilla, Fornos, Kurtz, el Café de la Montaña, el Café Pombo...), de los automóviles veloces, los hoteles cosmopolitas (los bailes y el té en el Ritz y el Rector's Club en los bajos del Palace, que se puso de moda por las actuaciones de un grupo de músicos negros neoyorquinos), la sexualidad abierta, el cine y el pelo a lo garçon... Todos estos iconos del vanguardismo influyeron en las chicas jóvenes del Lyceum.

Ernestina y sus amigos se dedican a juegos surrealistas, parecidos al que intentó Alberti en su controvertida conferencia. En una serie de entrevistas concedidas a J. A. Ascunce,[135] Ernestina contaba que practicaba con amigos (Altolaguirre, Concha Méndez, Domenchina y otros) un juego en cafeterías madrileñas. Todos traían un poema anónimo, que era depositado en una caja o similar. Cada uno cogía el poema que le caía en suerte y lo firmaba como si fuera propio. Se podía modificar el poema y adaptarlo al gusto y estilo de cada cual. Comentaban que era la ley de la suerte y del azar. No quiso responder a la pregunta de si alguna vez habían publicado algún poema con el nombre del autor adoptante y no del verdadero. Cuando le preguntó si en la hoja literaria que dirigía Domenchina en el periódico *El Sol* aparecían poemas con la autoría trastocada no lo afirmó ni lo negó, se limitó a decir que eran simples juegos surrealistas. También les gustaba jugar a «los cadáveres surrealistas»: proponían un tema y unas claves de juego que podían ir desde el tipo de verso hasta el número de ellos. Cada compañero escribía lo que le había correspondido y todos los depositaban de forma anónima en una caja. Después iban sacando en suerte y, según el orden de recogida, se montaba el poema. Aunque la mayoría resultaban, según ella, auténticos disparates, algunas veces se quedaban sorprendidos con el resultado obtenido.

Ernestina fue la única mujer, junto a Josefina de la Torre, a la que Gerardo Diego introdujo en su influyente antología *Poesía española contemporánea* (1915-1932). Ella ama el instante de la creación, el momento en que se decide a escribir versos y lo pone en práctica, y no el resultado plasmado en el poema: se desentiende de perfeccionarlos una vez escritos o de corregirlos tras ser publicados. «¿Por qué ese afán de incluir al poeta, al contemplador, en el grupo de los estáticos y de los inactivos? La contemplación es una acción. El que la ejerce actúa sobre las cosas interpretándose y gozándose en ellas. Me encantaría ser aviadora. ¡Qué poemas inéditos debe haber en el aire! Eso sí, me guardaría mucho de llevar pasajeros. La acción de los contemplativos es destructora. Hay momentos en que incluso a los poetas nos pesa el éxtasis. Si yo pudiera, los trenes del mundo no tendrían secretos para mí y las carreteras más lejanas conocerían por su latido el motor de mi auto. Mi ideal consiste en correr, correr desenfrenadamente y pararme un poquito todos los días a paladear hondamente, gustosamente, los kilómetros recorridos.»[136]

–Me recuerdan –dice JAM– un poema de José Antonio Muñoz Rojas dedicado a una joven ciclista: «No pesa el corazón de las veloces». Estas tres muchachas rompen la estética femenina de la época, son raudas, viajeras, audaces, arriesgadas. Una de las conquistas de la mujer moderna es la velocidad.

Ernestina de Champourcin admira a las mujeres que escriben poesía por aquel entonces. Del libro de poemas *Surtidor*, 1928, obra de Concha Méndez, dice lo siguiente: «un cielo sin límites cruzado por aviones y transatlánticos sirve de fondo a esta segunda etapa de su obra –de su vida también–, ya que el poeta partió a tierra extraña cumpliendo su inquieto afán de anchura y renovación:

> ¡A la luna en avión,
> o dentro de un proyectil
> disparado de un cañón!»[137]

Ernestina y Concha son de las que viven su época intensamente, actuando sobre el futuro. Y ambas se casan con poetas, compañeros de vanguardia: Juan José Domenchina en el caso de la primera, Manuel Altolaguirre en el de Concha. Publicados únicamente dos libros de poemas, Juan Ramón Jiménez, su maestro y amigo, le dedica un retrato a Ernestina en el *Heraldo de Madrid:* «¿En qué peligrosa zarza ardiendo de lo estraño se ha metido Ernestina? Y aunque se quiere dominar y casi se domina, y se ordena el anhelo jadeante con tensa jimnasia, le queda, ya sentada, el alboroto, el desarreglo, el susto.»[138] Cuando Gerardo Diego le pide para su antología un resumen de su poética, Ernestina se niega a definirse, y contesta: «Cuando todo el mundo define y se define causa un secreto placer mantenerse desdibujada entre los equívocos linderos de la vaguedad y la vagancia.»[139]

La pintora Maruja Mallo no nos consta que fuese socia, aunque participó en diversas actividades del club.[140] Según Susan Kirkpatrick, Concha y la pintora Maruja Mallo dieron juntas un paso fundamental para la construcción de su identidad como artistas de vanguardia: la conquista del espacio público urbano como ámbito de exploración y experiencia. Maruja y Concha gozaban en ir contracorriente y desafiar lo establecido, y comenzaron a invadir el espacio público.

Maruja rastreó la ciudad en busca de materia para su obra pictórica, salió a la calle sin carabina, acompañada de hombres o de compañeras que, como ella, harían del escándalo una forma de actuar sobre su época «con vocación de futuro, despertando con su esfuerzo las posibilidades del porvenir». Justo lo que Ernestina consideraba un vanguardista. Maruja visita museos. Se apunta a las verbenas y a las fiestas de los distintos barrios, se mezcla con la multitud y toma nota de todo aquello que ve. De los festejos castizos desciende a las tabernas y a los locales donde se proyectan películas mudas. Jean Cassou la retrata de la siguiente forma: «Se trata de una muchacha muy joven, que fue conocida en Madrid por creaciones extrañas e infantiles. Después, cambiando enteramente de técnica y objetividad, ha producido extraordinarias pesadillas que tienen su origen en esa España brutal e injuriosa que las películas de Buñuel nos han dado a conocer. Maruja Mallo compone poemas heráldicos donde las figuras son hojas muertas y esqueletos de manos y cardos. Su universo no tiene más que ruinas de la vida... Y este universo descarnado es pintado también con una delicadeza deliciosa, original.»[141] Ortega puso a disposición de Maruja los salones de la *Revista de Occidente* para su primera exposición en Madrid. En las oficinas de la revista conoció a Gómez de la Serna, quien señalaría, al referirse a la pintora, que «Maruja Mallo tiene catorce almas».[142]

Las recientes teorías físicas –comenta MT– habrían fascinado a Maruja, como a cualquier vanguardista. La historiadora del arte Linda Dalrymple Henderson argumenta que las ideas originadas por las teorías de los matemáticos Gauss y Riemann acerca de la existencia de una Cuarta Dimensión espacial que se añadiría a las tres conocidas tuvieron una enorme repercusión en la vanguardia, y el físico Michio Kaku señala la influencia de estas teorías en las tendencias artísticas, literarias y filosóficas, cómo habían impregnado las ideas del público en general entre 1890 y 1910.[143] La Cuarta Dimensión simbolizaba para la vanguardia la revolución contra los excesos del capitalismo y contra los representantes de la ciencia tradicional, deshumanizadores del proceso creativo. Las leyes de la física se simplifican en un espacio multidimensional, lo que permite que todas las piezas comiencen a encajar. Tres dimensiones no serían entonces suficientes para explicar las leyes del universo que habitamos. Newton nos transportaba a un mundo enmarcado en tres dimensiones, de pelotitas de materia que se mantienen estables por su gravedad común, separadas por el vacío. Un mundo aburrido y hasta si me apuran predecible. No me extraña que los vanguardistas se rebelaran contra la geometría de Euclides, en la que se basa Newton. Si ellos se vieron espoleados por la idea de una Cuarta Dimensión, ¿qué no habrían hecho con las once dimensiones de las que hablan algunas teorías físicas que nos sorprenden ahora? ¿Y si encima les dijéramos que a lo mejor el universo no es único, y que pueden existir multitud de universos conectados por agujeros de gusano? ¿Y si les habláramos de que todo lo que existe en nuestro universo puede estar compuesto de diminutas cuerdecitas que vibran como cuerdas de violín? ¿Qué no harían Maruja y sus compañeros de vanguardia con múltiples dimensiones y con cuerdas vibrando al unísono, dando lugar a las partículas y fuerzas que conocemos y a las que nos quedan por descubrir?

VII. LAS MUJERES Y LOS CÓDIGOS CIVIL Y PENAL («El club de las maridas»)

Las universitarias, las profesionales, las vanguardistas forman la parte más espectacular del Lyceum, pero hay otro grupo, muy numeroso, que desde el punto de vista sociológico resulta extremadamente interesante. Concha Méndez, afirmaba que al Lyceum «acudían muchas señoras casadas, en su mayoría mujeres de hombres importantes (...). Yo las llamaba las maridas de sus maridos, porque, como ellos eran hombres cultos, ellas venían a la tertulia a contar lo que habían oído en casa».[144] Las burlas hacia estas mujeres y su club eran continuas. Ni siquiera las socias o invitadas que pertenecían a diferente generación tomaban muy en serio el «feminismo de las amas de casa» que alabó Gregorio Martínez Sierra.

–Recuerdo –dice JAM– que en una conferencia que di sobre Carmen Martín Gaite hablé de la «generación de la transición a la transición», a la cual pertenecían ella o Ruiz-Jiménez. No la hicieron, pero la posibilitaron. Tuvieron una función propedéutica, y algo parecido ha ocurrido a otras generaciones a lo largo de la historia. Por ejemplo a la de las maridas.

–A las mujeres de mi generación –dice MT– nos resulta irritante la humildad generosa de estas mujeres. Creo que no somos justas con ellas. Las vanguardistas nos resultan muy cercanas, muy atractivas. Eran transgresoras. Pero creo que las «maridas» fueron, en efecto, una generación de tránsito que no debemos olvidar. Cumplieron lo que creían que era su obligación, pero no se limitaron a ello. Los casos de Zenobia o de la misma María Teresa León son a la vez admirables e indignantes.

En sus memorias, María Teresa León comenta lo siguiente, a propósito de la muerte de Zenobia Camprubí:

> Zenobia Camprubí de Jiménez ha muerto en San Juan de Puerto Rico. Zenobia Camprubí acababa de recibir el Premio Nobel. Me diréis: no, estás confundida, el Premio Nobel fue para Juan Ramón. Pero yo contestaré: ¿y sin Zenobia, hubiera habido premio? Y abriría una interrogación grande como sus vidas. Pasa tú primero. Todo está solucionado ya. ¿Qué era lo que Zenobia solucionaba tan imperiosamente? Pues la vida. La vida de los poetas no se soluciona como la de los pájaros, no provee sus alimentos aquel que cuida las golondrinas viajeras. Los poetas comen, duermen, se agitan y desean como cualquier hombre. Bueno, no, peor, son más difíciles que cualquier hombre. Zenobia Camprubí sabía muy bien esto. Si Juan Ramón era el hilo tejedor de la más alta poesía española, si era el padre de la generación estupenda que nació después del año de 1920, en España, Zenobia era para Juan Ramón la urdimbre. En su fuerza segura se trenzaba la existencia diaria de Juan Ramón (...). Juan Ramón tuvo que ir a Nueva York a buscar a Zenobia. Se embarcó en 1916 y fue en el barco escribiendo su «breve guía de amor por tierra, mar y cielo» (...). Zenobia, en el otro continente, estaba esperan-

do su destino. ¡Qué bien lo cumplió! ¡Qué agradecidos deben estar los veladores del Parnaso! Los días de aquella mujer admirable han sido todos pequeñas victorias donde su inteligencia se aplicaba a las batallas de la vida, punto a punto. Casi nadie se enteraba de esto y así se producía el milagro de Juan Ramón. Zenobia, con su pálida belleza rubia, su arrebol de extranjerismo, dejaba que sobre ella trepasen las hojas difíciles de la vida de Juan Ramón. ¡Qué sencillo parece abrir un libro de poesía! Pero antes... Zenobia firmó junto a Juan Ramón las traducciones que hicieron del poeta hindú Tagore, pero al final de cada libro, como una sombra blanca, pudo haber dejado esa vaga tristeza melancólica de los pájaros que al cantar en la tarde creen haber ayudado al sol. No dijo Juan Ramón a Zenobia lo que Horacio a Lidia, Tíbulo a Delia, Ovidio a Corina, pero al morirse lo ha dejado tan solo, tan solo... Ella se ha ido justo cuando corona el Premio Nobel la obra así alentada, la del poeta de su sacrificio. Fue la suya una decisión hermosísima: vivir al lado del fuego y ser la sombra.[145]

María Teresa León se sentía identificada con Zenobia, con su labor callada, invisible: «Ahora yo soy la cola del cometa. Él va delante. Rafael no ha perdido nunca su luz.»[146] La cola del cometa... Una metáfora brillante pero inexacta. Había renunciado voluntariamente a una parte de sus propios sueños al enamorarse de Rafael Alberti. Zenobia muestra sentimientos parecidos: «Aunque en mi vida normal he encontrado perfecta compatibilidad entre Juan Ramón y mi vida diaria de trabajo, en este exilio provisional, a la deriva de un mes al otro sin saber en lo más mínimo lo que nos espera, trabajar significaría para mí sacrificar a Juan Ramón.»[147]

Graciela Palau de Nemes señala que, en su juventud, Zenobia dijo que no quería casarse con un español, por detestar el papel subalterno de la mujer en España.[148] Hija del ingeniero Raimundo Camprubí y de Isabel Aymar, descendiente de puertorriqueños y norteamericanos, Zenobia tal vez se casó con Juan Ramón, aparte de por razones sentimentales, porque su oficio y su personalidad le permitían desarrollar su personalidad activa, independiente, emprendedora, lo que le hubiera prohibido un marido menos absorto en su labor o con rentas fijas. En una entrevista concedida a su llegada a la isla en 1936,[149] Zenobia dijo que creía en que la mujer se bastara a sí misma para que dejara de ver en el matrimonio un medio de vida, que tenía fe en el perfeccionamiento individual de la mujer a través de estudio, la lucha, el trabajo; le parecía que el no tener su propio oficio les hacía perder a las mujeres los días, los años, la vida. Y trató, en la medida de lo posible, de compatibilizar sus actividades con el cuidado de Juan Ramón. Como María Teresa hizo con Rafael.

Pero muchas mujeres iban sintiendo una indignación creciente ante esa existencia morganática. Las memorias de Carmen Baroja destilan una enorme amargura, quejas continuas, todo ello unido a un profundo remordimiento por no haber sido lo suficientemente fuerte, por no haber tratado de cambiar su situación. «Si hubiera tenido medios propios, en alguna ocasión hubiera agarrado a mis hijos y me hubiera marchado, pero no tuve nunca medios, ni serví para ganar nada por falta de preparación, ni tuve coraje para intentarlo, ni de soltera, ni de casada. Probablemente ha sido mejor...»[150] E insiste en su falta de preparación como un obstáculo. Tras una estancia en París en 1906, cuenta que empezó «a trabajar en el metal y a hacer algunas arquetas. El año siguiente hubo exposición de Bellas

Artes y yo presenté una arqueta de latón amarillo, empezada en París, por la que me dieron una tercera medalla (...). Entonces, en esta época, yo debí haber seguido estudiando y trabajando en esto, haber ido a un taller o por lo menos a una escuela de artes y oficios, pero no tenía quien me guiara de manera eficaz (...). La inconsciencia de mi familia, que nos ha llevado siempre, se manifestaba de manera terrible. Yo tenía una cultura artística deficientísima; no sabía dibujo, no sabía el oficio, no sabía nada, pero lo peor era que no sabía a quién dirigirme. Por otro lado, mi vida de señorita burguesa, o acaso mi timidez y mi falta de arrestos, me impedía desenvolverme, haber ido a una escuela de Bellas Artes, a una academia, al museo a copiar yeso, a un taller platero... ¡qué sé yo!».[151]

A Carmen ni siquiera le consuela la satisfacción del deber cumplido. «Un terrible defecto mío de carácter: la constante contemplación y fiscalización de la propia vida, el análisis de los sentimientos y actos propios y ajenos. Desacuerdo entre los actos y la voluntad. Los actos casi siempre dedicados a los demás; esto es, limpiar, cuidar de la casa, de la comida, de las horas, del gasto, de las ropas, que casi todas, incluso mis vestidos, se hicieron en casa para mayor economía. Mientras, la imaginación egoísta no pensaba ni se ocupaba más que de mi persona, manera de no dar gusto nunca a nadie. Los demás, que no ven el esfuerzo y están hechos a él, ni notan el sacrificio ni tienen por qué agradecerlo; al contrario, muchas veces encuentran faltas, mientras una, encima de sentirse molesta por tener que hacer cosas que no le agradan, tampoco encuentra satisfacción en este odioso deber cumplido. El no cumplirlo hubiera sido quizás más agradable, pero para ello hay que haber nacido con ciertas aptitudes que no he tenido.»[152]

¿Se puede cumplir con el imperioso deber femenino y a la vez encontrar un camino propio? Algunas lo lograron, con enorme esfuerzo, pero lo lograron. Otras no supieron o no pudieron o no quisieron hacerlo. Pero lo cierto es que el Lyceum les facilitó el contacto con otras mujeres con sentimientos y obligaciones similares, les permitió ampliar sus posibilidades personales gracias al apoyo que se proporcionaban las unas a las otras.

Muchas de nuestras protagonistas temen quedar marcadas por la palabra «feminista». La liberación de los prejuicios sociales es una tarea tan difícil como liberarse de una cárcel física. Los prejuicios son grilletes invisibles, que ni siquiera el propio preso ve. El temor a la palabra «feminista» lo encontramos presente en toda nuestra investigación. Shirley Mangini, en su libro *Las modernas de Madrid*,[153] señala que se suele hablar de «problema feminista» en vez de «cuestión feminista» o «tema feminista». Gregorio Martínez Sierra trata, en la obra *Feminismo, feminidad, españolismo*, este supuesto «problema». «Por saber más no es una mujer menos mujer; por tener más conciencia y más voluntad no es una mujer menos mujer. Por haber vencido unas cuantas perezas seculares y encontrarse capaz de trabajo y de interés por la vida, no es una mujer menos mujer. Por haber adquirido medios de defenderse y defender a sus hijos sin ayuda ajena, no es una mujer menos mujer. Al contrario, puesto que todo ello, ciencia, conciencia, voluntad, capacidad, cultura al cabo, o cultivo, si ustedes lo entienden mejor, no puede dar de sí más que un perfeccionamiento de sus facultades naturales, nunca un cambio de naturaleza.»[154]

Paloma Ulacia señala las reticencias de su abuela (Concha Méndez) a escribir sus memorias pues durante años se había resentido de «la indiferencia que el exterior, es decir, sus contemporáneos y el público en general, tuvieron por su obra poética».[155] Concha, como María Teresa León, quedó relegada a «portavoz de la vida de otros», siempre recibiendo gente interesada no en su obra sino en la de los autores del 27. Todos hombres, por supuesto.

«Sin lugar a dudas no nací para revolucionaria. Prefiero sacar provecho de las circunstancias existentes mejorándolas en vez de virarlo todo al revés, corriendo el riesgo de que funcione o no el nuevo experimento.»[156] Zenobia no pretende virarlo todo del revés. Como tampoco lo pretenden muchas de sus compañeras. Pero todas ellas, haciendo lo que quieren hacer, sin ruido, provocarán un vuelco social y legal. Aquí comienza la peculiar conspiración del Lyceum. Empiezan a comprender que la abnegación es una trampa mortal. Ahora comprendemos que se las considerase peligrosas para la moral pública, porque intentaban escaparse de la trampa de la moral de género. «¡La abnegación!», escribía la baronesa de Olivares en *El Correo de la Moda.* «Qué bella palabra; cómo realza la corona de la mujer y embellece su misión sobre la tierra. Sin la abnegación de la mujer no existiría la felicidad doméstica ni llegaría a veces el hombre a los grandes destinos a que le llama la sociedad.»[157]

No es de extrañar que Federica Montseny, anarquista, la primera mujer que fue ministra en España, se encrespara contra esta visión aparentemente elogiosa de la mujer. La libertad femenina podía morir aplastada por su virtud, por eso insistió en decir que la mujer no era mejor, ni más dulce, ni más amante de la paz o de la justicia que el hombre. Si había que luchar por la igualdad, no era posible comenzar afirmando desigualdades, aunque fueran honrosas.[158]

La mística del sacrificio femenino venía de antiguo y era universal. Feuerbach decía en 1839: «Desde su más tierna infancia, la vocación de la mujer es la del gran sacrificio. Debe renunciar a sí misma; no tener alegrías ni penas distintas a los de sus más próximos.» Todavía hace pocos años, Élisabeth Badinter, una feminista muy inteligente, se empeñaba en liberar a la mujer del «sambenito de su bondad». «Es preciso renunciar a una visión angélica de las mujeres, que contrasta con la diabolización de los hombres.»[159] Una diabolización que se ha convertido en una excusa para sus desmanes.

–Creo que ahora sé lo que leía la náufraga de Kent –dice MT, dejándome desconcertado–. «¿No recuerdas que Giménez Caballero decía que la náufraga de Kent había leído libros que las mujeres tenían vetados, libros cuyo contenido empezó a contar a las demás, abriéndoles los ojos? Creo que son libros de Derecho. Una de las personalidades más interesantes del Lyceum, María Lafitte, condesa de Campo Alange, cuenta cómo las mujeres descubrieron los códigos Civil y Penal y, al hacerlo, se encontraron con cosas insospechadas:

> Ni siquiera como individuo aislado la española conoce el Código. Pero el artículo 2 (del Código Civil) dice: la ignorancia de las leyes no excusa de su cumplimiento. Ignora las leyes que fueron votadas, sin su concurso, expresamente para ella. En este sentido empieza ya a estar equiparada al menor. La mujer descubre el Código al ingresar en la carrera de Derecho, allí por los años 20. Por primera vez se enfrenta con ideas y conceptos allí expresados que hieren profundamente su sensibilidad. Bajo la rigidez de las fórmulas, descubre injusticias blandamente tradicionales. Por ejemplo, el artículo 57 dice: el marido debe proteger a la mujer, y ésta obedecer al marido. Este artículo implica el reconocimiento de una desigualdad que empieza a ser inadmisible. Las femi-

nistas argumentan que si la mujer requiere protección, si se la reconoce más débil e inepta, si debe obediencia al marido, es que éste goza todavía, en relación con ella, de un régimen de propiedad. Otro artículo particularmente hiriente es el 237. Al enumerar a las personas inhábiles para ejercer el cargo de tutor y protutor –salvo en los casos en que la ley la llame expresamente–, la mujer viene incluida en una larga lista junto a los condenados por penas corporales, quebrados, concursados, personas de mala conducta, etc. De modo semejante, en el artículo 1263, que trata del consentimiento para establecer un contrato, los no aptos son: 1.º los menores no emancipados. 2.º los locos o dementes y los sordomudos que no sepan escribir. 3.º Las mujeres casadas, en los casos expresados por la ley.[160]

Esto tardó mucho en cambiar. Muchos años más tarde, la abogada y periodista Mercedes Fórmica, falangista de ideas liberales, escribe: «Como principio general, el Código declara inhábiles a las mujeres para el ejercicio de la tutela. Volvemos a encontrarnos en esta prohibición a viejos conocidos. Hagamos una pausa en nuestro relato, y saludemos con el cariño que nace de una larga convivencia a los vagos, los maleantes, los encanecidos en el delito. Cuando uno se tropieza hasta tres veces con tan exquisita compañía en clasificaciones en cuya redacción intervinieron claros varones, una dulce resignación cristiana invade nuestro espíritu y nos lleva al convencimiento de que, efectivamente, algo triste existe en nuestra condición de mujer que guarda semejanza con los seres que tienen por costumbre habitar los establecimientos penitenciarios.

»Estábamos resignadas a no ser tutoras, nos habíamos convencido de nuestra incapacidad, cuando he aquí que unas líneas más abajo viene a echar por tierra nuestra resignación y nuestro convencimiento, pues el mismo artículo que establece la prohibición con carácter general, admite en seguida la excepción con esta frase: "salvo en los casos en que la ley las llame expresamente". Y nos llama a la Tutela –como no podía menos de suceder–, excepto en los casos de los menores, para la guarda de los locos, de los sordomudos, de los condenados a interdicción, de los pródigos. Tutelas que, como a simple vista puede deducirse, requieren una mayor inteligencia, un mayor tacto, una delicadeza máxima. Volvemos a suplicar: "¡pónganse de acuerdo, señores! ¿Servimos o no servimos para desempeñar la Tutela? Si la respuesta es afirmativa, no se anden con restricciones absurdas, y llámennos para el ejercicio de toda clase de tutelas".»[161]

A estos artículos debemos añadir muchos otros: la designación del marido como administrador de los bienes de la sociedad conyugal (artículo 59); la imposibilidad de la mujer, sin licencia o poder de su marido, de adquirir por título oneroso ni lucrativo, enajenar sus bienes, ni obligarse, sino en los casos y con las limitaciones establecidas por la ley (artículo 61): solamente le permite el artículo 62 ejecutar estos actos cuando se trate de cosas que por su naturaleza estén destinadas al consumo ordinario de la familia, en cuyo caso las compras hechas por la mujer serán válidas. Las compras de joyas, muebles y objetos preciosos, hechas sin licencia del marido, sólo se convalidarán cuando éste hubiese consentido a su mujer el uso y disfrute de tales objetos. El 168 señalaba que la madre que se casase por segunda vez perdería la patria potestad sobre sus hijos, a no ser que el marido difunto, padre de éstos, hubiera previsto expresamente en su testamento que su viuda contrajera matrimonio y ordenado que en tal caso conservase y ejerciese la patria potestad sobre sus hijos.[162]

–Me parece –dice JAM– que acabas de descubrir el secreto del Lyceum. Lo que hallan es el Derecho y sus injusticias, y eso las lleva a encontrar una ética que va contra la moral vigente. Su defensa de la ética las hace inmorales ante los ojos de gran parte de la sociedad.

Luis E. de Aldecoa nos informaba tras su visita al club de que el Lyceum, como defensor constante del mejoramiento de la condición jurídica de la mujer española, había expresado sus aspiraciones en un escrito que elevó a la Comisión de Códigos, redactado por Victoria Kent y Benita Asas Manterola.[163] Todavía en diciembre de 1930 Benita Asas Manterola, presidenta de la ANME, se hacía eco en la revista *Mundo Femenino* de la pregunta que muchas mujeres extranjeras planteaban acerca de cuándo se lograría la concesión de los derechos femeninos en España, y respondía:

> Nosotras, para reforzar nuestros optimismos, les presentamos los programas políticos que han dado a la publicidad los últimos meses, así republicanos como liberales y socialistas, y concluimos afirmando: En la conciencia de todos los políticos españoles tiene arraigo la creencia de que ha llegado el momento en que deben reconocérsenos los derechos de ciudadanía. Ahora bien: no es fácil precisar a qué gobierno le cabrá la gloria histórica de habernos incorporado al formidable contingente de los ochenta millones de mujeres que hoy gozan en el mundo culto de idéntica personalidad que el hombre (...).[164]

Benita Asas añade una advertencia que continúa siendo vigente: «Después de profundizar en la causa de muchos éxitos que parecían imposibles, se nos ocurre pensar si no haría falta que a las españolas nos vigorizaran con unas cuantas inyecciones de bolcheviquismo para que los gobiernos nos concedieran por temor, así en derechos civiles como en políticos, lo que sistemáticamente nos niegan en justicia, a pesar de incluirlo, algunas veces, en varios programas suyos.»[165]

Como demostración del interés del Lyceum por la ley, en la sección social del club se organizan cursillos de Derecho para impulsar la participación activa de la mujer en la vida ciudadana, y se producen numerosos debates sobre la situación de la mujer. Bajo la dirección de las abogadas profesionales socias del club (Matilde Huici, Clara Campoamor y Victoria Kent), se organizan varias comisiones para estudiar las reformas exigibles de los códigos Civil y Penal, así como para redactar los nuevos textos propuestos. La investigadora Amparo Hurtado, en un artículo publicado en el *Boletín de la ILE*,[166] señala que la junta directiva del Lyceum Club elevó al gobierno de la nación diversas instancias, reclamando aquellas reformas que las socias *«por unanimidad y con general aplauso»* consideraban *«el mínimum de los derechos humanos»*. Y destaca las siguientes peticiones: supresión del artículo 57 del Código Civil, sustituyéndolo por este otro: *«el marido y la mujer se deben protección y consideración mutuas»;* que la patria potestad se ejerza en común por el hombre y la mujer durante el matrimonio; administración y gobierno en común de los bienes gananciales, con prohibición de ambos cónyuges de hipotecar, gravar, o enajenar bienes inmuebles y valores industriales y públicos sin el consentimiento del otro; reconocimiento del derecho de la mujer casada a percibir y disponer libremente del producto de su trabajo, salvo la obligación que tiene de contribuir a las cargas de la familia; reconocimiento sin limitaciones de la facultad de la mujer soltera o casada para ser testigo en los testamentos, ser tutor, albacea, etc.; que los motivos de desheredación sean idénticos para el hombre y para la mujer; supresión del artículo 438 del Código Penal, al que ya nos hemos referido.

Lorvent escribe lo siguiente en la revista *Iris de Paz*, tras enterarse de las peticiones de las socias: «El casino de señoras ha comenzado ya su plan de batalla, y, como es natural, la primera ofensiva va contra los maridos... Y, en efecto, piden la supresión de no sé qué artículo del Código, que obliga a la mujer a obedecer a su marido. ¡Nada de obediencia!, ha sido el clamor que, como un grito de reivindicación, ha surgido del club femenino. ¡Abajo la tiranía marital! Y las señoras, muy convencidas de la gran labor en que se han metido, comienzan su cruzada con todo el ardor que requiere.»[167] Lorvent emprende una guerra para detener a estas mujeres, que considera muy peligrosas. La batalla para detener a nuestras conspiradoras será ardua. Hay que impedir que triunfe la «sublevación de las faldas».

Es preciso retomar aquí el tema de la inteligencia social. El conocimiento de las leyes, la indignación ante los códigos injustos, la presión para cambiarlos, es una de las grandes fuerzas de renovación social. Nos introduce en el terreno de los principios éticos, porque sólo desde la ética se puede distinguir entre «leyes legales» y «leyes legítimas». Los preceptos del Código Civil eran legales, pero no legítimos. Sin duda, fue muy importante que las mujeres accedieran a estudios universitarios, pero creo que lo más relevante fue que se hicieran profesionales del Derecho. Victoria Kent y Clara Campoamor son dos casos ejemplares. La utopía educativa adquiere su verdadero fundamento cuando se centra en la educación ética, y el Derecho es una puerta cotidiana que conduce inevitablemente a temas morales. Por eso desde la Ilustración se insistió tanto en el conocimiento y publicidad de las leyes.

VIII. LA REBELIÓN

JAM: Me parecía que la investigación iba bien. Estábamos consiguiendo mucha información, los personajes eran interesantes, yo estaba aprendiendo mucho y los hechos parecían dar razón a mi hipótesis sobre la inteligencia social. El dinamismo de una movilización social para luchar contra una situación injusta –en este caso, la discriminación femenina– se inicia con la toma de conciencia de la perversidad de la situación por parte de algunas individualidades, de una de esas minorías selectas a las que se refería Ortega. Esto es necesario porque, con frecuencia, la injusticia intoxica, acaba produciendo cierta adicción en las víctimas, que sufren el síndrome de «los esclavos felices» que constituye el núcleo del mito platónico de la caverna. Me parece espléndida la palabra inglesa *realize*, que significa «darse cuenta de la realidad de las cosas», como si sólo al comprenderlas se captase su realidad. El paso siguiente en la movilización es el establecimiento de redes. En nuestro caso, el Lyceum actuó como institución tejedora. Esas redes necesitan constituirse como grupo de presión. Por último, hay que elegir un método, y en este caso fue la cultura y la educación. La política y la religión quedaban aparcadas, para salvaguardar una sociabilidad más profunda. Esto me ha parecido sorprendente, y creo que se puede encontrar la razón de este fenómeno en que ambos sistemas –el político y el religioso– se habían convertido en sistemas de poder, y el poder produce espejismos de sociabilidad o de acuerdo que son meramente tácticos.

¿Y dónde se puede encontrar el fundamento de la sociabilidad? Durante siglos, se creyó que la religión era el lazo básico de la sociabilidad, pero después de la experiencia de las guerras de religión hubo que encontrar otro fundamento, y la Ilustración lo puso en algo común a todos los seres humanos: la racionalidad, y en una de sus obras: la ética universal y el Derecho que deriva de ella.[168] Por eso me han resultado tan interesantes los datos encontrados por MT sobre las lecturas jurídicas, y el interés por el Derecho de las participantes en el Lyceum. Muchos de los libros escritos por las socias –desde los de María Lejárraga o Clara Campoamor, hasta el estupendo de la condesa de Campo Alange– tienen un enfoque ético-educativo, pero, entre ellos, el que más me ha interesado por la lucidez de su pensamiento es uno escrito por María de Maeztu titulado *El problema de la ética. La enseñanza de la moral.*[169]

En fin, que estaba muy satisfecho de la marcha del caso, cuando recibí un «Memorándum rebelde» de María Teresa. Ya me había dado cuenta de que, de tanto investigar sobre las protagonistas del Lyceum, MT estaba cayendo en una especie de espiritismo histórico, en una identificación cordial con las personas que estaba estudiando. El memorándum decía así:

MEMORÁNDUM DE MARÍA TERESA

La investigación que estamos llevando a cabo es rigurosa, erudita, objetiva, naturalmente. Los datos que vamos recogiendo servirían para hacer una tesis doctoral, enumerando fechas, encadenando nombres, presentando datos de forma precisa y detallada. Si nos ceñimos a los libros de historia, o de literatura, debería contar que nuestras protagonistas son poetisas a las que nadie lee y a quienes rara vez se cita entre los miembros de su Generación, mujeres y madres de famosos escritores, dramaturgas cuyas obras se recogen bajo un nombre que no es el suyo... Pero no quiero narrar esta historia. Quiero contar otra muy distinta. Soy uno de los narradores, y todo buen narrador, me aconsejan, debe pasar desapercibido. El lector debe olvidar que hay alguien detrás de un cúmulo de citas entrecomilladas que respetan escrupulosamente los derechos de autor, de una rigurosa lista de datos. Pero yo, en algunos momentos, me canso de complacer. A las protagonistas de nuestra historia, como a todas las mujeres de su época, les tenían reservado un lugar perfectamente delimitado en la sociedad de entonces, y tenía mucho que ver con la obligación de complacer. La mayoría cumplieron con esta obligación, como buenas ciudadanas, madres y esposas, tal y como se esperaba que hiciesen. Muchas de ellas fueron felices, seguramente, y en este caso me alegro por ellas. Pero esta historia trata de las que simularon ser felices, sin atreverse a cambiar una situación que las asfixiaba (no me corresponde a mí cuestionar sus elecciones, pero quiero rendir homenaje a lo nunca dicho, a lo que se deja morir antes de haber nacido). Y sobre todo trata de las que se decidieron a reexaminar el papel que les habían adjudicado, para que hoy podamos permitirnos el lujo de emplear nuestro libre albedrío. Esta historia quiero contarla poética, dramática, exaltadamente. Es una elegía lo que quiero escribir, no un minucioso obituario. Una vida es la lucha de un proyecto contra los múltiples obstáculos de la realidad, y sólo teniendo en cuenta esa tensión se puede comprender una vida.

> Por todo lo que hice y dije
> que nadie intente descubrir quién era.
> Un obstáculo torcía
> las acciones y estilo de mi vida.
> Había a menudo un obstáculo
> que al empezar a hablar me detenía.
> Por mis acciones más inadvertidas,
> mis más velados escritos,
> sólo a través de ellos quiero ser entendido.
> Aunque quizá no valga la pena tal empresa,
> tal esfuerzo por descubrir realmente quién soy.
> Más adelante, en una sociedad más perfecta,
> otro habrá igual que yo
> que aparecerá y actuará libremente.[170]

Teniendo presente el poema de Kavafis, quiero contar la historia de los obstáculos que encontraron en su camino, y de la fuerza que las impulsó a cambiar su situación. Quisiera dar a conocer la historia de estas mujeres como si se tratara de una narración mítica, aunque comenzase con un toque detectivesco. Karen Armstrong nos recuerda en su *Breve historia del mito* que los mitos son ciertos porque son eficaces, no porque proporcionen una información objetiva.[171] Son guías de comportamiento que deben ser experimentadas como parte de un proceso de transformación personal. Los mitos cuentan historias de héroes, nos hablan de personas que viven por encima de sus posibilidades, que no se conforman con una realidad que las asfixia y las limita. Ensanchan fronteras, y marcan el paso de aquellos que escogen seguir su ejemplo. Cada vez que una mujer lucha por su libertad en cualquier lugar del mundo, está volviendo a encarnar un mito focalizado en su día en nuestras compañeras del Lyceum. Lo mismo cuando lo hace un hombre.

Quiero que tengamos presente a una serie de mujeres y que rememoremos sus logros y lo que no llegaron a conseguir, olvidando las pequeñas miserias que hayan podido tener (porque ésa es otra historia). Y sobre todo pretendo que recordemos que trataron de vivir su vida de forma diferente a aquella que les estaba permitido. En la España actual, nuestras limitaciones y las barreras que nos impiden perseguir lo que anhelamos no nacen de una separación estructural de los sexos con una consiguiente adjudicación de papeles, bendecida por las leyes. Nacen de otro tipo de obstáculos o de injusticias que tendremos que pelear de alguna forma, cada uno en nuestro ámbito, pero que no tienen el mismo significado. Aunque quedan restos de esa situación injusta que les tocó vivir, esos restos no conforman la sociedad en que vivimos.

Algo impulsó a un conjunto de amas de casa y de mujeres aparentemente inofensivas a redefinir su papel en la España de las décadas de los veinte y los treinta, y con ello nos cambiaron a todos nosotros. Reproduciendo ese impulso, ese afán por transfigurar una realidad que no nos satisface, inmortalizamos a las personas (es la historia repetida, reproducida y vuelta a vivir lo que impide que muera alguien y lo que ese alguien representa). Y quiero recordarlas precisamente a ellas porque entiendo su insatisfacción, lo limitado de sus opciones por haber nacido en un momento en el que el género determinaba tu lugar en la sociedad: únicamente las afortunadas, aquellas para las que la senda que debían recorrer por obligación coincidía con sus aspiraciones y las colmaba, se sintieron a gusto por aquel entonces. La felicidad o al menos la tranquilidad fue su recompensa. Pero hubo otras cuya frustración o cuyo valor prendieron la mecha del reconocimiento de lo que hoy son derechos que todos damos por sentados, sin cuestionarlos. He aquí la función mitológica de todo relato: transformar nuestras vidas recordando cómo actuaron, o cómo habrían actuado si hubiesen podido, muchos otros antes de nosotros. Esta historia se inmortaliza rememorándola y cantándola, como hacían los bardos, que a través de sus relatos invitaban a cambiar el mundo. Comencé esta investigación como un encargo, pero ahora quiero asumir este libro a mi manera. Quiero que sea mi libro homenaje. Más aún, me gustaría contarlo en primera persona, con una voz genérica, anónima pero multitudinaria.

¿No era ésta una conspiración de mujeres y de libros? Así nos lo asegura Giménez Caballero. Mejor aún, parece ser una conspiración de mujeres leyendo libros. Libros que les abren los ojos, que les enseñan a reflexionar sobre la situación social de la mujer, tanto de la soltera como de la casada. ¿Cuándo descubre un prisionero que lo es? Si te aseguran que está demostrado científicamente que tu naturaleza es sumisa y complaciente, que te invita a servir y atender los deseos ajenos, que tu inteligencia no tiene las condiciones estructurales para que ocupes un lugar diferente del que ocupas, y se alaba sin cesar a la que actúa de acuerdo con este sentir social; si de acuerdo con el ordenamiento jurídico careces de la capacidad de obrar que te posibilita acceder a la independencia económica y con ello valerte por ti misma, y muy pocos se cuestionan esta situación..., ¿cómo reaccionarás? ¿Lo aceptarás con resignación o te rebelarás, teniendo en cuenta que prácticamente nadie va a apoyar esta decisión? ¿Cómo les explicas a los demás, entre los que se encuentran otras mujeres aparentemente felices, que no eres feliz y que encuentras injusto el lugar que te reservan en el núcleo familiar y social?

Es lo que tiene leer. Te invita a reflexionar. Y a cuestionarte lo que te rodea. ¿Por qué va a condicionar mi felicidad personal el hecho de pertenecer a la otra mitad de la humanidad? ¿Cómo voy a poder decidir lo que hago con mi vida si como mujer no puedo ganarme mi propio sustento? El hecho de ser mujer me convierte irremediablemente en protegida: de mí depende únicamente escoger el protector. Si permanezco soltera, me sostiene mi padre; si me caso, me sostiene mi marido; si no me caso y pierdo a mi padre, me sostiene la Iglesia, aceptando los votos. Únicamente debo cumplir con una obligación fundamental a cambio de esta protección: servirles. ¿Y qué sucede si no quiero servir a nadie?

Y no sólo eso. Llevo trabajando desde tiempos inmemoriales: trabajo en el campo, trabajo arreglando mi casa o la de otros, trabajo a domicilio cosiendo o haciendo punto para contribuir con ingresos extraordinarios al sostenimiento de mi familia, pero nadie reconoce ese trabajo. No aparezco en ninguna estadística oficial, no se me paga un sueldo como el de mi marido o el de mis compañeros, arribistas sin escrúpulos se aprovechan de mi invisibilidad para pagarme sueldos miserables. Esa invisibilidad social a la que me veo condenada ampara muchas arbitrariedades, permite que abusen de mi situación con el beneplácito de una ley que no me reconoce como ciudadana en igualdad de condiciones.

De pronto, empiezo a darme cuenta de que no puedo ser feliz como individuo si no cambian las condiciones sociales que me niegan la posibilidad de elegir. No tengo personalidad jurídica independiente, soy incapaz a los ojos de la ley, o tengo una capacidad limitada. Me puedo olvidar de ejercer derechos según mi propia elección, de cumplir con las correspondientes obligaciones escogidas de acuerdo con los derechos de los que pretendo disfrutar. Debo ser protegida de muchas cosas, entre ellas de mi propia incapacidad. El sistema, que nació con la generosa intención de cuidarme, se convierte en la jaula que me aprisiona.

¿Y qué puedo hacer yo? He tenido suerte, he conseguido acceder por la razón que sea a alguna de las lecturas que no me estaban permitidas: en un descuido, tropecé con varios libros. A lo mejor a mi padre o a mi marido les parecía bien que yo leyese, o puede que me apropiase a escondidas de alguno de ellos y empezase a sentir una enorme curiosidad por su contenido. Ahora que sé que estoy prisionera, ¿cómo me libero? Debo encontrar a otras que estén en mi misma situación, pienso, y con su apoyo y el intercambio de ideas puede que encontremos una salida. Yo sola no puedo hacer nada. En algún lugar encontraré a otras mujeres que se encuentren con un agujero en el pecho y la determinación estampada en la frente. En algún sitio estarán. Y me ayudarán a reafirmarme en lo que pienso.

Para que ese «intercambio de ideas y compenetración de sentimientos»[172] se haga posible, necesitamos un espacio propio, un lugar de esparcimiento. Dado que, como mujer, no se me permite ocupar un espacio público que no esté relacionado con la Iglesia o con el disfrute de una taza de té, esto último tendrá que ser. Tiene que ser un salón de té, porque muchas de las que comparten mis sentimientos son extranjeras o tienen conexión con el extranjero, y por tanto no todas tenemos la misma religión. Además muchos sacerdotes parecen ocupados en recordarme el deber que como mujer, sólo por el hecho de ser mujer, me corresponde de servir a los demás. ¿Cómo puedo reunirme con otras mujeres bajo su supervisión, para que demos vueltas a lo de siempre, al dichoso deber inherente a mi naturaleza, ese deber que me conozco de memoria porque no cesan de repetírmelo? Me lo recuerdan mi padre y mi madre, mi marido y mis amigas, mi sacerdote, y los únicos libros que se me permite leer sin convertirme en sospechosa.

Muchas de nosotras hemos estudiado en el extranjero o hemos viajado, hablamos idiomas, tenemos amigas en otros países. Y esto provoca un fenómeno muy curioso: como hace tiempo que se viene oyendo fuera de España un mensaje que coincide con aquello que me reconcome por dentro, esa circunstancia me permite darme cuenta de que no soy la única que se siente así. Somos muchas, y poblamos la Tierra. *«Toda revolución fue una vez un pensamiento que cruzó la mente de una persona; cuando ese pensamiento se le ocurrió a una segunda persona se abrió una nueva era. Toda reforma fue un día una opinión privada y cuando vuelva a serlo resolverá el problema de su tiempo.»*[173] Ese pensamiento que cruza por mi cabeza y me desespera, que me impide pasar las tardes tranquilamente repasando revistas de moda femenina, o cosiendo, o cocinando, o regando plantas, ese pensamiento que me aísla del resto del mundo y me hace sentirme diferente, si se le ocurre a alguien más, incluso si llego más lejos y lo comparto con varias personas, puede transformar el mundo. Si Ralph Waldo Emerson está en lo cierto, un puñado de mujeres tomando té podemos resultar enormemente peligrosas.

JAM: Hasta aquí el memorándum. Creo que MT tiene razón. Los hechos sin la pasión que los enlaza producen la misma impresión desvaída que la letra de una canción leída sin música. Hasta ahora hemos contado la primera etapa de la historia del Lyceum: su formación. Ahora llega el momento de contar su momento triunfal e, inmediatamente, su deriva trágica. Pero a mí me interesa comprobar que ese fracaso del Lyceum fue un capítulo más del fracaso que sufrió en ese momento la inteligencia social española. Cuando MT se refiere a Emerson, y al hecho de que todo progreso comienza en una idea que comienza siendo individual, y se hace pública, para después volverse a hacer privada, está hablando del mecanismo de la inteligencia social al que me estoy refiriendo.

Creo que el proyecto de MT y el mío son compatibles. A partir de aquí vamos a contar la historia como una tragedia de la que, como en todas las tragedias clásicas, podemos sacar enseñanzas. En la España de comienzos del siglo XX había planteados muchos debates de trascendencia ética: confesionalidad-laicismo; libertad-ausencia de libertad, justicia social-injusticia social, igualdad-desigualdad, educación-analfabetismo. Las posiciones enfrentadas no supieron buscar soluciones políticamente inteligentes. La política, que siempre es partidista, se impuso a la ética, que siempre es universal. Los españoles pudieron comprobar en sus propias carnes que cualquier sistema político o religioso no sometido a estrictas normas éticas es suicida o asesino. Después de medio siglo convulso, hemos alcanzado un modelo éticamente aceptable: democracia, no confesionalidad, Estado social de derecho, sistemas universales de protección social, sanidad y educación, sumisión legal a los derechos humanos. Se ha conseguido la igualdad jurídica, social, económica, sexual de la mujer, por la que tanto lucharon las mujeres del Lyceum y otras muchas. Pero no debemos olvidar la historia que hizo posible esta situación. Por eso, la historia del Lyceum se convierte en parte de un argumento histórico. La República reconoció los derechos de la mujer. El régimen franquista retrocedió al modelo tradicional de mujer. La democracia ha vuelto a enlazar con el modelo republicano. El enfrentamiento se basaba en una falaz simplificación de los modelos. A un lado, la mujer-madre, dedicada a su familia, moralmente intachable, recluida en la vida privada, llamada a una mística del sacrificio. Del otro, una mujer moderna, libre, divorcista, abortista, destructora de la familia, más interesada por la vida pública que por la privada. Este enfrentamiento maniqueo era falso y suponía un terrible fracaso de la inteligencia. Pero funcionó con una trágica eficacia.

Tampoco debemos olvidar que los sistemas democráticos son modos nobles y exigentes de vida sometidos a una perversa ley de la gravedad que los invita a caer, y por eso son precarios. Tenían razón los fundadores del republicanismo americano: sólo la virtud cívica hace posible una democracia justa y estable. Entenderse no es el resultado de un mero juego de fuerzas, sino, ante todo, un proyecto ético, una decisión.

La narración pormenorizada de esta tragedia ocupará el resto del libro.

IX. LA REPÚBLICA

El Lyceum había cumplido cinco años de vida cuando se instauró la República. «Fue un hecho político atípico», dice JAM, «me atrevería a llamarlo prelegal. Ante la movilización popular y ante el resultado de unas elecciones municipales, el régimen monárquico desapareció. No fue derrocado: se evaporó. Los municipios comenzaron a proclamar por su cuenta la República, cosa que evidentemente estaba fuera de sus competencias. El primero en hacerlo, creo recordar, fue el de Eibar, que lo hizo a las 7 de la mañana del día 14 de abril de 1931. Cuando se lee la narración de lo sucedido ese día, por ejemplo, la que hace uno de los protagonistas, Miguel Maura, primer ministro de la Gobernación de la República, da la impresión de que se sintieron unos *okupas* del poder.» En agosto de 1930, todos los partidos y grupos republicanos habían firmado el Pacto de San Sebastián, para unificar su acción contra la Monarquía, y nombraron un gobierno a la espera, presidido por Niceto Alcalá Zamora. Es cierto que no tenían intención de esperar mucho porque, como si fuera la cosa más natural del mundo, habían organizado un «alzamiento» para unos meses después. En el manifiesto que se iba a leer se decía: «Para salvarse y redimirse no le queda al país otro camino que el de la revolución (...). El pueblo está ya en medio de la calle y en marcha hacia la República.» Sería muy interesante estudiar la «semántica» y la «pragmática» del término «revolución» en ese contexto histórico, siguiendo las teorías de la «historia de los conceptos» (por ejemplo, las del grupo de Cambridge). En cada momento histórico algunos conceptos pasan a primer plano, intervienen en el debate social, se convierten en claves interpretativas y, frecuentemente, adquieren significados dispares o conflictivos. Así sucedió, en la época que estamos historiando, con «política», «laicismo», «social», «feminismo» y «revolución». Apelar a la revolución se puso de moda. Por ejemplo, Falange Española hablaba de la «Revolución Nacional sindicalista», y esa terminología la utilizó el régimen de Franco durante muchos años. En el colegio donde estudie el bachillerato se daban todos los días vivas a España y a su revolución. En su estupenda biografía de Azaña, Santos Juliá escribe, refiriéndose al año 31: «Ahora, la voz revolución, que aparece en el título de varios libros, salta a los cafés, a las calles, de los grupos de amigos a las asambleas de los partidos políticos, de las tertulias en los locales cerrados a los mítines a cielo abierto, de las reboticas a las plazas de toros.»[174]

El alzamiento militar y civil republicano se fijó para el 15 de diciembre de 1930. Pero el 13 un capitán se precipitó y desencadenó la acción en Jaca. Los dos cabecillas –Galán y García Hernández– fueron reducidos, juzgados y fusilados, y el gobierno provisional de la inexistente república, casi en su totalidad, encerrado en la Cárcel Modelo durante unos meses, donde pudieron seguir conspirando tranquilamente. En marzo de 1931 se celebró un consejo de guerra en el que fueron absueltos. A uno de los acusados, Álvaro de Albornoz, lo defendió Victoria Kent, la primera mujer que intervenía en un consejo de guerra. El día 12 de abril de 1931 se celebraron elecciones municipales. Al día siguiente, se sabe que los republicanos han vencido en casi todas las capitales de provincia, aunque no en los pueblos. Pero una antigua tradición electoral española devaluaba el voto rural –que tuvo siempre mayoría monárquica– porque consideraba que estaba falseado por el caciquismo imperante. Los monárquicos están desconcertados. Nadie reacciona. Miguel Maura cuenta que el día 14 de abril, el sedicente «gobierno provisional» se hallaba reunido en su casa, a la espera de los acontecimientos:

> Serían las seis cuando, convencido de la inutilidad de mis esfuerzos para convencer a mis compañeros de la urgencia de tomar por nuestra propia cuenta el poder aquella misma tarde, salí de la biblioteca y, atravesando el vestíbulo, subí los primeros peldaños de la escalera. Desde allí, dirigiéndome al público que llenaba la planta baja, pregunté en medio de un silencio absoluto:
>
> –¿Estáis dispuestos a venir conmigo a ocupar el Ministerio de la Gobernación?
>
> El griterío fue tal que mis compañeros salieron precipitadamente de la biblioteca y... ya no pudieron volver a ella, arrastrados por la riada humana tras de mí y de los que conmigo salían a la calle, en busca de los coches. Cogí del brazo a Largo Caballero, que era el único que había asentido a mi propuesta durante la discusión, y subimos al coche.[175]

Añade, con ácida ironía: «Según luego supe, Azaña, que venía con Casares Quiroga en uno de los últimos, iba refunfuñando malhumorado, diciendo que seríamos ametrallados por la Guardia Civil, que aquello era una locura y llamándome "señorito chulo".»[176]

Pero no sucedió nada. Vale la pena seguir citando a Maura para darse cuenta de lo anómalo de la situación. Las puertas del ministerio estaban cerradas, y la gente del cortejo pidió a gritos que se abriesen:

> De pronto, se abrieron las puertas de par en par, y apareció en el zaguán un piquete de la Guardia Civil cerrando el paso. Me cuadré delante de ellos, me descubrí y les dije:
>
> –¡Señores: Paso al Gobierno de la república! Los soldados, como si lo hubiesen ensayado previamente, abrieron el paso y, en dos filas, una a cada lado, presentaron armas.[177]

Ocuparon el ministerio y en menos de tres horas se produjo el cambio de autoridades en todas las provincias, por teléfono y sin el menor incidente. Mientras, Niceto Alcalá Zamora, autoproclamado presidente del Gobierno provisional de la República, dictaba los decretos sobre el cambio de régimen y el nuevo gobierno, que saldrían publicados en la *Gaceta de Madrid* al día siguiente. Como reconoce el citado Miguel Maura: «Nos regalaron el poder.»

El cambio despertó grandes expectativas entre las mujeres españolas. Por ello, no es extraño que la eclosión de entusiasmo que generó la proclamación de la República el 14 de abril de 1931 adquiriera desde muy pronto tonos y simbología femeninos y que la prensa ofreciera durante esos días numerosísimas fotos de mujeres desfilando con gorro frigio, esgrimiendo la espada de la Justicia, luciendo lazos rojos u ondeando banderas tricolores, en grupos desbordantes de alegría, a pie, en automóviles o asomadas expectantes a un balcón para contemplar, como decían algunos pies de foto, «la alegría de un pueblo que despierta». Alegría y despertar del que se sentían partícipes y, en buena medida, protagonistas, con una fe ilimitada en el porvenir que ese día se abría para ellas. Un reportaje de *Estampa* (25-4-1931) recogía con profusa información gráfica este sentir generalizado:

> La nota más destacada y alegre en la instauración del nuevo régimen la han dado, sin duda, las mujeres. Su juventud y belleza, su exaltado entusiasmo, ha sido lo que ha puesto en la bandera tricolor las primeras confianzas. Mujeres del pueblo, muchas de la clase media, empleadas y universitarias, las que, netamente, representan a la mujer española moderna, se lanzaron a la lucha electoral –del mitin al reparto de candidaturas– con la fe y el entusiasmo que, hasta hoy, sólo ponían los hombres. Y luego, cuando la República fue proclamada, estas mismas mujeres llevaron a la calle su alegre y estentóreo grito de triunfo, su confiada esperanza en un nuevo estado de cosas. Orgullosa puede estar la República de esta colaboración de la mujer, que, además de su consciencia, pone en el ambiente una seguridad de paz, de tranquilidad, que responde perfectamente a la conducta del pueblo, que supo respetarse, no empañando el triunfo de sus ideales con el más pequeño desmán.[178]

Es cierto que mucha gente vivió el advenimiento de la República con gran preocupación. Ernestina de Champourcin cuenta su estado de ánimo en una carta a Carmen Conde (18-5-1931):

Vivo en un mar de confusiones desde que se ha proclamado la República; por un lado mi alegría ante un triunfo tan espléndido en el que han intervenido muchos de mis amigos. Por otro el disgusto con que se acogió el acontecimiento en mi casa y entre toda la gente que nos rodea. Nada más angustioso que vivir en estos momentos rodeada de monárquicos como me ocurre a mí. Sólo se oyen funestos augurios y yo, que me siento enormemente optimista, hago ante ellos muy mal papel. A veces parece que yo fuera la que ha traído la República, cosa que claro está no me hubiera disgustado nada. Procuraba pasarme el mayor tiempo posible en el «Lyceum», donde por lo menos se respiraba un gran entusiasmo.[179]

En este ambiente, es lógico que el nombramiento de Victoria Kent como directora general de Prisiones tuviera una relevancia simbólica. Victoria ya se había distinguido por su actuación como abogada de Álvaro de Albornoz. Muy significativo en este sentido es el artículo que Melchor Fernández Almagro le dedicaba. Comenzaba analizando los cambios que podían observarse en el país y el mérito de la joven abogada:

> Quien vuelva a España después de algunos años de ausencia, advertirá cambios que en modo alguno habría podido sospechar (...). Más raro, y por lo mismo más significativo, es la incorporación de la mujer a la vida pública. Actúa, aquí o allá, como un ciudadano más. Se la ve y se la oye en el foro. Y quien dice foro dice dos cosas de genuino sentido civil: estrados de justicia y plaza pública.
>
> La marcha del feminismo puede señalarse entre nosotros por una línea ascendente. Pero en estos días ha

subido mucho más gracias al triunfo profesional de Victoria Kent.[180]

Más adelante analizaba el significado de ese triunfo: si la sociedad española necesitaba un símbolo de la nueva situación de la mujer, «la toga de Victoria Kent lo ha suministrado, representando un anhelo de justicia y de equidad, de participación en comunes tareas, a despecho de la diferencia de sexos». Para concluir con un augurio seguro: «Todos abogan por una nueva ordenación jurídica. Y en este concierto de propósitos y voluntades es satisfactorio que la mujer afronte su colaboración. Entre los mejores augurios contemos este de la mujer con toga; en el Tribunal o en el comicio, hoy. En las Cortes, mañana. O pasado mañana...»

El responsable del nombramiento, Fernando de los Ríos, ministro de Justicia, explicó que no se trataba de un nombramiento casual, sino que respondía a un proyecto más amplio:

> El hecho del nombramiento de la señorita Kent y el de que se haya abierto a las posibilidades de la mujer el campo de la notaría y del registro, como antes el de la abogacía, obedecen a un criterio perfectamente definido de ir ensanchando cada vez más el campo de acción de la mujer en la vida. Ella podrá o no llegar a ejercer determinada actividad; lo que no se puede, en virtud de una negación de capacidad, es impedirle que intente el acceso profesional allí donde su vocación le induzca.
>
> Mi propósito es que la Asamblea Constituyente revise todo el problema de la capacidad jurídica de la mujer, según nuestro Derecho Civil.[181]

El nombramiento se interpretó con tanta exaltación que Florencia M. Márquez llegaba a afirmar que, por muchos que fueran los errores de la República en el futuro, «bastaría exhibir el nombre de doña Victoria Kent para justificarlos», pues ella era «una mujer que debe enorgullecer a todas las mujeres», encarnación del espíritu republicano, como señalaba en la salutación con que concluía su entrevista: «¡Salve, Victoria Kent! Como tú debe ser la encarnación ideal de la República. ¡Justa con los que delinquen! ¡Fuerte con sus enemigos! ¡Suave en el mando, y con ternura de madre con los que sufren! ¡Salve, Victoria Kent! ¡Doña República!» Se veía en ella, también por parte de muchos hombres, a la heroína de los tiempos modernos, al «arquetipo de la nueva mujer española» y al modelo de mujer que la joven República pretendía implantar en España.[182]

Victoria se hace tan popular que llega a figurar en una famosa canción de la revista *Las Leandras*, un chotis titulado «El pichi», que decía:

> Anda, y que te ondulen con la «permanén»
> y pa suavizarte, que te den «col-crem».
> Se lo pues pedir a Victoria «Ken»,
> que lo que es a mí, no ha nacido quién.

Después de la guerra civil se eliminará la referencia a Victoria Kent, sustituyéndola por «se lo pues pedir a un pollito bien».

Cuando Josefina Carabias la entrevista para que exponga cuál va a ser su programa le dice: «Me parece prematuro... pero lo primero trabajar por España, por la República y por las mujeres. La mujer delinque poco, pero sufre un castigo mil veces más duro que el hombre. Yo he visto cárceles de mujeres y son un espectáculo de horror. Primero arreglar cárceles para mujeres, no por ser mujeres; mi criterio es de absoluta igualdad. También el problema higiénico de las prisiones... no hay razones para hacerles vivir en la inmundicia. Y nada de prohibir lecturas, ni de obligarles a cumplir deberes religiosos que no sienten. Si son católicos sí, todos los medios...»[183]

Victoria emprendió la reforma de las prisiones con gran pasión, y con medidas y comportamientos muy innovadores. Pretendió, por ejemplo, que se permitiera la entrada, en la intimidad de la celda, a las mujeres de los reclusos en los días de visita, lo que causó un escándalo nacional, algo así como si se hubiera introducido en la cárcel la prostitución. Al final, no se llevó a cabo la medida.[184] Una vez, planeó una visita al Centro Penitenciario del Dueso. Fue advertida del peligro, pues los presos estaban armados. En un artículo de *Tiempo de Historia* que cita María Telo, del año 1976, relata Victoria: «... medité... y decidí mi viaje... ordené formar la población reclusa en el gran patio. Les hablé desde una plataforma allí instalada... dije que el Gobierno se interesaba especialmente por las reformas de las cárceles y presidios... que se iba a mejorar en lo posible la vida del penal. Pero teniendo noticias de que algunos estaban armados, la primera condición que ponía era la del desarme inmediato... lo recuerdo como si lo hubiese vivido ayer. El personal que estaba detrás de mí quedó sobrecogido... siguieron unos minutos de silencio e incertidumbre, cuando de un lejano rincón situado a la derecha surgió un recluso joven, fuerte y decidido, y tomando el arma que llevaba en el bolsillo, la tiró al extremo del patio. A continuación una lluvia de armas fue dirigida al mismo rincón. El penal quedó desarmado. Agradecí, no sin emoción, el rasgo viril y respetuoso, y prometí lo que más tarde se fue realizando en el penal: el arreglo de un campo de deportes y la puesta en marcha de talleres de trabajo... Al día siguiente asistí a la comida en común... las caras me sonreían. Este episodio constituye uno de los más fuertes recuerdos de mi vida».[185]

De entre sus medidas, causaron sensación la recogida de cadenas y grilletes, la supresión de 115 cárceles (en su mayoría, cárceles de partido, de pequeños pueblos, y ordenó eliminarlas por su estado) y los permisos de salida de los presos. El diplomático Carlos Morla-Lynch cuenta en sus Diarios que Victoria obraba de acuerdo con la máxima de «odiar el delito, compadecer al delincuente». Federico García Lorca le contaría que se presentaron una vez a Victoria dos huérfanas cuya madre acababa de morir y le pidieron que diese permiso a su hermano, encerrado en prisión, para que fuese a su casa a dar un beso a su madre muerta. Él había jurado que si le concedían el permiso regresaría inmediatamente. Victoria se dirigió al ministro, al director de la cárcel y a los funcionarios competentes ofreciendo como garantía su propia libertad: cumpliría la sentencia por el muchacho si él no volvía. El muchacho regresó una hora después de haber recibido el permiso, no sin antes haber pasado por casa de Victoria con un ramito de flores.[186] Intentó reformar el cuerpo de prisiones, lo que implicaba la depuración del personal, y eso fue demasiado para el gobierno. «Mi propuesta asustó al señor Albornoz y la presentó al Consejo de Ministros. El Consejo la estimó audaz y no la aprobó, considerando que podía suscitar dificultades en varios sectores sociales... Albornoz me comunicó el criterio del Gobierno y presenté mi dimisión. Sentarme en mi despacho a firmar órdenes y comunicaciones no favorecía la continuación de mis proyectos y de otro lado no podía aceptar de buen grado mi temperamento esta situación. No tengo noticias de que mis sucesores hayan introducido ninguna reforma apreciable.»[187] Azaña, en sus memorias políticas, da una versión muy diferente: «En el Consejo de Ministros hemos logrado por fin ejecutar a Victoria Kent, directora general de prisiones. Victoria es generalmente sencilla y agradable, y la única de las tres señoras parlamentarias simpática; creo que es también la única correcta. Pero en su cargo de la Dirección General ha fracasado. Demasiado humanitaria, no ha tenido, por compensación, dotes de mando. El estado de las prisiones es alarmante. No hay disciplina. Los presos se fugan cuando quieren.»[188]

En el Lyceum Club se celebró un homenaje a Victoria Kent, con asistencia del presidente del Gobierno provisional de la República, Niceto Alcalá Zamora, el ministro de Justicia, Fernando de los Ríos, y otros relevantes políticos republicanos.[189]

Una parte importante de las mujeres relacionadas con la República pertenecían al Lyceum y ocuparon muchas páginas de periódicos y revistas. María Suárez firmó en *Mundo Gráfico* un único artículo sobre «La mujer ante la República»,[190] ilustrado con fotografías de Victoria Kent, Clara Campoamor, María Martínez Sierra, Concha Peña y María de Maeztu, en el que agradecía el reconocimiento de la «personalidad femenina en sus características de máxima capacidad para el bien y para la justicia» por parte del nuevo régimen y reclamaba, sobre todo, cultura para que la mujer pudiera afrontar con éxito los retos del futuro. Pedro Massa, en *El Liberal,* publica una serie de entrevistas a nuestras amigas del Lyceum, porque en él «anida el más puro estilo liberal femenino». Sus respuestas nos proporcionan una antología reveladora de su actitud ante el cambio de régimen. Isabel Oyarzábal reclama el voto femenino: «Esperamos una reivindicación de todos nuestros derechos políticos y jurídicos.» Aseguraba que donde más se iba a notar el influjo político de las mujeres sería «en la administración y en las cuestiones puramente sociales», en los movimientos pacifistas, en los asuntos relacionados con la protección e investigación de la paternidad y, desde luego, en el divorcio, que «debe ser una de las más perentorias reformas jurídicas». Y concluía:

> Esperemos conseguir todo esto, más que por nada, por el hecho felicísimo, ya innegable, de haberse incorporado a la vida activa lo mismo la mujer de clase media que la proletaria. Una y otra cambiarán dentro de poco la sustancia y el aspecto externo de la vida política española.

Para Matilde Huici, entonces vicepresidenta del Lyceum, la confianza en la República era tal que consideraba que la mujer no tenía que pedirle nada, puesto que, como había demostrado con el nombramiento de Victoria Kent, el nuevo régimen buscaba su plena colaboración, la misma que había prestado para su triunfo: «La República ha demostrado ya que busca la colaboración de la mujer, poniendo en sus manos tareas extremosamente delicadas.» También la mujer ha prestado su colaboración para que la República llegara: «La mujer no se ha inhibido mientras el hombre laboraba por la nueva era, y con él ha trabajado, ha sufrido, ha tenido fe, ha triunfado en una palabra.»[191]

En *La Voz* se publica una entrevista con María de Maeztu en la que se manifestaba sobre todo partidaria de reformas educativas para elevar el nivel cultural del pueblo, aunque, como feminista «en la avanzada», confiaba también en el espíritu liberal de la mujer española y en que de su ejercicio del voto sólo podía esperarse «el triunfo de una justicia más equitativa y más humana». Mantenía que la sociedad española había sido mucho más tolerante con el acceso de la mujer a la universidad que otros países, como Estados Unidos, aunque había ejercido este derecho «con demasiada timidez», pero este liberalismo de la sociedad española era precisamente el principal motivo de optimismo en esos momentos:

> De la República podemos y debemos esperar mucho las mujeres españolas. No le parezca a usted excesivo mi optimismo. Yo me atrevería a decir que ha llegado nuestra hora; la hora de todos los que hemos trabajado sin descanso y sin prisa por la educación del pueblo y por la emancipación cultural de la mujer. Y merced a este esfuerzo el terreno está bien preparado y hay un ambiente muy favorable para que pueda realizarse una amplia e intensa labor cultural.[192]

En una encuesta realizada por el *Heraldo de Madrid* entre mujeres tanto anónimas como famosas sobre su intención de voto (Concha Peña, la actriz Carmen Díaz, María de Maeztu, la abogada Mercedes Enguita, la periodista Magda Donato, Miss Economía, una modista, etc.) se subtitulaba: «Todas las consultadas coinciden en votar por la República y la mayoría expresa su confianza en que la mujer española sabrá incorporarse al movimiento europeo de progreso y civilización y acabará definitivamente con la política clerical y reaccionaria».[193]

Una mención especial merece María Martínez Sierra, porque fue acentuando su actividad política. En su conferencia «Libertad» en el Ateneo de Madrid (11-5-1931) afirmaba: «En quince días, el Gobierno provisional de la

República ha hecho más en favor de las mujeres que todos los Gobiernos monárquicos que se han sucedido desde el reinado de Alfonso X (...). Y esto es sólo empezar. Porque de las Cortes Constituyentes saldrá la absoluta igualdad en derecho para hombres y mujeres.»[194] María estuvo muy activa durante los meses siguientes. Pensaba que la función más urgente era la propaganda y la educación. Entre el 4 y el 18 de mayo ofreció un curso sobre «La mujer española ante la República», en el Ateneo de Madrid, destinado, por un lado, a tratar de lo que las mujeres «podemos ofrecer a la República; de lo que ella nos puede dar en pago; de lo que podemos esperar de ella»; y por otro, a abordar «lo que no hay por qué temer al aceptarla», lo que María Martínez Sierra llamaba «los temores innecesarios» y que centraba en la «cuestión religiosa» y en la «cuestión catalana».[195]

Este capítulo es alegre porque describe el triunfo de una labor larga y callada. Es el reconocimiento de las mujeres del Lyceum –y de muchas otras, por supuesto–, que corrobora la necesidad de que las recordemos. Era difícil presagiar que el entusiasmo que se vivía en los salones del Lyceum no iba a durar mucho tiempo. ¿Por qué fracasaron las ilusiones?

X. EL DEBATE SOBRE EL VOTO FEMENINO

Uno de los grandes elogios que se deben hacer del Gobierno provisional de la República es que era consciente de su precariedad jurídica. Fernando de los Ríos, primer ministro de Justicia, apeló para justificar la toma del poder a lo que llamó «juridicidad latente en la propia revolución».[196] Afortunadamente, el Gobierno no se sintió suficientemente justificado por tan ambigua expresión y decidió convocar con suma urgencia unas Cortes Constituyentes. Lo hizo con una celeridad pasmosa y bienintencionada. El 3 de junio, apenas un mes y medio después del advenimiento de la República, se publicó el decreto convocando las elecciones para el 28 de junio en primera vuelta y el 5 de julio en la segunda. Se concedía a las mujeres el voto pasivo –es decir, la posibilidad de ser elegidas–, pero no la posibilidad de votar. Fueron elegidas diputadas Victoria Kent y Clara Campoamor, nuestras amigas del Lyceum, y Margarita Nelken.

–Margarita Nelken –informa MT– no formó parte del Lyceum, al que sí pertenecía su hermana, Carmen Eva *(Magda Donato).* Se rumoreaba que era antifeminista, o quizás que no se atrevió a pedir la admisión por miedo a que se la denegasen por haber tenido aventuras en el pasado, ya que en el Lyceum no se toleraba la «conducta non sancta», de acuerdo con los comentarios de Carmen Baroja en sus memorias.[197]

La presencia de tres mujeres en el Parlamento rompía uno de los dogmas más profundamente establecidos en la mentalidad española: la mujer no debía meterse en política. Por ejemplo, Gil Robles lo justificaba con unas razones que podían incluirse dentro del «antifeminismo exaltador»: «La mujer no debe tener cargos de gobierno, ya que la sensibilidad y la compasión desbordadas –características preciadísimas del alma femenina– pueden ir en daño de la fortaleza y justicia que hay que acreditar en el desempeño de aquéllos.»[198] Quedaban reservadas a la mujer tres actividades profesionales: la del servicio doméstico, la de maestras y la de parteras. Y, por supuesto, la prostitución como realidad a la que no se quiere mirar.

Es posible que nuestra agencia de detectives emprenda la historia del servicio doméstico, que no está hecha todavía, sin la cual no podemos comprender la evolución de la familia. Más que una profesión, era un conjunto de trabajos, menesteres y escalafones. Había el ama del cura, las nodrizas, las cocineras, las criadas, y, en el escalón más bajo, las lavanderas. Las nodrizas tenían un estatus especial. Llegaban a anunciarse en la prensa, donde podían leerse anuncios como:

> *Francisca García, edad 18 años, primeriza, leche fresca para criar en casa de los padres, darán razón en C/ San Crispín, 31.*

A principios de siglo, en la Plaza Mayor de Madrid, Paco el Seguro había montado una agencia, en la que ofrece las nodrizas a los solicitantes, ponderando las excelencias de su secreción láctea. Continente y contenido es exhibido, alabado y... hasta saboreado. Pero continuemos con la situación política.

El 14 de julio de 1931 se inauguraron las Cortes Constituyentes. Entre los muchos temas a discutir, figuraba el del sufragio femenino. No era en teoría el más importante, porque en España había grandes debates abiertos –religiosidad-laicidad, propiedad-comunismo, monarquía-república–, pero acabó convirtiéndose en fuente de acaloradas discusiones. «Pocas cuestiones como ésta del voto femenino exaltaron tanto la pasión del Congreso», afirma Wenceslao Fernández Flórez en su comentario a la sesión del 2 de octubre.[199] Había una razón de fondo: la mujer se había constituido en símbolo ideológico, algo parecido a lo que está sucediendo en la actualidad en España. La igualdad jurídica suponía una quiebra del sistema patriarcal, y formó sistema con otros asuntos que no estaban intrínsecamente relacionados, por ejemplo el divorcio, el laicismo, el matrimonio civil y, más tarde, el aborto. Los dos modelos se consolidaron falsamente y se separaron cada vez más. Durante la guerra la «mujer nacional» se enfrentó a la «mujer republicana», que a su vez se confundió con la miliciana y, al final, con la Pasionaria o con Rosario la Dinamitera.

Esta separación maniquea –contra la que había luchado con éxito el Lyceum– enturbió nuevamente el debate sobre la condición femenina, de tal modo que el desenlace de la guerra supuso, entre otras cosas, el triunfo de un modelo de mujer sobre otro.

En las Cortes no se vio nada de esto. El debate fue fundamentalmente político, es decir, táctico. Fue un ejemplo de cómo la política había contaminado todas las posiciones. Eso hizo que dos personas que habían trabajado juntas, que habían convivido en el Lyceum, Victoria Kent y Clara Campoamor, se enfrentaran en el Parlamento.[200]

Se nombró una comisión constitucional, en la que figuraba Clara Campoamor, que defendió en todo momento los derechos femeninos, sin encontrar seria oposición. Sí surgió, en cambio, en el debate parlamentario, no por cuestiones de fondo sino por cuestiones de estrategias de poder: se temía que dar el voto a la mujer hiciera peligrar la República. El día 1 de septiembre de 1931, en la discusión de todo el proyecto constitucional, Álvarez Buylla, del Partido Radical –el mismo partido de Clara Campoamor–, catedrático y abogado, pidió restringir el voto femenino, pues «el voto de las mujeres españolas merece toda clase de respetos dentro de aquel hogar español que cantó Gabriel y Galán, como ama de casa; que la mujer española, como educadora de sus hijos, merece también la alabanza de los poetas; pero que la mujer española como política es retardataria, es retrógrada; todavía no se ha separado de la influencia de la sacristía y el confesionario y al dar el voto a las mujeres se pone en sus manos un arma política que acabaría con la República...».[201] La contestación de Clara Campoamor fue tajante y muy en el estilo del Lyceum:

> Dejad a la mujer que actúe en Derecho, que será la única forma de que se eduque en él. Fueren cuales fueren los tropiezos y vacilaciones que en principio tuviese.[202]

El 2 de septiembre Clara marcha a Ginebra, como delegada del Gobierno en la Asamblea de la Sociedad de Naciones. En su ausencia, arreciaron las críticas contra el voto femenino. «El histerismo no es una enfermedad: es la propia estructura de la mujer. La mujer es eso: histerismo.»[203] El médico y diputado Novoa Santos no es el único que opina así. Y la ANME, con la maestra Benita Asas a la cabeza, se ve obligada a actuar. Publican y editan unas hojas pidiendo a los diputados el voto político integral para la mujer. Benita, socia del Lyceum, había fundado en 1913 una revista llamada *El Pensamiento Femenino*, con el objetivo de «mejorar la condición social, jurídica y económica de la mujer», y trabajó incansablemente por el voto femenino. «Las mujeres de España hemos llegado a la mayoría de edad psicológica. Somos conscientes. Repudiamos las intromisiones en nuestras conciencias. No vivimos de pensamientos prestados. Nos poseemos a nosotras mismas.»[204]

En la tarde del 30 de septiembre empieza el largo debate sobre el voto femenino. El artículo 34 del proyecto parlamentario (que terminaría convirtiéndose en el artículo 36) señalaba lo siguiente: «Los ciudadanos de uno y otro sexo, mayores de 23 años, tendrán los mismos derechos electorales, conforme determinen las leyes.» Esa misma tarde, el diputado Ayuso presentó una enmienda a favor del voto femenino, pero solicitando elevar la edad electoral de las mujeres hasta los 45 años, porque, según decía, los científicos estiman que antes de esa edad crítica las mujeres latinas no estaban perfectamente capacitadas. Intervino Clara Campoamor, y el acta de la sesión nos informa del ambiente de la Cámara. «Voy a decir a S.S. tan solo dos cosas (el Sr. Barriobero: ¡Cuidado! Que a esa edad todas son beatas. Grandes risas). He de decir a S.S., en primer lugar, que lamento que cosas de esta entidad y de esta altura puedan tomarse como base de una broma indecorosa y soez (gran protesta. Un señor diputado: Eso sí que es histerismo. Otro señor diputado: Ése es el voto de la mujer). Si fuésemos a deslizarnos por el camino de la broma y del ingenio más o menos oportuno yo propondría muchas limitaciones para los varones. No las voy a enumerar; las dejo a la interpretación de los presentes (rumores).»[205]

Un diputado del partido de Clara, Guerra del Río, interviene en el debate: «(...) llamo la atención de los republicanos sobre el peligro que esto significa, y yo le digo: negar el voto a la mujer, no; pero que se reserve la República el derecho para concederlo en una ley electoral, para negarle al día siguiente si la mujer vota con los curas y con la reacción (aplausos y protestas)».[206] Clara decide intervenir: «(...) no es posible sentar el principio de que se han de conceder unos derechos si han de ser conformes con lo que nosotros deseamos, y previendo la contingencia de que pudiese no ser así, revocarlos el día de mañana. Eso no es democrático (Muy bien. Un señor diputado: ¡Cómo conocéis el alma de la mujer!)».[207]

En la sesión del 1 de octubre ha de votarse el artículo entero y no se sabe con certeza cuál puede ser la decisión de muchos diputados. Los socialistas quieren aprobarlo, pero Besteiro y Prieto son contrarios a conceder en este momento el voto a la mujer. Victoria Kent, tomando la palabra en nombre de los radicales-socialistas, se levanta para pedir que se vote en contra del voto femenino, cosa muy llamativa dada su trayectoria feminista.

> Srta. Kent: Se discute, en este momento, el voto femenino y es significativo que una mujer como yo, que no hago más que rendir un culto fervoroso al trabajo, se levante en la tarde de hoy a decir a la Cámara, sencillamente, que creo que el voto femenino debe aplazarse. (Muy bien. Aplausos.) Lo dice una mujer que, en el momento crítico de decirlo, renuncia a su ideal. (El Sr. Guerra del Río: Los cavernícolas hablan de pastel.) Quiero significar a la Cámara que el hecho de que dos mujeres que se encuentran aquí reunidas opinen de manera diferente no significa absolutamente nada, porque

dentro de los mismos partidos y de las mismas ideologías hay opiniones diferentes. Tal ocurre en el Partido Radical, donde la Srta. Campoamor figura y el Sr. Guerra del Río también. Por tanto, no creo que esto sea motivo para esgrimirlo en un tono un poco satírico, y que a este problema hay que considerarle en su entraña y no en su superficie.

En este momento vamos a dar o negar el voto a más de la mitad de los individuos españoles y es preciso que las personas que sienten el fervor republicano (Muy bien), el fervor democrático y liberal republicano, nos levantemos aquí para decir: es necesario aplazar el voto femenino. (Muy bien.) Y es necesario, Sres. Diputados, aplazar el voto femenino, porque yo necesitaría ver, para variar de criterio, a las madres en las calles pidiendo escuelas para sus hijos; yo necesitaría haber visto en la calle a las madres prohibiendo a sus hijos que fueran a Marruecos; yo necesitaría ver a las mujeres españolas unidas todas pidiendo lo que es indispensable para la salud y la cultura de sus hijos. Por eso, Sres. Diputados, por creer que con ello sirvo a la República, como creo que la he servido en la modestia de mis alcances, como me he comprometido a servirla mientras viva, por este estado de conciencia es por lo que me levanto esta tarde a pedir a la Cámara que despierte la conciencia republicana, que avive la fe liberal y democrática y que aplace el voto para la mujer.[208]

Clara Campoamor pide la palabra:

Señores diputados, lejos yo de censurar ni de atacar las manifestaciones de mi colega, señorita Kent; comprendo, por el contrario, la tortura de su espíritu al haberse visto hoy en trance de negar la capacidad inicial de la mujer (rumores), al verse en trance de negar, como ha negado, la capacidad inicial de la mujer (...). Respecto a la serie de afirmaciones que se han hecho esta tarde contra el voto de la mujer, he de decir, con toda la cordialidad necesaria, que no están apoyadas en la realidad. Tomemos al azar algunas de ellas. Que ¿cuándo las mujeres se han levantado para protestar de la guerra de Marruecos? Primero: ¿y por qué no los hombres? Segundo: ¿quién protestó y se levantó en Zaragoza cuando la guerra de Cuba más que las mujeres? ¿Quién nutrió la manifestación pro responsabilidades del Ateneo, con motivo del desastre de Annual, más que las mujeres, que iban en mayor número que los hombres? (Rumores.) ¡Las mujeres! ¿Cómo puede decirse que cuando las mujeres den señales de vida por la República se les concederá como premio el derecho a votar? ¿Es que no han luchado las mujeres por la República? ¿Es que al hablar con elogio de las mujeres obreras y de las mujeres universitarias no se está cantando su capacidad? Además, al hablar de las mujeres obreras y universitarias, ¿se va a ignorar a todas las que no pertenecen a una clase ni a la otra? ¿No sufren éstas como las otras las consecuencias de la legislación? ¿No refluye sobre ellas toda la consecuencia de la legislación que se elabora aquí para los dos sexos, pero solamente dirigida y matizada por uno? ¿Cómo puede decirse que la mujer no ha luchado y que necesita una época, largos años de República, para demostrar su capacidad? Y ¿por qué no los hombres? ¿Por qué el hombre, al advenimiento de la República, ha de tener sus derechos y ha de ponerse un lazareto a los de la mujer? (...). No; tenéis el derecho que os ha dado la Ley, la ley que hicisteis vosotros, pero no tenéis el derecho natural, el derecho fundamental que se basa en el respeto de todo ser humano, y lo que hacéis es detentar un poder; dejad que la mujer se manifieste y veréis como ese poder no podéis seguir detentándolo (...). ¿Es que no les remuerde la conciencia a ninguno de los Diputados republicanos presentes de haber pasado a la Historia en fotografías llevando el palio en una procesión? (Muy bien.) Pues no hablemos de esas cosas, porque lo que aquí importa es el principio. (El Sr. Pérez Madrigal: Lo que importa es la República.) Ése es el principio: a mí, Sr. Pérez Madrigal, la República me importa tanto, por lo menos –y digo por lo menos en consideración respetuosa–, que a S.S. y precisamente porque la República me importa tanto, entiendo que sería un gravísimo error político apartar a la mujer del derecho del voto. (El Sr. Pérez Madrigal: La restauración es lo mismo que conceder el voto a la mujer.) Está equivocado su señoría: cuanto S.S. afirma en ese sentido es una hipótesis... (el Sr. Pérez Madrigal: Tan respetable como la de S.S.) y frente a esa hipótesis yo tengo la mía, la de la conciencia, la de la fe, la del fervor, no tiene derecho S.S., en nombre de esa hipótesis, a cerrar el paso a más de la mitad de la raza española. (El Sr. Pérez Madrigal: No se le cierra el paso; es cuestión de tiempo; es una cita para el año que viene.)

(...) En ausencia mía y leyendo el Diario de Sesiones, pude ver en él que un doctor hablaba aquí de que no había ecuación posible, y con espíritu heredado de Moebius y Aristóteles declaraba la incapacidad de la mujer. A eso, un solo argumento: aunque no queráis y por si acaso admitís la incapacidad femenina, votáis con la mitad de vuestro ser incapaz. Yo y todas las mujeres a quienes represento queremos votar con nuestra mitad capaz masculina, porque no hay degeneración de sexos, porque todos somos hijos de hombre y de mujer y recibimos por igual las dos partes de nuestro ser (...). No cometáis un error histórico que no tendréis nunca bastante tiempo para llorar (rumores); que no tendréis nunca bastante tiempo para llorar al dejar al margen de la República a la mujer, que representa una fuerza nueva, una fuerza joven; que ha sido simpatía y apoyo para los hombres que estaban en las cárceles; que ha sufrido en muchos casos como vosotros mismos, y que está anhelante aplicándose a sí misma la frase de Humboldt, de que la única manera de madurarse para el ejercicio de la libertad y de hacerla accesible a todos es caminar dentro de ella. Señores Diputados, he pronunciado mis últimas palabras en este debate. Perdonadme si os molesté, considerando que es mi convicción la que habla; que hablo como republicana, pero como republicana que ante un ideal lo defendería hasta la muerte; que pondría, como dije ayer, la cabeza y el corazón en el platillo de la balanza, de igual modo que Breno colocó su espada, para que se inclinara a favor del voto a la mujer, y que además sigo pensando, y no por vanidad, sino por íntima convicción, que nadie como yo sirve en estos momentos a la República Española.

(Muy bien. Aplausos.)[209]

En un ambiente tenso y exaltado, se llega a la votación del artículo 34 del proyecto de Constitución, aprobado por 161 votos a favor y 121 en contra. Por 40 votos de diferencia la mujer adquiría el derecho al voto.

Después de la votación, algunos parlamentarios explican su voto. El señor Carrasco y Formiguera dirá: «Lo que no puede hacer la República es admitir aquí el principio de la igualdad de derechos de los dos sexos y venir después a excluir del derecho de voto a la mitad de los ciudadanos españoles. Yo soy católico pero conozco la Historia y sé que muchas veces con el título de la religión se ha sido intolerante y se ha perseguido indebidamente a los que no eran católicos; pero ahora, ¿queréis volver a la oración por pasiva y queréis que los católicos no tengamos derecho a la vida? (Nuevos rumores.) Aquí se ha dicho, ofendiendo nuestros sentimientos católicos, que se daría el voto a la mujer cuando se emancipase del confesionario; y yo digo que, en el buen terreno de la democracia y de la libertad, tenemos derecho al voto todos los que somos republicanos y hemos dado nuestra fortuna y nuestro bienestar por la República y hemos perdido la libertad y estamos dispuestos a dar la vida por la República, aunque después no nos avergoncemos, como no nos avergonzamos, delante del mundo, de arrodillarnos ante un confesionario, si esto responde a una convicción sincera que, por serlo, debe ser por todos respetada.»[210]

En una entrevista que le hizo a Hildegart el periodista Coca Medina para *El Socialista*, a la pregunta: «¿Cree que la concesión del voto a la mujer perjudicaría al espíritu liberal y laico del país?», responde que sí. Sin embargo, estaba convencida de que en un futuro la situación de la mujer podría cambiar con una educación adecuada, que la llevará a un mayor conocimiento de la realidad, y a ser capaz de decidir por ella misma. «Cada mujer debe conquistar por sí y para sí los derechos que en cada caso mereciese. Y sólo debiera, también, ser plenamente acreedora para administrar sus bienes, educar a sus hijos, dirigir su hogar... la que acreditase una personalidad independiente para no necesitar del consejo ajeno y no fuera a incurrir en el defecto lamentable de ser simple juguete de un director espiritual –clérigo o laico, para el caso es lo mismo– en cuyas manos fuese una tutela en condiciones de inferioridad.»[211]

Como decía Ortega y Gasset, «me interesa hacer capaces a los incapaces y todavía no se ha inventado mejor manera para enseñar a nadar que arrojar al aprendiz de un empujón al agua, quedando detrás en inspección tutelar».[212]

La otra mujer diputada, que se incorporará a las Cámaras en octubre (se retrasó su incorporación por una serie de problemas burocráticos), Margarita Nelken, tampoco será partidaria de conceder el voto a la mujer, en contra de la decisión oficial de su partido, el socialista, y señalará en *La mujer ante las Cortes Constituyentes:* «Las mujeres españolas realmente amantes de la libertad han de ser las primeras en posponer su interés propio al del progreso de España.»[213]

El voto femenino fue recibido en ciertos sectores con recelos y cuchufletas. El 20 de noviembre de 1931, el diario *El Sol* publica una entrevista con Valle-Inclán, en la que se lee:

> PERIODISTA: ¿Y qué papel les asigna a las mujeres en la nueva España?
>
> VALLE-INCLÁN: ¡Pero hombre! ¡Qué cosas! ¡Las mujeres! A las pobres se les puede hacer únicamente la justicia de la conocida frase de Schopenhauer. ¡Y ahora ya ni siquiera tienen los cabellos largos! En la presente civilización no tienen nada que hacer las mujeres.[214]

El triunfo del 1 de octubre se empieza a cuestionar. El 1 de diciembre de 1931, el señor Peñalba, de Acción Republicana, propone una enmienda para que la mujer pueda votar en las elecciones municipales, pero no en las generales. Se manejan los mismos argumentos, pero la situación se complica al haberse retirado los partidos de la derecha, que en la votación de octubre habían apoyado el voto femenino. Clara Campoamor vuelve a intervenir en la Cámara, contestando, en nombre de la Comisión, a todos los oradores. En su última gran intervención en relación con este tema, resumiría lo que a su juicio era el problema: «es decir, que condicionáis el voto de la mujer por miedo de que no os vote a vosotros. Ése es todo vuestro contenido filosófico».[215] El artículo adicional fue rechazado por 127 votos a favor y 131 en contra: por 4 votos de diferencia.

En las Cortes de 1933, resultan elegidas como diputadas Margarita Nelken, María Lejárraga, la periodista Matilde de la Torre, la maestra Veneranda García Blanco y la abogada Francisca Bohigas. Clara resultó muy criticada por los partidos de izquierda, ya que en las elecciones de ese año la CEDA, dirigida por Gil Robles, es la fuerza que obtiene más diputados en las elecciones, y las izquierdas sufrieron un retroceso. Ni Victoria Kent ni Clara Campoamor sacan escaño. Para algunos, se habían hecho realidad los temores de Victoria Kent. Pero en 1936, votando las mujeres, venció el Frente Popular. En esas elecciones, Clara Campoamor no fue aceptada por ningún partido y no obtuvo escaño. Apareció en las listas de personas que iban a ser asesinadas por extremistas del Frente Popular, y salió fuera de España. Escribió un libro titulado *El voto femenino y yo. Mi pecado mortal.*[216]

También despertó violentas polémicas la aprobación del divorcio, en 1931. La historia reciente de España había padecido unas embrolladas relaciones entre la jurisdicción religiosa y la civil en materia de matrimonio. En 1870 se negó eficacia civil al matrimonio canónico. Pero en 1889 se considera subsidiario al matrimonio civil, que vuelve a instaurarse en 1932 durante la República. El matrimonio civil se carga así con todo tipo de connotaciones peligrosas. Forma parte del modelo revolucionario, anticatólico, antifamiliarista. En 1938, en la España «nacional» se vuelve al sistema del matrimonio civil subsidiario, y la legislación se endurece cada vez más. Una orden de 1941 exige que las personas que quieran contraer matrimonio exclusivamente civil tengan que declarar solemnemente que no están bautizadas, o que abandonan el catolicismo en caso de estarlo. Hasta 1977 no se modifica este reglamento, bastando a partir de ese momento con una simple declaración para probar la acatolicidad. Por fin, la reforma del Código Civil en 1981 termina con estos disparates jurídicos, se reconocen dos tipos de matrimonio –civil y canónico– sometidos a jurisdicciones diferentes, pero advirtiendo que el matrimonio canónico no puede oponerse a la legislación civil.

También el tema de la coeducación despertó grandes polémicas, porque se lo consideraba peligroso y antinatural. Sólo faltaba la legalización del aborto para que los dos modelos acabaran separándose definitivamente. Por iniciativa anarquista, la Generalitat de Cataluña promulgó un decreto sobre la «Interrupción Artificial del Embarazo», el 25 de diciembre de 1936, regulando el aborto y autorizando su práctica en «hospitales, clínicas e instituciones sanitarias pertenecientes a la Generalitat». El tema era grave porque, según los historiales del Hospital General de Cataluña, en Barcelona se registraba una tasa de abortos clandestinos muy alta, con una media del 33'8 % de todas las mujeres embarazadas atendidas en este servicio.[217]

XI. QUIEBRA DE LA INTELIGENCIA SOCIAL

La República se instauró pacíficamente, es decir, inteligentemente. Una crisis política tan profunda como la que supone un cambio de forma de Estado se resolvió sin grandes alteraciones del orden público. El Pacto de San Sebastián funcionó bien. Las fuerzas monárquicas no ofrecieron ninguna resistencia. El Rey salió del país para evitar cualquier derramamiento de sangre. El Gobierno provisional no se empeñó en mantenerse en el poder, y se comprometió a dar cuenta de su gestión a las Cortes que se iban a convocar inmediatamente. La posibilidad de entendimiento entre personas de distintas ideologías que se había vivido en el Lyceum, parecía extenderse al resto de la vida pública española. La importancia de conseguir un objetivo justo debía permitir el entendimiento de opciones encontradas. Pero la inteligencia social entró en quiebra. Al principio de este libro dijimos que una parte de nuestra historia puede explicarse como un enfrentamiento entre dos paradigmas: «Sólo la educación puede cambiar una situación injusta» y «Sólo la fuerza puede cambiar una situación injusta». Esto se ve con palmaria claridad en la historia de la República. Los primeros gobiernos intentaron poner en práctica las ideas de la Institución Libre de Enseñanza. Pero después fueron sustituidos por el paradigma de la fuerza, defendido por Largo Caballero.

–Sé –dice JAM– que en este punto me muevo en el filo de la navaja, porque lo que me gustaría mostrar es que los acontecimientos históricos pueden estudiarse con dos lógicas. Una es lineal, y con esa lógica es fácil encontrar víctimas y culpables. Otra es sistémica, para comprender una situación hay que entender todo el sistema y sus complejas interacciones. Los procesos lineales sirven para buscar responsabilidades por actos concretos, lo que es sin duda necesario; los sistémicos sirven para comprender los hechos sociales y así poder elaborar una «pedagogía política» que nos permita aprender de la experiencia. Cada uno de los crímenes que se perpetraron y cada uno de los errores políticos que se cometieron tuvo su responsable, pero mi cometido no es ser juez, sino intentar comprender por qué hubo ese colosal fracaso de la inteligencia colectiva.

Una sociedad se vuelve estúpida o violenta o abdica de su inteligencia social cuando las creencias vigentes, los modos de resolver conflictos, los sistemas de evaluación, los marcos de entendimiento, los modos de vida, disminuyen las posibilidades de las personas, es decir, de las inteligencias privadas. Crean más problemas de los que pueden resolver, alteran su juicio, cambian la jerarquía de los patrones de interpretación. Se hace injusta. La justicia es la creación máxima de la inteligencia social, y la injusticia la mayor demostración de estupidez.

La inteligencia social es conversacional, su altura depende de la altura de los que intervienen en esa interacción. Los teóricos del lenguaje han estudiado las condiciones lingüísticas que ha de cumplir una conversación. Pues bien, la conversación social tiene que cumplir también unas normas, unos requisitos imprescindibles para el entendimiento, y esas normas son normas éticas, aceptadas como comunes. Entenderse exige dos condiciones. Una, educativa: ser capaz de comprender, tener los conocimientos y los hábitos de razonamiento necesarios. Otra, ética: querer comprender. Ortega, en su obra *España invertebrada,* se alarmaba ante un hecho que le parecía muy grave: «La sociedad española se está disociando desde hace largo tiempo porque tiene infeccionada la raíz misma de la actividad socializadora.»[218] Ortega achacaba este hecho al imperio de las masas y a la ausencia de una «minoría eminente», ejemplar.

–Ortega utilizaba un lenguaje elitista, imperial y nietzscheano que nos resulta muy anticuado –añade JAM–, pero algunas de las cosas que dice pueden aplicarse a nuestro presente. Hay un individualismo que está afectando a la raíz misma de la sociabilidad, como han puesto de manifiesto Ulrich Beck y Zygmunt Bauman,[219] entre otros. Y hay también una masificación acrítica que defiende que en una democracia todas las opiniones tienen igual valor, cuando lo único que tiene el mismo valor son los derechos y los votos. Una imbecilidad dicha por un demócrata es tan inaceptable como una imbecilidad dicha por un totalitario, aunque tal vez menos peligrosa. Los sistemas educativos no están siendo capaces de crear las mayorías ilustradas y críticas que necesitamos para el triunfo de la inteligencia social.

Precisamente, la quiebra de socialidad –empleando el término orteguiano– que existía en aquel momento histórico hace más meritorio el empeño en crear redes sociales que impulsó al Lyceum. El entendimiento que hubo entre las socias del Lyceum procedía de que habían dejado fuera las posiciones políticas y religiosas. Habían buscado un lugar común de encuentro que había sido, fundamentalmente, la búsqueda de la justicia –legal y ética– en la situación de la mujer. Pero en un ambiente tan politizado como el que se adueñó de España, ese entendimiento se hizo cada vez más difícil. De hecho, el primer enfrentamiento se dio, como hemos visto, en la discusión sobre el sufragio femenino. Dos compañeras que estaban de acuerdo en el planteamiento ético, dejaron de estarlo en el enfoque táctico y político. Esta politización de la vida entera fue denunciada desde muchas posiciones. Queremos recordar –porque merecería un estudio similar a éste– el movimiento de «Mujeres Libres» que surgió en el seno del anarquismo catalán, a poco de comenzar la guerra. Lo fundaron tres interesantes mujeres: Lucía Sánchez Saornil, escritora de la que ya hemos hablado, Mercedes Camposada, abogada, y Amparo Posch, médico. Querían «formar mujeres que pudieran saborear la vida en toda su plenitud. Mujeres con conciencia social, sí, pero también mujeres que supieran apreciar el arte, la belleza». Trataban también –y por eso las mencionamos en este momento– de evitar que «la mujer, ayer sometida a la tiranía de la religión, caiga, al abrir los ojos a la vida plena, bajo otra tiranía, no menos refinada y aún más brutal, la política».[220]

Ni la política ni la religión tienen forzosamente que llevar a la incomprensión del otro, pero lo hacen cuando eligen el paradigma del poder frente al paradigma de la racionalidad compartida, que se funda en la educación. La gran tentación del poder político o del poder religioso ha sido siempre pensar que el fin justifica los medios, y que, como decía Saint-Just –el ideólogo de la Revolución Francesa que buscó la pureza con más ahínco–, hay que tener el valor de ser injustos hoy para poder disfrutar de la justicia mañana. Ésa fue siempre la tentación de las inquisiciones religiosas o políticas. La Institución Libre de Enseñanza nace porque el ministro Orovio impone una censura religiosa a toda la universidad, lo que hace que algunos catedráticos dejen la universidad. Ésa fue también la moral marxista, que en boca de Lenin afirmó que es bueno lo que beneficia al partido. Fue la justificación de la violencia anarquista, que, sin embargo, defendía un purísimo ideal ético, y es el error de todas las dictaduras y de todos los terrorismos. Es lo que ha provocado el recelo o la inquina ante cualquier tipo de salvador.

Los mismos protagonistas de la República reconocieron posteriormente los dos virus que habían afectado a la inteligencia social: la violencia y la intransigencia. Así lo dijo un testigo de excepción, Manuel Azaña. De excepción no sólo por los cargos políticos que ocupó, sino por su permanente interés en algo muy parecido a la inteligencia social de la que hablamos. En 1930, inaugura el curso del Ateneo, del que era presidente, con un discurso titulado «Tres generaciones del Ateneo», en el que dice: «Nada es más urgente en España que el concurso de la inteligencia puesta en las contiendas civiles.» Retomaba así un texto suyo de 1924: «Un pueblo en marcha, gobernado con buen discurso, se me presenta de este modo: una herencia histórica gobernada por la razón.»[221] La historia del periodo que consideramos fue una herencia histórica presidida por la sinrazón. Podría considerarse que Azaña era un partidario de la «utopía educativa». En su *Apelación a la República*, escribe: «La democracia es una operación de engrandecimiento y bienestar moral (...). La democracia que sólo instituye los órganos políticos elementales, como son los comicios, el parlamento, el jurado, no es más que una aparente democracia. Si a quien se le da el voto no se le da la escuela, padece una estafa. La democracia es fundamentalmente un avivador de la cultura.»[222]

Sin embargo, en su práctica de gobierno no consiguió ejercer una pedagogía política. Por eso, en *La velada de Benicarló*, un desalentado, triste y lúcido Azaña escribe:

> Ninguna política puede fundarse en la decisión de exterminar al adversario... El sacrificio cruel suscita una emulación simpática, que puede no ser puramente vengativa y de desquite, sino elevada, noble. La persecución produce vértigo, atrae como el abismo. El riesgo es tentador. Mucho puede el terror, pero su fallo consiste en que él mismo engendra la fuerza que lo aniquila.[223]

Desde otra posición política, Miguel Maura dice algo parecido:

> Nos equivocamos al negar el diálogo y la convivencia a los adversarios políticos (...) al emprender apenas transcurridos los primeros meses, una política de tipo partidista y de clase, no solo divorciada sino hostil a cuanto no fuese la fracción gobernante, en vez de practicar una política nacional que incorporase a la obra de los Gobiernos a la masas ingentes de intereses legítimos y de ciudadanos capaces, que desde fuera colaborasen con ardor y entusiasmo patriótico en la edificación del régimen (...) nos equivocamos en los modos ásperos y violentos de practicar la función de gobierno» (artículo del 25 de junio de 1936).[224]

Otro de los protagonistas políticos de la época, Gil Robles, el jefe de la CEDA, el mayor partido conservador, se une a este coro de arrepentidos:

> ¿Qué lecciones principales cabe deducir del periodo histórico reseñado? Ante todo, el fracaso, sin paliativos, de

la Segunda República. Fracaso en el que se destaca, tal vez con más vigor que en ningún otro momento de la vida contemporánea española, una de las más acusadas características de nuestra psicología colectiva: la intransigencia.[225]

La democracia es la gran institución de la inteligencia social, siempre que se rija por principios éticos, sin los que se convierte en una institución suicida.[226] El Parlamento español se contagió de la violencia ambiente hasta extremos que nos resulta difícil comprender. Gil Robles cuenta en sus memorias que antes de un debate que se presumía áspero, en marzo de 1936, Martínez Barrio, presidente de las Cortes, llamó a los jefes de los grupos parlamentarios y les explicó la conveniencia de que «no entrásemos con armas los diputados en el salón, o de que diéramos, por lo menos, palabra de honor de no utilizarlas».[227]

–Creo que se enfrentaban paradigmas distintos, incompatibles, desde muchos puntos de vista –dice JAM–. Alcalá Zamora y Lerroux pertenecían a una generación anterior, su modo de hacer política era anacrónico. Los anarquistas estaban en contra del Estado y de las instituciones. Además, desde finales de 1931, la CNT estaba bajo la dominación de militantes revolucionarios que predicaban una doctrina de insurrección violenta para lograr el «comunismo libertario».[228] Y Largo Caballero, dirigía un socialismo emergente que desconfiaba de la democracia. Él mismo escribió en *El Socialista:* «El PSOE no es (puramente) reformista ni lo es el espíritu de sus miembros. Y ahí está la historia del partido para demostrar que la legalidad se ha roto cuando ello convenía a nuestras ideas.»[229] El Lenin español pensaba en esto lo mismo que el Lenin soviético. La intención de Manuel Azaña al gobernar con los socialistas fue «democratizarlos». Consideraba que su misión era integrar lo que llamaba «el movimiento ascendente del proletariado». La decisión de gobernar con los socialistas y no con los radicales de Lerroux le ha granjeado a Azaña las críticas más graves. Salvador de Madariaga creía que esa decisión equivocada fue el origen de la guerra civil,[230] y Carlos Seco le atribuye el «hundimiento de la democracia».[231] Pero, como comenta Santos Juliá, el error de Azaña fue no medir «la fuerza del vendaval de pasiones adversas que iba a levantar».[232]

Todo el mundo apelaba al «pueblo» como último legitimador, pero se trataba de un concepto indeterminado, confuso, maleable y belicoso. Una entidad abstracta y no un conjunto de ciudadanos. El 29 de septiembre de 1930, los partidarios de la República celebran un gigantesco mitin en la plaza de toros de Madrid. Azaña saluda «al pueblo congregado aquí» como «la manifestación de la voluntad popular». Son «las Cortes espontáneas de la revolución popular». Como comenta Santos Juliá: «ya no hay masa, sino "pueblo congregado en majestad"».[233] Azaña olvidaba sin duda que esa apelación directa al pueblo enfervorizado ha sido siempre recurso de dictadores. Primo de Rivera lo había utilizado, y años después lo utilizaría Franco, porque el caudillo enlazaba directamente con la voluntad popular sin necesidad de urnas. Durante toda su vida pública, Azaña, recordando sin duda el éxito del advenimiento de la República, pretendió legitimar la situación apelando al «impulso popular», que no debía verse obstaculizado por tecnicismos legales. Pero eso era una vuelta a la lógica de los pronunciamientos, tan pertinaz en la historia española. El lenguaje se venga de las vaguedades, haciendo extraños compañeros de cama. Azaña, que tenía una extraordinaria sensibilidad política, después de reconocer que «sólo hasta cierto punto» la República había llegado «en virtud del sufragio universal», afirma: «hemos venido al poder impelidos por el alzamiento nacional de la democracia republicana contra la tiranía».[234] ¡Un alzamiento nacional! La historia demostró que es preciso utilizar estas expresiones con gran cautela.

De esta trágica historia podemos sacar una enseñanza. Me parece importante aplicar a la política la noción de paradigma. Para evitar que el enfrentamiento acabe en violencia, la gran tarea política es elaborar un «paradigma compartido», que permita la solución de conflictos. Ese paradigma es lo que llamo *Ética*. Por eso hay que considerarla la gran creación de la inteligencia. Y por eso la gran meta de la educación es una educación ética.[235]

¿Y qué sucedió en el Lyceum? Pues que no pudo mantenerse ajeno a esa efervescencia política. Hacia 1934 o 1935 Carmen Baroja lo abandona porque, según ella, se iba haciendo demasiado político. María Lejárraga se alejó de él por burgués. En agosto de 1931, María, desde la tribuna del Ateneo madrileño, hacía un llamamiento, dirigido a las mujeres trabajadoras, para que se integraran en la Asociación Femenina de Educación Cívica, creada en 1932, de la que formaban parte María Rodrigo, Pura Maortúa, Benita Asas, Clara Campoamor, Matilde de la Torre, Matilde Muñoz, Isabel Oyarzábal, María de Maeztu. La preocupación principal de María, como buena pedagoga, era fomentar la cultura en la mujer. Pero no tanto en la mujer del pueblo llano, con una fuerte sensibilidad social por su dura existencia o su militancia en sindicatos, sino hacia la clase media trabajadora, que por diversas razones estaba alejada de los movimientos sociales.

Su creación obedecía estrictamente a la motivación contenida en su título, que retoma el espíritu del Lyceum. Quería «acoger a todas las mujeres, sin distinción de credos religiosos, ni matices políticos. Bastaba con tener un sentido progresista de la vida. Un deseo de elevarse por medio de la cultura, que forma y crea civismo, que capacita para tener puestos de trabajo y dirección». La Cívica llegó a tener mil quinientas asociadas. Su labor fue extraordinaria. En ella centenares de mujeres oyeron hablar por primera vez de colectivismo, pacifismo, internacionalismo, abolicionismo, de problemas sociales, sobre formas de gobierno... Los cursillos y conferencias se sucedían ininterrumpidamente. La sección de cultura creó un curso preparatorio de estudios sociales, que fue inaugurado por Fernando de los Ríos y por Rodolfo Llopis, y por cuyas tribunas desfilaría gente docta en la materia. Para hacer más asequibles los temas tratados se organizaban charlas a título de resumen genérico sobre biología sexual, Derecho, medicina, neurosis, abolicionismo, administración, música, arte y deportes. Organizaba visitas a museos, excursiones a la sierra y a ciudades y pueblos de interés histórico, así como festivales, conciertos y comedias. En ocasiones la gente joven solía bailar en la sede.[236]

Uno de los capítulos más interesantes para María Lejárraga era el artístico. La santanderina Pura Maortúa, casada con el abogado Enrique Ucelay, se encargó de organizar las actividades artísticas de la Asociación, y, en especial, de crear un grupo teatral compuesto por aficionados. Con tal motivo, ella y la compositora María Rodrigo (también socia del Lyceum) se entrevistaron, en el otoño de 1932, con Lorca para pedirle *La zapatera prodigiosa*, una farsa en dos actos que había sido estrenada en 1930 por la compañía de Margarita Xirgu. Lorca accedió, y les ofreció como complemento el *Amor de Don Perlimplín con Belisa en su jardín.* Pura consiguió con su empeño la recuperación de la obra *Amor de Don Perlimplín*, cuyas únicas copias casi llevaban cuatro años en la Dirección General de Seguridad: dos de ellas, en cumplimiento de requisitos administrativos, y una tercera, secuestrada por la policía de pornografía que la había incautado en 1929 cuando era ensayada por El Caracol, un grupo de teatro experimental que dirigía Cipriano de Rivas Cherif en la sala Rex. Pura obtuvo una de las copias e inició los ensayos. Entretanto Lorca regresó de Nueva York e, impactado por la tenacidad mostrada, se sumaba a ellos. El 5 de abril de 1933, en el Español de Madrid, fue repuesta *La zapatera* y estrenado *Don Perlimplín*, este último bajo la dirección del autor y con vestuario de Pura. Lorca manifestó admiración por el trabajo de Pura y, sobre todo, por la paciente dedicación con que transformaba el diario ensayo en una auténtica escuela de actores. Esta opinión supuso, además, la consolidación del grupo, que en adelante fue codirigido por ambos, adoptando la sonora denominación de Anfístora, «que no quería decir nada y era efectista invención del propio Lorca o jitanjáfora», según Pura.[237]

María Lejárraga se presentó a las elecciones de 1933, y desde su primer mitin dejó claro cuál era el ideal que la conmovía y la impulsaba:

> Sí, humilde entre humildes, ésta será desde hoy mi propaganda. No saldrá otra lección de mi boca. No hablaré nunca ni de doctrinas, ni de odio, ni de lucha, ni siquiera de victoria final: jamás prometeré paraísos para un más lejos tan ilusorio como los que prometen otros para un más allá. Hablaré de la vida cotidiana, de su miseria, de su dolor, de cómo hay que vencerlos a fuerza de unión, de saber, de conciencia, diré cómo es indispensable salir del pantano de la ignorancia, de la selva desesperada del no saber, del enloquecedor laberinto del no comprender: hablaré a las mujeres, siempre a las mu-

jeres, que son las que hacen el alma de los pueblos, del crimen de la resignación...[238]

El 19 de noviembre de 1933 fue elegida diputada por Granada. Durante el tiempo en que actuó como diputada parlamentaria destacaron sus intervenciones en el Congreso hasta el punto de ser, entre sus compañeras, una de las que más ruegos formuló a la Cámara. Y la que defendió más enmiendas y proposiciones de ley. Todas estas propuestas fueron firmadas conjuntamente con Ramón Lamoneda o Fernando de los Ríos, a quienes tanto estimaba, y en ocasiones conjuntamente por los tres.

Zenobia Camprubí y Constancia de la Mora, también se distancian por cuestiones políticas. Constancia es partidaria del Frente Popular.

> Zenobia, sin embargo, parecía cambiada. Sus primeros entusiasmos republicanos se habían enfriado (...) Inés y yo, que deseábamos tanto el triunfo del Frente Popular en las elecciones, no habíamos conseguido que Zenobia expresase su simpatía ni su confianza por ninguna de las dos partes contendientes; decía que estaba por encima de las luchas políticas y no quería tomar partido por unos o por otros y nada conseguíamos, por más que nos esforzásemos en tratar de convencerla de que aquello no eran solamente luchas políticas, sino que se jugaba el porvenir de España como nación libre, independiente y moderna. Llegado el 16 de febrero se mantuvo lo que ella consideraba neutral y no votó. Según transcurría marzo, su hostilidad hacia el Frente Popular se iba haciendo más manifiesta. La política se había convertido en una cuestión vital en España y era imposible mantener el mismo grado de amistad con una persona, por mucho que se la

> quisiera, que no compartiese las mismas convicciones, los mismos entusiasmos, las mismas esperanzas. Aunque exteriormente se conservara igual, mi profunda amistad con Zenobia empezó a enfriarse.[239]

Zenobia, desde el exilio en Cuba, escribe en su Diario, y tiembla al recordar lo que vivió en los últimos años de su estancia en España. «Por la tarde oí el discurso de Mussolini en su decimoctavo aniversario a veinticinco mil camisas negras frente al Palazzo Venezia. El tono inflamatorio de su discurso y la violencia de sus palabras atrajo gritos y alardes de delirante entusiasmo –todo aquello me hizo temblar–. La misma violencia y los mismos gritos de las reuniones políticas de España antes del conflicto.»[240] Recuerda con angustia «la increíble transformación del ser humano y de nuevo ese sentimiento tan horrible de escepticismo y de desconfianza a la vista del increíble comportamiento de la gente en la que uno tenía confianza. Pero también está el comportamiento opuesto, ese cambio inesperado de generosidad y nobleza de la gente más aburrida y monótona».[241]

La experiencia de concordia del Lyceum Club se agrieta. El tema de la mujer sufre una instrumentalización ideológica. La Falange ya presagiaba el modelo de mujer que iba a prevalecer en la nueva España. En un discurso, José Antonio Primo de Rivera, defensor del «antifeminismo exaltador», decía: «No entendemos que la manera de respetar a la mujer consista en sustraerla a su magnífico destino y entregarla a funciones varoniles... El hombre es esencialmente egoísta, en cambio la mujer fácilmente acepta una vida de sumisión, de servicio, de ofrenda abnegada a una tarea. Ved, mujeres, cómo he hecho virtud capital de una virtud, la abnegación que es, sobre todo, vuestra.»[242]

XII. LA RAZÓN Y LOS MONSTRUOS

Los sueños de la razón individual pueden producir monstruos, por eso son tan necesarios los sueños de la razón social. Como ejemplo de este hecho, y también por el enorme dramatismo de su historia, queremos hablar de una desdichada criatura, Hildegart, miembro del Lyceum.

En 1914, Aurora Rodríguez Carballeira da a luz a una niña a la que llama Hildegart, «jardín de la sabiduría». Aurora encarna hasta la desmesura la mezcla de educación y política de la época. Vive la utopía educativa desaforadamente. Tras la muerte de su padre, hecho que la deja bien situada económicamente, decide crear una colonia al estilo de los falansterios de los socialistas utópicos. Las dificultades que acarrea esta idea la llevan a abandonarla, sustituyéndola por otra, la de criar a una niña que será la encargada de realizar la obra de «Reforma de la Humanidad»: Aurora educaría y forjaría una mujer modelo, que a su vez continuaría la labor de la madre y tendría hijos modelo, y así sucesivamente, siguiendo el programa megalómano de una mente perturbada, algo así como convertirse en la Eva de una nueva especie, de una humanidad regenerada. Para poner en práctica su proyecto, lo primero que hace es buscar al padre: un hombre inteligente y sano, que no debe tomar parte en la educación de la niña. Un colaborador biológico necesario, pero de usar y tirar.

«Yo no he tenido nunca infancia, la infancia la necesité para estudiar», diría Hildegart años más tarde. Y es que el lema educativo de Aurora era «verter en su espíritu lo que yo sentía en el mío». Ya lo había intentado antes con su sobrino Pepito Arriola, niño prodigio del piano al que quiso moldear a su antojo. Y lo logra, con trágicas consecuencias, con su hija Hildegart, su ansiada «muñeca de carne». El libro de Rosa Cal *A mí no me doblega nadie: Aurora Rodríguez, su vida y su obra (Hildegart)*[243] cuenta la historia detenidamente. Es un calendario de récords. A los once meses Hildegart habla bastante bien. Antes de cumplir el año anda, a los 22 meses ya lee, a los 3 años toca el piano a cuatro manos con su madre. A los 4 años es una buena mecanógrafa titulada por la casa Underwood. Todo ello bajo la supervisión de su madre, que no permite que nadie la ayude a educar a su hija. Y es que está en juego el futuro de la humanidad. A esos mismos 4 años empieza a transmitir a la niña conocimientos de la vida sexual de un modo gradual, partiendo de la reproducción de las plantas, y le transmite también conocimientos de historia natural. Posteriormente la lleva a un colegio de monjas, donde la preparan para ingresar en el instituto. La madre la lleva y la recoge y raro es el día en que no le impone una fuerte corrección. La niña domina el francés, el inglés, y el latín, y además traduce el alemán, portugués y el italiano. Estudia el primer año de bachillerato escogiendo el alemán. A esta temprana edad traduce un complicado libro del latín: *De naturae philosophia seu de Platonis et Aristotelis consensione.*

Antes de cumplir los 14 años abandona el instituto para matricularse en la universidad. Se matricula en Derecho en el curso 1928-1929, y comienza la época de vigilancia extrema de la madre, que la tiraniza y no la deja jugar con niños de su edad. Los últimos años de carrera saca peores notas, porque se dedica a dar conferencias y escribir libros. Sin llegar a tener cumplidos los 18 termina la carrera de leyes. Se examina del primer curso de Filosofía y Letras. Llega a ser una de las abogadas más jóvenes de España, aunque la ley no la deja ejercer hasta los 21 años. Pero ella abre su despacho y distribuye tarjetas ofreciendo sus servicios.

La madre había previsto que, una vez cumplidos los 14 años, Hildegart comenzase su actividad para «redimir a la mujer», su misión. El primer paso que da es inscribirla en las filas de las Juventudes Socialistas en 1929. Ese mismo año, Hildegart empieza a lanzar sus escritos a la luz pública. El primero es su *Estudio literario comparativo de los amores de Romeo y Julieta, Abelardo y Eloísa y los Amantes de Teruel.* Tiene que confirmar su edad ante el jurado, que se muestra reacio a creer que la obra sea de su autoría. Durante ese mismo año escribe artículos para *El Socialista* de contenido social. Hildegart resulta laureada en muchos certámenes literarios. Llegó a obtener hasta once diplomas. La lectura de las obras de Marañón y sus estudios de biología y anatomía, así como la influencia de su madre, la llevan a apasionarse por el problema sexual y empieza a profundizar en su estudio. En 1930, publica *La limitación de la prole y la educación sexual* y *El problema eugénico: punto de vista de una mujer moderna.* En 1931 publica *El problema sexual tratado por una mujer española*, y *La rebeldía sexual de la juventud.* También publica *Revolución sexual* y *Profilaxis anticoncepcional. Paternidad voluntaria*, que presenta como obra médica y científica que pone al alcance del proletariado los medios higiénicos de evitar esa *«epidemia terrible de las familias numerosas»*.

Compatibiliza su actividad como escritora con los múltiples viajes para predicar su doctrina. El periodista Coca Medina diría de ella: «Hildegart, modosa, anticoqueta, tenía el hechizo intrigante de una adolescente, de regular estatura, tipo macizo, sólido, muy ágil, nada parecida en los rasgos faciales a su madre... Era una guapa adolescente aureolada de fama por su talento prodigioso... Hablaba bien y daba gusto verla tan guapa, pero nos dejaba fríos a todos sin despertar emoción... Carecía de toda verídica inspiración revolucionaria.»[244]

La adolescente es un reto constante para la sociedad de la época, en las aulas, en la prensa, en los foros. Su madre, excelente relaciones públicas, moldea su imagen, la acompaña a sus actos públicos, supervisa sus escritos. Es difícil saber hasta dónde llega la influencia de Aurora en todo lo que escribía su hija. Blanca Silveira-Armesto entrevista a Hildegart para *La Libertad*. Durante la entrevista, al preguntarle a ésta si las ideas eran exclusivamente suyas, y responder Hildegart que sí, la madre las interrumpe: «Continuación de las que me brotaban a mí del corazón. Mi hija es aún más avanzada que yo en mis ideales. Llega más lejos... Pero es mi obra viva, preconcebida, concebida y después ejecutada, que supera mis aspiraciones. Mi obra que me eleva y me traza tan amplio y luminoso camino, que ni yo misma lo había soñado.»[245]

Julián Besteiro, al ser preguntado sobre ella, señalaría: «No sé qué decir, es más bien un caso de dualidad incomprensible que de individualidad suelta, como son todas las chicas. En la universidad me causó una impresión contradictoria. En los estudios es, sencillamente, formidable, pero este fenómeno de ir tan pegada a su madre, me evoca la imagen de una cría de canguro encapsulada en bolsa invisible y con el cordón umbilical intacto, canal de una hipertrofia comunicativa gigante de dirección única.»[246]

En 1932 es expulsada del Partido Socialista por disensiones, e ingresa en el Partido Republicano Federal. La entrega incondicional de Hildegart al mundo de la política resulta ser una de las causas por las que las relaciones entre madre e hija se van deteriorando irremisiblemente. Con la expulsión del Partido Socialista, Hildegart empieza a publicar en el periódico anarquista *La Tierra*. Las divergencias con la madre se van acentuando. «Tú tienes una misión que cumplir en la vida y no debes olvidarlo», le dice Aurora, con ocasión de un viaje a Valencia, como recoge el libro de Carmen Domingo *Mi querida hija Hildegart*. «No olvido nada, ni siquiera que mi trayectoria en la vida debe ser la que yo misma me marque, no lo que otros decidan por mí. ¿Está claro?», responde ella.[247] Hildegart alterna trabajos periodísticos con actuaciones directas en mítines y conferencias. La madre empieza a tacharla de ambiciosa, comienza a pensar que la visita de H. G. Wells en 1931 le ha provocado ansias de triunfo (Hildegart habla inglés y Wells quiere llevársela de secretaria en su viaje por España). La madre diría luego: «Toda su fortaleza se derrumba ante el espejuelo de las ambiciones. Se iba dejando vencer por los que la cercaban con las palabras elogiosas, por hacerle continuar el camino emprendido. Pero, desgraciadamente, cada día notaba que mi influencia era menor, que ellos seguían ganando terreno en el espíritu de Hildegart.»[248] Aurora empezaba a ver enemigos y espías por todas partes, a imaginar una confabulación para separarla de su hija, de su obra. «Aunque procuraba halagarme y continuamente me decía qué madre más inteligente tengo, yo sentía el mal en ella, sentía que mi creación se convertía en lo contrario de la estatua que quise crear.»[249] La hija se queja de la vigilancia constante de la madre. Varias personas, entre ellas Matilde Huici y Clara Campoamor, amigas y compañeras del Lyceum, intentan razonar con Aurora sobre la falta de libertad en la que vive su hija. Aurora no quiere que siga en la política, le pide que abandone, que no trate esos temas. Llega a esconderle la información y hasta le rompe unos artículos que tratan de asuntos de actualidad. Pero la hija demuestra ser más tenaz que su progenitora. La convivencia se hace insoportable, y Hildegart desea vivir sola. «Ya estaremos muy poco tiempo juntas. Pienso marcharme pronto, viajar mucho, vivir mi vida. Libremente, sin imposiciones de nadie, pudiendo hacer en todo momento mi voluntad.»[250] Aurora se queda estupefacta y en lo primero que piensa es en la muerte de una de las dos. Tiene que suicidarse o matarla. Hildegart añade: «Si eres tan inteligente como crees, no te será difícil rehacerte y acometer personalmente la pesada tarea que quisiste echar sobre mis hombros. Y si te sientes impotente, vencida, hundida en el más completo fracaso, haz lo que te parezca. Tu vida es tuya y puedes hacer con ella lo que quieras. Yo, por mi parte, estoy dispuesta a vivir la mía y ser completamente feliz.»[251]

Hildegart se revuelve contra su carcelera. «Los hijos no son una propiedad de los padres, ni los padres tienen sobre ellos derecho de vida o muerte.»[252] Aurora se da cuenta de que su hija está cambiando. «Con tus sueños y confusas ambiciones constituyes una carga, un estorbo, un obstáculo para cualquier mujer joven. Yo quiero vivir mi vida. Quiero marcharme donde sea, pero sin tenerte constantemente pegada a mí como una sombra, ni escuchar a todas horas recriminaciones y augurios siniestros, sin que trates de torcer mi vida, para mejor servir a tus fantásticos anhelos.»[253]

El 19 de mayo aparece en el periódico *La Tierra* un artículo titulado «Caín y Abel», en el que, entre otros asuntos, se justifica el parricidio. El artículo lo firma Hildegart, pero la madre defenderá siempre que ella había sido la autora, que el escrito era una premonición de lo que tenía que hacer con su hija, por ser débil, por dejarse llevar. No merecía seguir disfrutando de la vida. Ella misma, que había realizado el acto sublime de darle la vida, se asemejaría a Dios, privándole de ella. «Como una gran artista que puede destruir su obra si le place, así hice con mi hija, a quien había plasmado y era mi obra... Mi hija, por buena, por espiritual, se merecía la muerte, elevarse. Volar.»[254] Y el 9 de junio de 1933 comprueba que su hija estaba dormida, cosa que declararía luego que era importante para ella, y le dispara cuatro tiros. Todas estas declaraciones, y muchas otras, hará Aurora durante su juicio, celebrado en 1934, y durante su internamiento.

> Me aproximaba a ella, revólver en mano, como si una fuerza superior a mí me empujase al crimen. El impulso materno habíase esfumado repentinamente ante el impulso gigante de la voluntad, que me trazaba inflexible el doloroso camino a seguir. Era mi pensamiento como una flecha lanzada que no se detendría hasta clavarse en el blanco. Y mi final, mi término, mi blanco, era la muerte de la chiquilla en quien pusiera todas mis ilusiones, de la mujer que yo soñara con alientos mesiánicos, con impulsos sobrehumanos, capaz de trazar rutas nuevas a los hombres oprimidos y esclavizados. Su muerte era en gran parte mi fracaso, el hundimiento de mis esfuerzos y de mis anhelos. Pero era también mi vic-

toria sobre cuantos la rodeaban, sobre quienes pretendían desviarla, sobre los que anhelaban prostituirla para transformarla en instrumento sumiso a sus maquinaciones. ¡No era yo el estorbo, el obstáculo, el valladar frente a sus ambiciones quien moría, sino ella, a quien creían tener convencida, esclavizada, sumisa a sus órdenes! Ésta era mi gran victoria, amasada con lágrimas y sangre, sobre el fracaso de toda mi vida, destrozándome el pecho y dejando jirones del corazón en el ascenso terrible hacia la cumbre elevada por encima del bien y del mal.[255]

Aurora leyó en su día uno a uno todos los libros de la biblioteca de su padre, que la idolatraba y le daba todos los caprichos. Este «leer sin medida» será uno de los argumentos que, en el momento del juicio, se utilizarán como condicionantes de su actitud posterior. Aurora tenía un «cerebro desordenado por la intoxicación de mil lecturas contrapuestas y mal digeridas. ¡Oh, la parte peligrosa de los libros! Sería muy provechoso un meditado estudio de esta interesantísima cuestión... es preferible cien mil veces la inteligencia natural de un analfabeto, que la mente encenagada de un lector sin previa preparación moral e intelectual».[256] José Valenzuela Moreno, en otro de los testimonios recogidos por Carmen Domingo, denuncia lo que tantos otros antes: las mujeres que leen son peligrosas. No lo olvidemos.

Aurora fue una víctima de una racionalidad exasperada, enclaustrada sobre sí misma, carente de sentido crítico, con ínfulas de salvación, que quiso que su hija realizara una misión, sin pedirle su aquiescencia, y que acabó destrozándola. Es posible que fuera una enferma mental, pero una de las características de este tipo de trastornos es la incapacidad para salir del mundo privado, para descubrir la falsedad de evidencias que se imponen como absolutas, la imposibilidad de atender a razones ajenas. Nos parece que la terrible historia de Hildegart es una parábola sobre la España de esa época, sometida a unos salvadores ensoberbecidos y dogmáticos.

XIII. LA GUERRA

Al revisar nuestro terrible pasado histórico, nos acucia una pregunta tal vez imposible de responder: ¿tuvo que ser necesariamente tan trágico? A principios de los setenta se publicaron en España las memorias de dos importantes políticos de la República: José María Gil Robles, jefe de la CEDA, el poderoso partido conservador, y Joaquín Chapaprieta, presidente del Gobierno en 1935. La oposición de los títulos ponía de manifiesto dos maneras de entender lo que había pasado. Una se titula *No fue posible la paz.*[257] La otra: *La paz fue posible.*[258] ¿Quién tiene razón? No nos sentimos capaces de responder a la pregunta, pero pensamos que el Lyceum es un microcosmos que nos permite tantear una respuesta. Por eso hemos dicho que sus protagonistas vivieron una especie de parábola histórica que nos conmueve profundamente.

Si la personalidad femenina emblemática del comienzo de la República fue Victoria Kent, las de la guerra fueron Dolores Ibárruri y Federica Montseny; y el prototipo de organización cultural femenina no fue el Lyceum sino, por ejemplo, la anarquista Mujeres Libres, como ha estudiado Mary Nash.[259]

La guerra suspendió las actividades del Lyceum. Muchas de sus protagonistas salieron de Madrid, unas hacia el exilio, otras hacia zonas más seguras. Las instalaciones quedaron intactas. Carmen Baroja escribe:

> [Nieves Pi, amiga del Lyceum] me contó que durante la Guerra había quedado todo intacto, no faltaba ni una cucharilla. Vinieron los nacionales y el señor creo que Serrano Suñer obligó a entregarlo todo a una delegada de Falange.
>
> No sé por qué motivo entró allí un grupo de teatro escolar, una especie de La Barraca, y a este grupo pertenece un muchacho que suele venir a casa, que ha sido soldado de marina, poeta y aprendiz de escritor, y viene con Miguel Miranda, que está de cómico en El Español. Son estos dos un par de personajes de novela picaresca, muy barojianos los dos y en el fondo buenas personas. Yo les llamo Rinconete y Cortadillo (...) me han contado con gran lujo de detalles lo que ocurrió con el Lyceum al hacerse cargo las niñas de Falange y convertirse en Círculo Cultural Medina. Este marinerito parece ser que entraba con otros por ser del grupo teatral y arramblaba con todo lo que podía, libros, almohadones o cornucopias. La Delegada, que se llamaba Carola no sé cuántos, con pretexto de que tenía que ver los libros de la Biblioteca, se los llevaba a su casa; otras veces, eran las copas o las tazas de tomar el té las que se llevaban a cierta casa de la Palma, que parece que las pagaba bien. Contaba, haciéndonos reír, cómo estando dentro de la Biblioteca entró no sé quién y tuvo que salir por una ventana agarrándose a la cañería del agua, y al ir a entrar en el retrete, se encontró con la Delegada y tuvo que quedarse colgado. ¡Gracias que era un piso bajo![260]

El Instituto Internacional también paralizó sus actividades, pero la corporación siguió funcionando en los Estados Unidos y utilizando sus recursos para ayudar a españoles amigos, desplazados por la guerra. Durante la guerra, los milicianos quisieron incautarse del local, cuando solamente quedaban María de Maeztu y 40 residentes. Una estudiante de Bryn Mawr fue en ayuda de María al enterarse, y se presentó en el momento oportuno con el documento que acreditaba que el edificio era propiedad norteamericana. Eso lo salvó. Ella huyó más tarde, tras dejarlo en manos de dos guardias conseguidos por el embajador. No sufrió daños. Se alquiló tras la guerra durante algún tiempo. Posteriormente reanudaría su labor. Fue tachado de «rojo» por las fuerzas del régimen por la política de ayudas a los amigos perseguidos. En 1956, un grupo de falangistas intenta asaltarlo. Como fundación extranjera, no puede inmiscuirse legalmente en asuntos de política local, pero, a través de sus cursos y con la libertad de cátedra que practica, logra ser un refugio en esa época.[261]

¿Y la Residencia de Señoritas? En julio de 1936, en plenas vacaciones de verano, la Residencia se hallaba casi vacía, y su directora, María de Maeztu, estaba en Francia, en el balneario de Cauterets, como era su costumbre todos los años. Al recibir la noticia de la prisión de su hermano Ramiro, y con riesgo de su seguridad personal, volvió inmediatamente a Madrid. No sólo le preocupaba a María la situación de su hermano, sino que también quería proteger «su Residencia». Al ver la caótica situación en que se encuentra Madrid y el peligro personal en que está su hermano Ramiro, María siente que ya no puede seguir ejerciendo su cargo de directora de la Residencia y presenta su dimisión a la Junta para la Ampliación de Estudios el 26 de septiembre de 1936. La Junta, según consta en los archivos, se lo comunicó al subsecretario de Instrucción Pública y Bellas Artes, Luis Calandre, el 28 del mismo mes. En la Residencia quedaron varias estudiantes para las que era imposible volver a su casa, ya que el país –dividido en dos zonas– carecía de comunicaciones normales. Quedan informes sobre la vida de las residentes, así como del estado de los edificios, en las cartas que Lucía Calvillo y Enriqueta Martín, empleadas respectivamente de la Residencia y el Instituto Internacional, envían a los Estados Unidos para que Susan Huntington las transmita a los otros miembros del Comité. Es interesante también el breve informe que Lucía Calvillo presenta al subsecretario de Instrucción Pública Calandre sobre la vida en los edificios de la Residencia durante la guerra y la situación de las residentes.

Desde el comienzo de la guerra hasta septiembre de 1936 los edificios de Fortuny 24 y de Rafael Calvo se convierten en un hospital de reposo, dirigido por el doctor Juan Madinaveitia, que, según la información de Susan Huntington, está costeado por la Residencia. El automóvil de María de Maeztu ha sido requisado para el uso de ese hospital. Del 30 de septiembre de 1936 al 31 de enero de 1938 viven en Rafael Calvo las señoritas que aún permanecen en Madrid. En estas mismas fechas en Fortuny 24 y 30 viven treinta niños tuberculosos. En enero de 1937, por orden ministerial, estos edificios se dedican a enfermería de la Brigada 68, que utiliza también los laboratorios como farmacia. En octubre de 1938 la Brigada se traslada a la zona de Levante y los edificios que ocupaban se utilizan por las Juventudes Socialistas Unidas como Escuela de Capacitación. En los pabellones verdes viven desde el comienzo de la guerra familias sin hogar. Fortuny 53 será ocupado por el Batallón Antigás y por enfermos tuberculosos del Sanatorio de Tablada, que han sido evacuados porque el sanatorio ha quedado en el frente de la sierra de Guadarrama. Más tarde, el Ministerio de Instrucción Pública querrá rehabilitar ese local de Fortuny para que funcione como Instituto Lope de Vega. Sin embargo, antes de finalizar las obras, estalla una granada que destroza una gran parte del edificio. Casi al final de la guerra se utilizó como escuela de puericultura.

El edificio de Miguel Ángel 8, protegido por la bandera norteamericana, se cuida mucho durante la guerra, aunque las noticias que llegan a los Estados Unidos sobre este local son en muchos casos confusas. En las cartas que Lucía Calvillo, antigua alumna de la Residencia que actúa como contable durante la guerra, representante sin sueldo del Comité de Boston en Miguel Ángel 8, envía a María de Maeztu durante el exilio de ésta tras la muerte de Ramiro, le cuenta lo que sucede en la Residencia, y María se las transmite a Susan Huntington, según consta en los archivos del Smith College.[262]

Parece que el mundo ha envejecido de repente.

XIV. CRÓNICA DE LOS ADIOSES

Éste es un capítulo triste y admirable. Triste porque cuenta una historia de huida, desarraigo e injusticia. Admirable porque muestra la energía, la determinación de sus actores, su lucha por la supervivencia y la tenacidad de sus convicciones. Vamos a contar la diáspora del Lyceum. Muchas de las protagonistas de nuestra historia tuvieron que marchar al exilio. Como escribió Victoria Kent: «Esto no ha sido una emigración, esto ha sido una hemorragia. España herida se desangraba y no se le prestó la asistencia necesaria para atajar la vida que se escapaba a raudales.»[263] Fue un combate contra un destino cruel, del que vamos a dar tan sólo unos breves partes de guerra.

El hecho de vivir en un mundo globalizado, viajero, desarraigado, no debe hacernos olvidar la tristeza del exilio. Posiblemente, la palabra «nostalgia», que significa etimológicamente «la enfermedad del regreso», fue inventada por exiliados o por emigrantes, que son una especie de exiliados laborales. Gregorio Marañón estuvo obsesionado por este tema, hasta el punto de comenzar a escribir una historia de los exiliados españoles.[264] Estas mujeres cuya historia vamos a contar estaban profundamente arraigadas en

España, a la que sentían como su circunstancia vital, cordial, histórica, como su responsabilidad. Tuvieron que abandonar su hogar doméstico y también su hogar cultural, social y político, y marchar a lo desconocido. Lo hacían, además, con cierto sentimiento de culpa. Isabel Oyarzábal escribe en su autobiografía que una vez en México no dejaba de pensar en los que se habían quedado:

> Nosotros puede que encontremos todo tipo de dificultades insospechadas, pero al menos éramos libres. Sentí que fuese lo que fuese lo que el destino pusiera en mi camino, nunca sería feliz hasta que todos y cada uno de los españoles fuese también libre.[265]

Hace ya muchas páginas, comenzamos esta narración hablando de María de Maeztu, y también con ella vamos a comenzar el capítulo de las despedidas. Ya hemos dicho que volvió a Madrid cuando supo que habían detenido a su hermano Ramiro. Tras un simulacro de juicio, fue fusilado en la madrugada del 29 de octubre. Este golpe rompería algunas de sus lealtades políticas. Marchó a la Universidad de Columbia, para desempeñar la cátedra que había ya profesado en otras ocasiones. La asistencia a un congreso de historia y la oferta para impartir un ciclo de conferencias por invitación de la revista *Sur*, trabajo que «tuvo por lo menos el mérito de ocuparla inmediatamente y de distraerla», la atraen a la Argentina. A Buenos Aires «llegó, por fin, sana y salva, pero deshecha y llorosa», relata Victoria Ocampo (amiga, que se había alojado en la Residencia un par de veces): «En pocos meses la vi hacer pie de nuevo en la vida, interesarse en cosas y gentes, esbozar proyectos», a pesar de «haber perdido aquello que más le importaba, material y espiritualmente», una vez superado «su periodo de convalecencia moral».[266] Su afincamiento en la Argentina será definitivo. Rechazó las ofertas de instituciones americanas (Vassar y Barnard College), para reanudar su actividad docente en la Universidad de Buenos Aires. «No basta con ser, hay que hacer.» Escribe, da conferencias, e intentó fundar en Buenos Aires una Residencia Femenina de Estudiantes, pero el proyecto no cuajó. Como otras protagonistas de esta historia, puso en práctica un lema vital humilde y grandioso: Por mí que no quede.

En abril de 1939, María de Maeztu escribe a una amiga: «... y bien, ya tenemos la victoria. Con las banderas victoriosas no ha vuelto Ramiro. Esto es para mí la única realidad verdadera. No oiré más su voz ni sentiré que me iluminan sus ideas».[267] Antonio Machado escribió un poema tristísimo: «Españolito / que vienes al mundo / te guarde Dios. / Una de las dos Españas / ha de helarte el corazón.» María es un ejemplo patético de que Machado se había quedado corto: las dos Españas podían helarle el corazón a la vez. Al final, no perteneció a ninguna. Forma parte, con muchas otras mujeres del Lyceum, de lo que Paul Preston ha llamado la «tercera España», donde sitúa a Ortega, Madariaga, Roca i Caball o Julián Besteiro.[268]

–La figura de Julián Besteiro –dice JAM– me resulta especialmente conmovedora. Fue catedrático de Filosofía en el Instituto de Toledo, donde también lo era mi abuelo Juan Marina. Dolores Ibárruri cuenta una anécdota que demuestra la difícil situación de un socialista moderado como fue él: «En una reunión de la ejecutiva del Partido Socialista celebrada en Barcelona en noviembre de 1938, en la que se discutió la situación de la República, Julián Besteiro declaró que "sin la participación de los comunistas no había posibilidad de ganar la guerra; pero si la guerra se ganaba, España sería comunista". Él no podía aceptar esto.

Por tanto, la conclusión era lógica: "perder la guerra para que no triunfasen los comunistas". A esta conclusión llegaba la insensatez anticomunista del "honorable" profesor de lógica.»[269] No quiso marcharse de Madrid cuando se acercaban las tropas franquistas: «Me quedaré con los que no pueden salvarse», dijo. Franco le trató con ensañamiento. Fue juzgado, condenado a cadena perpetua, y en la cárcel murió en septiembre de 1940.

En su primer y breve viaje a España –finales del año 1944, principios de 1945– María regulariza su situación administrativa: resuelto por orden ministerial de 19 de febrero de 1945, «el expediente de depuración instruido a la profesora numeraria de la Escuela Normal Doña María de Maeztu Witney *(sic)* declarándola depurada y sin sanción y confirmada en sus derechos», la dirección general de primera enseñanza del Ministerio de Educación Nacional acuerda el 5 de marzo siguiente nombrarla «profesora numeraria de Pedagogía y de Historia en la Escuela Normal de Magisterio Primario de Ávila, con carácter provisional». Durante su última estancia en España, pronuncia en Madrid el 29 de enero de 1947, bajo el título de «La vida y la obra de Ramiro de Maeztu», la lección inaugural de la Cátedra Ramiro de Maeztu establecida en la Universidad de Madrid a instancias del Instituto de Cultura Hispánica. Marichu de la Mora, hermana de Constancia, falangista de ideas liberales y mujer muy activa, le envió unas líneas después de oír la conferencia que dio. María le contestó, agradeciéndole su interés y aceptando encontrarse con ella. La carta de María da fe de su soledad y aislamiento y del impacto que le produjeron las palabras de aliento de Marichu: «las necesito. Necesito que me digan que mis palabras tienen todavía resonancia en las almas jóvenes y que mi presencia física aguanta todavía con dignidad el peso de una grave conferencia».[270]

En ese momento, María hubiese deseado asumir de nuevo la dirección de la Residencia, entonces Colegio Mayor Santa Teresa, pero no lo consigue. «Este prolongado destierro me produce una melancolía infinita... Me hubiera gustado tanto pasar los últimos años de mi vida en esta tierra para confundirme con ella... Podría hacerlo sin trabajar, claro está. Pero tengo todavía tal dinamismo y la cabeza tan firme que mi circunstancia había de parecerme un cementerio.»[271]

Muere en Mar del Plata el 7 de enero de 1948. Isabel Pérez-Villanueva señala en su libro sobre María de Maeztu que «su testamento, en el que, tras reafirmarse en sus convicciones religiosas y su devoción por Ramiro de Maeztu, se manifiesta nítidamente su posición política, permite percibir, por los años transcurridos desde el final de la Guerra, una clara discrepancia con el sistema entonces vigente en España».[272]

VICTORIA KENT. Rosa María Capel describe de la siguiente forma a Victoria Kent: «no tenía un carácter muy agradable ni era locuaz con las personas que llegaban hasta ella. Mujer de gran decisión, de fuerte carácter, solía ir directamente al grano, no perdía el tiempo en rodeos innecesarios, decía lo que tenía que decir en pocas palabras, de forma clara y tajante, y volvía de nuevo a su trabajo, al que dedicaba su vida entera».[273] Rosa Chacel apunta un dato menos formal: le gustaba el whisky. «Bebía como un marinero y estaba completamente en forma: subió mucho en mi estimación.»[274]

Durante la guerra, ayudó a coordinar los suministros al frente y a crear refugios para niños, hasta que fue enviada a París, como secretaria en comisión de la embajada de la República, en 1937. Su misión era ocuparse del cuidado de los niños evacuados. Se negó a llevarse nada más que unas fotografías, pensando volver, pero no regresaría hasta 1977. Tras la ocupación de París por las tropas alemanas, se vio obligada a refugiarse en la embajada de México. Se identificaba como «Madame Duval», porque la buscaba la policía de la Falange, en colaboración con la Gestapo. Allí permaneció diez meses sin poder salir, y dedicó las horas a escribir, a modo de Diario, su libro *Cuatro años en París (1940-1944)*. La Cruz Roja le consiguió un piso en París cuando no pudo seguir refugiada en la embajada.

María Telo señala que Victoria era mujer de acción, y como casi toda persona de acción escribió poco. Ella misma diría que «estas páginas escritas durante los cuatro larguísimos años de mi estancia en París, bajo la dominación nazi, llegaron a convertirse en un libro, pero sin propósito mío de que así ocurriera».[275] María Telo nos habla del libro: bajo el seudónimo de Plácido, que utilizó ante el peligro de que las páginas cayesen en manos de los nazis, día a día iba plasmando, sin estridencias, su vivir, su pensar. Escribía para llenar el vacío de la inactividad, del aislamiento, de la impotencia ante tanta barbarie. En su encierro, las cosas tomaron para ella un valor especial. Ella lo califica como «una especie de diario»; divagación literario-filosófica» con «aires de novela». Declara en el libro: «se tiene miedo cuando se considera la catástrofe fuera de uno; cuando uno se convence de que forma parte de ella, de nuevo el miedo deja de existir».[276] Tenemos unos «resortes vitales que nos equilibran en momentos cruciales de nuestra vida». «En aquellos días, semanas, meses, años de soledad... mi ánimo tendía espontáneamente a la reflexión y a la abstracción.»[277]

Cuenta cómo la policía de Franco hacía rastreos en París para cazar españoles; ella se salvó gracias al chivatazo de alguien desde la embajada española. Nunca supo quién fue esa persona, pero gracias a ella la noche en que fueron a buscarla ya no estaba en su apartamento. «Comenzaba la caza del hombre para la que no tengo ni aptitud ni preparación. Mi reclusión se imponía.»[278]

Por segunda vez salvó la vida gracias a su intuición, o más bien a su gran capacidad de razonamiento. Al tener que cambiar de refugio, cree María Telo que por incautación del edificio de la embajada de México, se le propuso escapar, salir de Francia; ella no dice quién hizo la propuesta, pero en nota puesta a pie de página se aclara que fue el corresponsal de prensa en la guerra española Jay Allen, que salvó a muchos republicanos. «No, decididamente no. Mi caso no es el de una persona más, que si cae liquida con la cárcel, las consecuencias para mí serían otras.»[279] Días después llegó la noticia de que Jay Allen había sido detenido como espía por pasar la frontera fraudulentamente.

> No olvidemos que mi vida está en esa lista de objetos encontrados; si tengo interés en no aparecer he de hacer una vida como si dijéramos de perro perdido. Perro perdido no, yo no tengo amo; yo no seré perro perdido, seré perro callejero... Proclamo la superioridad del perro callejero.[280]

Para mejor moverse, se compra una bicicleta y aprende a montar, cosa que siempre había odiado, pues la figura de una persona en bicicleta le parecía ridícula; pero esto le iba a permitir hacer múltiples observaciones que recoge en su libro; especialmente interesantes son las referentes a los judíos, con la llegada de los camiones al Velódromo de Invierno cargados con estas personas, y la posterior salida de los mismos, unos con hombres que iban a la estación de Drancy y otros con mujeres y niños que llevaban a la estación de Austerlitz. «Odios... odios... Yo no he sentido odio, no puedo despertar odios (...) Si no es con odio, ¿cómo me podrían matar?» Y añade: «Pero ahora me acuerdo: hoy se asesina con arreglo a un programa; hoy se asesina metódicamente en nombre de un programa que anuncia la felicidad para los hombres.»[281]

> «Los Míos... Los Otros... Pero quiénes eran los Otros... ¿Eran los otros los que veían correr aquellos ríos de cauces profundos, fascinantes, y aquellos otros sonrientes, apacibles bajo un sol radiante, entre olivos y naranjos? ¿Eran los otros los que se calentaban bajo el mismo sol que a él le había visto nacer, los que estaban nutridos con el jugo de la misma tierra, los que empleaban las mismas palabras para decir hermano, ambición, paz, esperanza...? Los otros, ¿eran ésos? No, todos esos eran los suyos. Los oía reír, los oía hablar, los oía llorar... Todos eran los suyos. Esta conclusión le serenaba. Para humanizar el mundo confiaba en el avión. Decía: "El mundo después de la guerra será más pequeño. La distancia real de un punto a otro es el tiempo que se tarda en recorrerlo... Las almas no cambiarán en el periodo de una guerra a otra. La comprensión del hombre no avanzará con un ritmo más acelerado después de esta guerra. Lo que ha avanzado es el avión. Lo que el mundo no podrá agrandar ya será la distancia... El mundo después de la guerra será más pequeño, y los problemas a resolver serán más vastos, pero quizás más simples sus soluciones. El pan para todos ¿no sería más fácil que el pan para unos y la muerte para otros? La vivienda para todos ¿no sería más fácil que destruir los

hogares? El trabajo para todos ¿no haría más fácil la tarea de cada uno?"»[282]

Examinando un cuadro de mala calidad situado en la habitación donde estaba encerrada, que representaba el descendimiento y que estaba colgado en una pared empapelada de mal gusto, dice: «La grandeza de Cristo fue su vida, y su muerte fue como su vida misma. No necesitó apoyar la afirmación de su existencia en la lucha. Nosotros viviendo agredimos... él afirmó su vida dándose... Más tarde sus discípulos agredieron, él no. Él, frente a una nación corrompida y sostenida por la violencia, opuso una resistencia: su verdad.»[283]

Vamos a transcribir unas conmovedoras entradas de este Diario, porque nos permiten asistir al entusiasmo de la liberación:

> 19 de agosto.– Dejo abierto el conmutador con la esperanza de que si llega la luz me despierte... A la una menos diez mi cuarto se ilumina..., logro coger el comunicado completo: los ejércitos aliados están en Versalles. Acodada en mi ventana miro el cielo... El silencio no está lleno de vacío; este silencio es una espera... El silencio de la noche del 13 de junio del 40 era un silencio de muerte... esta noche París está silencioso y vivo.
>
> 20 de agosto.– Noche de calma completa; desde las diez, en que se oyeron unos cuantos disparos... Por la mañana hago el recorrido de mi barrio. Las escuelas convertidas en cuarteles están vacías...
>
> 21 de agosto.– Día de decepción... los aliados están cerca, pero están aún en Fontainebleau, Trappe et Joubissy... nada más... Mañana estarán en París.

22 de agosto.– Rueda mi bicicleta, rueda como nunca. Yo no sé si ella tiene alas o las tengo yo. Hoy vuela... avenida de Versalles, calle de Mirabeau, Quai Louis Blériot... Algo tiene hoy alas, mis pies, la bicicleta, mi corazón... Es necesario que alguien me explique, los físicos, los químicos, los metafísicos o los fisiólogos, los filósofos o los místicos: el aire hasta ayer, desde hace cuatro años, era denso, no entraba fácilmente en mis pulmones. Hoy es ligero, ligero... La libertad, la libertad. ¿Qué es la libertad? ¿Quién me llama por mi nombre? ¡Ah! ¡Plácido!... Ahora soy yo la que dice «no temas nada». Monta, monta conmigo en la bicicleta... ¿Vivir sin ti?... Fue tu razonamiento el que me hizo digerir mi miedo, aquel miedo a la muerte... ¿Qué es aquella libertad que sentía crecer en la soledad? Aquella libertad no era distinta de ésta. Yo también voy a razonar: la libertad se gesta o se respira; cuando su vida está amenazada hay que recogerla en sí misma, en silencio y en la oscuridad; es un periodo de gestación... Igual, igual que si pudiéramos volver a las entrañas de nuestra madre. Luego, en llegando el tiempo, cuando su expansión es posible, no hay nada que la detenga... Qué bello es París cuando en él se respira la libertad...

25 de agosto.– Los ejércitos aliados han tomado las puertas de París... Un fuego nutrido se cruza... Morir hoy sería triste... Seguimos dando la mano y aplaudiendo bajo las balas...

26 de agosto.– ¿Nos lleva la corriente o somos nosotros la corriente misma? Ríos humanos corren alborozados por las arterias de París... Los árboles son racimos humanos... ¿Y esos tanques? ¿Veo claro?... Son los españoles. Veo la bandera tricolor; son los que atravesando el África llegan hasta los Campos Elíseos.[284]

Liberado París, Victoria sigue la suerte que corrieron todos los españoles que abandonaron España después de la guerra, el exilio. Salió para México. Allí permaneció dos años y pudo desarrollar lo que en España le había costado el cargo, es decir, formar adecuadamente al personal de prisiones. El Gobierno de México le encargó fundar una Escuela de Capacitación para dicho personal. Al mismo tiempo, impartió conferencias en la Academia Mexicana de Ciencias Penales y dio clases de Derecho Penal en la universidad. Su dominio de la materia la lleva a colaborar en Argentina con Jiménez de Asúa, su antiguo profesor, y luego colaborador cuando desempeñaba el cargo de directora general de Prisiones.

En 1949 la ONU le ofrece desempeñar un puesto en la Sección de Defensa Social que estaba relacionado con el estudio de las cárceles de mujeres. Lo acepta, y en 1950 traslada su residencia a Nueva York. Pero el cargo no le gustaba, no le permitía ninguna iniciativa, «era puramente burocrático». En 1952 fue nombrada consejera del gobierno de la República en el exilio. El medio más eficaz que encontró para restaurar la República en España fue la fundación de la revista *Ibérica*, abierta a la colaboración de los republicanos. Con el apoyo financiero decisivo de su amiga la hispanista Louise Crane, fundó la revista, que se publicó desde 1953 hasta diciembre de 1974. Nació la revista en lengua inglesa con el fin de «informar al pueblo americano sobre la situación en España bajo la dictadura franquista». En enero de 1954 aparece el primer número en español: «*Ibérica* es un boletín de información dedicado a los asuntos españoles y patrocinado por un grupo de americanos que creen que la lucha de España por la libertad es una parte de la lucha universal por la libertad.» En los primeros números aparece Victoria como editora, y a partir del noveno como directora. Eran presidentes de honor Salvador de Madariaga y Norman Thomas. En 1961 se creó el Consejo Ibérico, para propagar el concepto de una España libre y democrática

Tras la llegada de la democracia, volvió a España, invitada por el Gobierno, pero no se instalaría aquí definitivamente. Victoria no participó activamente en la transición. Opinaba que la República era el mejor sistema político. Pero con el tiempo alabó la labor que estaba realizando el Rey para democratizar el país. Murió a consecuencia de un paro cardíaco en Nueva York el 25 de septiembre de 1987, a los 89 años.

CLARA CAMPOAMOR, nuestra tenaz defensora del derecho al sufragio femenino, pertenece también a la Tercera España. Se separó del Partido Radical en 1935. Sus razones las expone en una carta que dirige a Lerroux: «Yo, Sr. Lerroux, me adscribí al Partido Radical a base de un programa republicano, liberal, laico y demócrata, transformador de todo el atraso legal y social español, por cuya realización se lograse la tan anunciada justicia social (...) Más que colaboradores, el Partido Radical ha descendido a ser el triste servidor de esas derechas, republicanas de rotulación, y con trágica fuerza.»[285] Solicitó el ingreso en Izquierda Republicana, petición que le fue denegada, según ella porque no se había olvidado su actitud ante la defensa del voto de la mujer.

El 6 de agosto de 1936, según algunos testimonios, o a primeros de septiembre, según el suyo propio, Clara abandona Madrid. Al parecer, su nombre figuraba en la lista de *radicales* que cierto sector del Frente Popular pretendía eliminar (aunque ella ya no lo era). La sensación que describe Clara en su libro *La revolución española vista por una republicana* es que «la anarquía reinaba en la capital, el Gobierno se mostraba impotente y había falta de libertad incluso para las gentes liberales».[286] Parece ser que su pretensión era obtener pasaje en uno de los dos barcos argentinos, el *25 de mayo* o el *Tucumán*, anclados en el puerto de Alicante y que se habían puesto al servicio del Gobierno con la misión de trasladar a cuantos refugiados quisieran hacerlo. Pero, según testimonio de Clara, una orden del Gobierno impidió que pudiera embarcar en cualquiera de los dos y, no teniendo otra opción, salió de Alicante en un barco de bandera alemana con destino a Génova. Entre tradicionalistas y falangistas –un pasaje propio de la bandera alemana en aquellos momentos– embarcó hacia Italia con intención de continuar hasta Suiza, donde contaba con el apoyo de una abogada de Lausanne (Antoinette Quinche, a quien había conocido en 1929 en el primer congreso de la Federación de Mujeres de Carreras Jurídicas). Le acompañaban su madre, que ya había cumplido 80 años, y una hija de su hermano Ignacio que se encontraba circunstancialmente en su casa de Madrid. Algunos pasajeros enviaron un telegrama a Génova para alertar a la policía italiana de la llegada de la ex diputada republicana. La policía les detuvo a ella y a sus acompañantes al llegar el barco a su destino. Fueron retenidas durante cinco horas, hasta que, ante las protestas violentas por una detención que no parecía muy clara, fueron conducidas ante el jefe de la Policía de Génova, quien confirmó que cinco pasajeros del barco alemán habían denunciado su presencia en Italia por «no ser amiga de ideas fascistas». Ella argumentó que no era ni fascista ni comunista, pero que, sobre todo, para atravesar Italia con destino a Suiza no parecía muy necesario practicar la ideología fascista. La detención queda levantada y logran llegar a Suiza. Se instalan en Lausanne.

En su libro *La revolución española vista por una republicana* defiende la tesis de que los republicanos que habían salido triunfantes en la candidatura del Frente Popular, a los que denomina *republicanos de izquierda*, se habían convertido, junto a los socialistas, en «combatientes contra la República». Clara se afirma en las páginas de este ensayo como una liberal que observa a los dos bandos enfrentados en la guerra civil como fanáticos de uno y otro lado.

Desde 1938 a 1955 permanece exiliada en Argentina. Sus primeros contactos los establece con medios editoriales cuya dirección o asesoramiento estaban en manos de intelectuales españoles. Para ellos empieza a trabajar en traducciones de obras francesas y en la redacción de varias biografías (Quevedo, Sor Juana Inés de la Cruz, Concepción Arenal).

En diciembre de 1947 entra en Madrid por el aeropuerto de Barajas. Pasa las navidades en Madrid, aunque sabe que está en la lista negra de los puestos fronterizos. Se aloja en casa de la doctora Elisa Soriano, vieja compañera en la Asociación Femenina Universitaria y del Lyceum que había militado con ella en el Partido Radical. Hacia 1950 o 1951 vuelve a Madrid para arreglar su situación. Le pide a su amiga Concha Espina (coincidieron en la Unión Republicana Femenina) que escriba una carta de presentación para dirigirse ante las autoridades del Tribunal. Una vez ante los funcionarios, supo la respuesta: sólo podía permanecer asumiendo la pena de 12 años de cárcel, cuestión que podía quedar anulada si facilitaba nombres de compañeros de la francmasonería y abjuraba en el obispado de todas las manifestaciones anticlericales formuladas a lo largo de su vida política. De vuelta en el hotel no habló con nadie, no llamó a nadie, hizo el equipaje y tomó un taxi para ir al aeropuerto y regresar a Buenos Aires. En noviembre de 1955 lo volvió a intentar, ya desde Lausanne, pero sus familiares le aconsejaron que desistiera. Desde Lausanne escribe una carta a su amiga Consuelo Berges: «todo el lago Lemán, todas las montañas y selvas las cambiaría yo por la cacharrería del Ateneo o por una buena discusión entre nosotras, entre cuatro paredes o en torno a la reducida mesa de un café».[287] A sus casi 70 años sigue manteniendo contacto con la Federación Internacional de Carreras Jurídicas, y en Suiza se interesa también por el movimiento de mujeres, aunque confiesa que «hay aquí 300 asociaciones femeninas a cuyas reuniones asisto, pero son tan deslavazadas y ñoñas que sólo consiguen irritarme por comparación con nuestras vivientes luchas y querellas. Un almogávar lanzado al desierto no se consideraría tan desamparado como yo».[288]

En 1958 acude en Bruselas al congreso de la Federación Internacional de Mujeres de Carreras Jurídicas, y allí conoce a abogadas jóvenes españolas como María Telo, a la que comentaría, en la correspondencia que mantuvieron desde entonces, los problemas de las mujeres suizas para obtener su derecho al voto, la inutilidad del referéndum en aquellos momentos, y se advierte aún en sus cartas una vitalidad personal y un deseo de cambiar las cosas. «La Comisión de la Condición Jurídica de la Mujer se reunirá este año en primavera en la ONU, en Ginebra. Dicha comisión forma parte del consejo económico y social en el cual están representados 18 países. Creo que este año o el próximo le toca entrar a España. Ahora bien, cada país envía entonces a una mujer a dicha comisión. Pónganse ustedes en campaña para obtener que en tal caso envíen una mujer de pensamiento independiente y partidaria de los derechos femeninos, que haga buen papel. Es un nombramiento que depende exclusivamente de Relaciones Exteriores. ¿No tendría usted posibilidades de hacerse nombrar? Yo iré, como siempre, representando a la Alianza Internacional Femenina, que interviene como Organización No Gubernamental. Es cosa de importancia, sobre todo para que el país no haga el ridículo si envían un elemento regresivo, porque toda la Comisión es partidaria de los derechos de la mujer, como es natural, con la excepción de los países de detrás de la cortina de hierro, que, naturalmente, siempre arriman el ascua a su sardina de la oculta preponderancia masculina que se agita detrás de todos los gobiernos, especialmente los totalitarios (...) Cuando veo cuál ha sido el resultado práctico de nuestras antiguas luchas y esfuerzos me pregunto si verdaderamente vale la pena hacer algo en la vida. Cierto que no hay otro país como el nuestro para el paso atrás y la vuelta al medioevo. Creo que lo único que ha quedado de la República fue lo que yo hice: el voto femenino, pues aunque resulte la igualdad en la nada, no se han decidido a borrarlo, pero en cuanto a lo demás... Y aún confieso que me sorprenden las modificaciones recaídas en el derecho procesal y que usted me ha comunicado. Es que la fuerza de la realidad es tan grande que aun los más recalcitrantes tienen que rendirse y hacer alguna concesión a la marcha del tiempo.»[289]

Murió de cáncer en abril de 1972, a la edad de 84 años, en Lausanne.

ZENOBIA CAMPRUBÍ AYMAR. Juan Ramón y Zenobia se exiliaron a Cuba, de donde pasaron a Estados Unidos y Puerto Rico. En la introducción a su *Diario 1*, Graciela

Palau de Nemes, amiga del matrimonio y encargada de rescatar los Diarios de Zenobia, dice que «poco después de llegar a Cuba, Zenobia se unió a un grupo de mujeres cultas y activas, socias del Lyceum de La Habana, institución dedicada a obras de beneficencia, amén de desarrollar un buen programa de actividades culturales. La nombraron miembro honorario, pues había sido una de las fundadoras del Lyceum de Madrid (...)».[290] En la introducción a *Diario 2*, cuenta que «en los años de su estancia en la Florida, Miami era un lugar mayormente para residentes de temporada o turistas. Solamente unas pocas personas del Instituto de Estudios Hispánicos de la Universidad de Miami, incluyendo el Departamento de Español, sabían quién era JR, amén de los maestros de español (...). Esto significó que Zenobia tuvo que asumir el control completo de la vida de ambos y el Diario de esta época revela su indómito espíritu, su iniciativa, su alto sentido de la responsabilidad, su heroico desempeño del papel de esposa de JRJ. Iba a decir su sacrificado papel, pero no fue así en el caso de Zenobia, que siempre logra de algún modo vivir su vida y cumplir con su marido. Zenobia fue una equilibrista en un juego en el que otras muchas mujeres hubieran sucumbido».[291]

En sus Diarios, hay muchos textos que reflejan, entre otras cosas, su preocupación por lo que está sucediendo en España y, sobre todo, su temor por los niños en general, y por los que el Gobierno le encargó cuidar en particular:

- *Diario 1*, p. 111, 6 de noviembre: «Pasé toda la tarde hablando de Connie M (Constancia de la Mora) con Connie S. Debo decir que aún le tengo cariño a Connie, aunque reconozco su inconstancia conmigo y su estrecho fanatismo en asuntos políticos.»[292]

- *Diario 1*, p. 143: «Pasé una tarde feliz en la Crèche con un grupo de muchachas americanas. Pero no era en lo más mínimo como la nuestra en Madrid. La casa no se podía comparar, ni la alegría y encanto; ni la belleza, salud y felicidad de los niños. Todo lo que había allí era digno de admiración, el estilo de la ropa de los niños, el color.»[293]
- *Diario 1*, p. 156: «Esta mañana había señales en los periódicos de la posibilidad de una paz no muy lejana y estoy llena de entusiasmo por la obra de reconstrucción que se podría llevar a cabo. En lo que a mí respecta, mi idea sería hacer que el Lyceum consiguiera un cuerpo de trabajadores voluntarios que dedicaran la mitad del día a trabajo de reconstrucción y dejaran la otra mitad para su propio trabajo individual. Como tengo un ingreso extranjero que me sostiene, podría ofrecerle medio día al Lyceum tres veces por semana. Podría dejar cuatro tardes por semana para encargarme de mis asuntos personales o lo que hubiera que desenmarañar de lo que quedara. Cuando vaya a Nueva York, quiero ver cuanto pueda de guarderías infantiles modelos y también cómo administran los parques para beneficio de los niños. El mejor servicio que puedo prestar tiene que ver con la vivienda, así que quiero ver toda clase de aparatos que simplifiquen el trabajo y la higiene.»[294]
- *Diario 2*, p. 20: «(...) cuando al abrir el periódico dejó caer [Juan Ramón] la cabeza con pena al enterarse de la muerte de Antonio Machado. Con lo que había intentado que lo invitaran a la Universidad de La Habana, pero los más jóvenes, Gaos en particular, que fue el primero en beneficiarse, no

querían tener nada que ver con los mayores (solamente con los de su generación) y prevaleció su opinión sobre la de JR. Ahora era más grande su dolor por no haber podido ayudarle. Quizá se hubiera salvado. Pero, como dice JR: ha sido una muerte noble, acorde con su vida –sobre todo física– esforzada y lastimosa. Me parece que, a ratos, había algo de envidia en los pensamientos de JR en cuanto a su muerte. Lo más probable es que JR estuviera muerto o completamente loco de haber seguido su suerte, pero el día en que unió su destino al mío, cambió ese fin. Después de todo, yo soy en parte dueña de mi propia vida, y JR no puede vivir la suya aparte de la mía. Y yo no acabo de ver ningún ideal por el que valga la pena dar la vida, pese a todo lo que se proclama. *En esta empresa nuestra, yo siempre he sido Sancho».*[295]

Zenobia muere en Puerto Rico el 28 de octubre de 1956, en el hospital, al poco de enterarse de la concesión del Premio Nobel a Juan Ramón.

MARÍA LEJÁRRAGA. Antonina Rodrigo nos cuenta lo que sucedió con María tras el comienzo de la guerra.[296] Fue nombrada agregada comercial para Suiza e Italia, con residencia en Berna, en 1936. El final de la guerra sorprendió a María enferma en su casa de Niza. Tras la ocupación nazi de Francia, tuvo una vida clandestina bajo el nombre de Madame Martínez a secas. Los problemas se agudizaron y, para subsistir, a pesar de su creciente ceguera, trabajó bordando zapatillas. Los amigos la ayudaron (ella siempre mantuvo una relación epistolar muy frecuente con amigos y familiares, acentuada por el exilio), pero Matilde de la Torre, que tanto la ayudó, murió en México el 19 de marzo de 1946, a los 62 años, y ese mismo año moriría su amigo Falla en Argentina, con quien había colaborado como libretista en *El amor brujo* y *El sombrero de tres picos*. En 1945 localiza en Buenos Aires a Gregorio, del que no sabía nada. Vive allí con la Bárcena. Él dice en una carta que no le había escrito antes porque pensaba que tendría dinero en las cuentas y que de sus obras cobraría la mitad. Le envía luego comida y ropa, «según la cuota de los bienes gananciales». Él regresaría a Madrid en 1947, y moriría el mismo año.

El 7 de septiembre de 1950, María embarcaba en Génova, camino de Nueva York. La ciudad le entusiasmó. De allí viaja a Tempe, Arizona, donde la acoge la viuda de un gran amigo suyo, George Portnoff. Empieza a colaborar con Frank Byers, uno de los colaboradores del Departamento Dramático de la ciudad de Arizona. Más tarde viaja a California, para entrevistarse con productores de Hollywood. Sus obras *Navidad* y *Don Juan de España* empiezan a gestionarse para su filmación. María escribe una comedia para niños, *Merlín y Viviana o la gata egoísta y el perro atontado*, que envía a Walt Disney. Dos meses después le devuelven el original. Y al cabo de un tiempo se estrena la película de dibujos animados *La dama y el vagabundo* ¡con el mismo argumento y sin otro cambio que el haber convertido a la gata Viviana en una perra elegante!

Tras el desencanto, se traslada a México. Traduce para las editoriales Aguilar y Grijalbo. Se siente contenta de corregir la edición y ponerle el prólogo a *Mis últimos años*, de Einstein. Colabora en la prensa y habla en el Ateneo español. Debido a problemas respiratorios, se traslada a Buenos Aires, donde, sorprendida, comprueba que Gregorio había hecho correr la noticia de su muerte. Ésta fue una de las razones por las que escribió *Gregorio y yo* en 1953, aunque en el libro homenajea a su marido. Realiza colaboraciones periódicas en diarios, revistas y radio. Su libro *Fiesta en el Olimpo*, 1960, compendia parte de esta producción. Escribió antes de eso un libro de teatro para niños, *Viajes de una gota de agua*. El 28 de junio de 1974 fallece en Buenos Aires, poco antes de cumplir cien años...

CONSTANCIA DE LA MORA. Cuando las circunstancias obligaron al Gobierno a ordenar que saliese la población civil de Figueres con rumbo a Francia, ella y su amiga Marta abandonaron el país con rumbo a Perpiñán, donde se alojaron en el consulado de España. Su marido, Ignacio Hidalgo de Cisneros, se reunió con ella más tarde, pero continuó yendo a España en diversas ocasiones.

> Desde la primavera de 1937 había estado recibiendo cables de amigos y del Comité de Ayuda a España rogándome que fuese a exponer la causa del pueblo español ante los norteamericanos. Pero había rehusado todas las invitaciones, porque me desagradaba la idea de marcharme tan lejos de España mientras durase la Guerra y, además, consideraba más útil y necesario mi trabajo en Barcelona.[297]

Pero, perdida Cataluña, vieron que era necesario hacer un esfuerzo para convencer a los Estados Unidos de que enviasen comida y víveres, y decidió aceptar las invitaciones que le habían hechos sus amigos periodistas. Vía Francia, embarcó a los Estados Unidos. Tras la derrota de la República española en la guerra, Constancia (Connie para los amigos) se exilió y publicó su autobiografía *In Place of Splendor (Doble esplendor* en su traducción al castellano). Eleanor Roosevelt presentó este libro en Nueva York. Termina su autobiografía con un «Viva la República». El que el libro sea más conocido en el mundo anglosajón se debe sin duda a que su primera edición, 1939, fue en lengua inglesa. Educada en Inglaterra, Connie hablaba y escribía el inglés casi como el español, y el libro fue escrito como una llamada de auxilio además de como un testimonio. Es evidente que al redactarlo en Estados Unidos en el verano de 1939 su autora todavía albergaba alguna esperanza de que cambiaran las tornas en España, quizá por el inicio de la Segunda Guerra Mundial. Cuando sus esperanzas se frustraron, Connie se estableció en México, donde escribió la versión española que se publicó en el país azteca. Luego se hicieron traducciones al francés, alemán e italiano. En México se reencontraría con su hija Luli, a la que habían enviado a la Unión Soviética. Antes se había reencontrado con Ignacio, aunque terminarían divorciándose años más tarde (en 1940, diez años antes de la muerte de Connie). En México se instalaron Ignacio y ella en el número 56 de la avenida de Veracruz. Una zona de clase media ilustrada. La casa estaba abierta a los exiliados y amigos hispanoamericanos (por allí pasaron Frida Kahlo y Diego Rivera, Pablo Neruda y su mujer argentina, a la que llamaba la hormiguita, y Luis Buñuel, entre otros). Sin embargo, a raíz del asesinato de Trotski, la policía mexicana empezó a vigilar a los comunistas. Margarita Nelken, por ejemplo, había tratado abiertamente con Ramón Mercader, por lo que estaba en el punto de mira de la policía. Se la aisló bastante y terminó condenada al ostracismo, aunque más tarde se la rehabilitaría. No había demasiada hermandad entre los comunistas españoles refugiados en México. Al poco de instalarse allí, empezó a trabajar como secretaria y traductora en la embajada soviética. Eladia Lozano recuerda que se manejaba bien en francés, inglés e italiano. Al mismo tiempo, Connie pertenecía a la Unión de Mujeres Españolas, organización que recogía fondos, comida y ayuda para los presos antifranquistas.[298]

Connie se enamora de México, de la belleza de Chiapas, de Zacatecas, de Morelia, y de las culturas indígenas. Su sentido artístico le hizo conectar enseguida con el realismo mágico mexicano. Teresa Pàmies cuenta un encuentro en la piscina con Connie: «A principio de la década de los cuarenta tomé un día un autobús que iba a una popular piscina de las afueras de la capital y, casualmente, entablé conversación con una dama, española de acento y mexicana de aspecto. Me pareció haber visto antes esa cara, pero no conseguía situarla. Era una mujer alta, de tez olivácea, vestida de ancha falda de algodón y blusa blanca de escote caído en los hombros, al estilo tapatío. Llevaba en el pelo, sujeta con cintas de colores, una trenza imponente que enroscaba en su cabeza altiva. Dos españolas en un autobús mexicano no podían ignorarse y, sin presentarnos mutuamente con nombres y apellido –aunque ella identificó en seguida mi acento catalán–, entablamos amistosa conversación hasta llegar a la piscina donde nos apeamos. A mí me esperaban unos amigos y ella fue al encuentro con los suyos. Mientras se alejaba con el bolso veraniego en bandolera, uno de los chicos de mi pandilla comentó: "La nieta de Maura se nos ha disfrazado de Adelita", y empezó a tararear el famoso corrido de la soldadera de Pancho Villa (...). Su tez mate y cetrina, sus enormes ojos rodeados de ojeras borrachas de sol, como decía el bolero de moda, y su largo cuerpo desgarbado no debieron permitirle brillar entre la sociedad madrileña como la señorita aristocrática que, un día de enero de 1906, nació en la cama de estilo Luis XV de una mansión madrileña.»[299]

Connie intentó escribir un libro sobre México y sus ambientes indígenas, y otro sobre las historias de los españoles refugiados en México. Aurora Arnáiz dice que Connie nunca sonreía. Desde México, reanudó el contacto con su familia madrileña. Germán de la Mora, su padre, le enviaba una cantidad mensual. Al mismo tiempo, Connie viajaba de vez en cuando a Portugal para reunirse con sus padres, que le pagaban el viaje. Jorge Semprún, primo de Connie, cuenta divertido que su tío Germán tuvo la ocurrencia de proponer a Connie que si volvía a España él le construiría un koljós en la finca de La Mata. Connie era su preferida.

Una acaudalada norteamericana, Mary O'Brien, fue su compañera de viaje en su último recorrido por Guatemala en un coche con chófer. Existe una crónica escrita por Mary años más tarde que recoge lo sucedido. Las dos recorren Mérida, Uxmal y Tizimin, hasta atravesar el Yucatán, y de ahí se trasladan a Guatemala. En Guatemala se les une Nancy Johnstone, antigua amiga de Connie, que vive en Guatemala con su segundo marido, Ferdinand. Los compañeros de viaje deciden celebrar que al día siguiente será el cumpleaños de Connie. De vuelta al hotel, Connie intercambia su asiento con Mary. El turismo, después de una curva, se cae a un precipicio. Connie muere y Mary sobrevive, y también el resto de compañeros de viaje.

Clarita Porset describe la ceremonia final: «Se tendió a Connie en la estancia de su casa nueva en Acapatzingo, entre montañas de flores frescas, y ayer tarde se le enterró en el cementerio (...). Ella había dicho alguna vez que quería que se le enterrara allí cuando muriera (...)» Después de las palabras de despedida, «rodeada de gentes humildes del pueblo, y de amigos cercanos (entre los que se encontraba Pablo Neruda), se bajó su caja en la tarde transparente con los volcanes claros en la distancia y la luna ya empezando a salir. Fue un entierro sencillo y poético como ella hubiera deseado. Y había tanta paz en aquel lugar humilde que parecía una compensación a su vida, dinámica hasta la febrilidad a veces».[300]

Cuando murió, en las colonias mexicanas y francesas de exiliados se especuló si aquel accidente pudo ser intencionado (debido a alguna purga estalinista, o bien obra de la CIA, al ser ella comunista). Oficialmente, parece claro que fue un simple accidente.

ELENA FORTÚN. Marisol Dorao, en su libro *Los mil sueños de Elena Fortún*, nos cuenta el exilio de Encarnación.[301] El 28 de marzo de 1939, Encarna tomó el barco que salía de Valencia, con destino a La Rochelle. De allí marchó a Buenos Aires, adonde llegó el 5 de noviembre. Su hijo y su nuera habían salido antes, pero estuvieron en el célebre campo de refugiados de Le Boulou, y lo pasaron muy mal.

En Argentina pudo empezar una nueva vida gracias a la ayuda prestada por otra compañera del Lyceum, Victorina Durán, que trabajaba como escenógrafa para la Compañía de Margarita Xirgu. Una empresa recientemente formada, la CIFA, llamaría a Victorina por recomendación de Margarita: trabajaría para la compañía como encargada del vestuario, y de los objetos complementarios, como muebles, arreos, cacharros o carros. Victorina había sido profesora de indumentaria del Conservatorio de Madrid, y primera catedrática de música. Otras amigas del Lyceum se habían exiliado: Magda Donato estaba en México, Matilde Huici en Chile, y con ambas siguió en contacto.

Margarita Xirgu conocía a todo el mundo en Buenos Aires, y, tras hablar con Natalio Botana, director de *Crítica*, el diario más importante del país, les aseguró trabajo en el periódico (su esposo Eusebio de Gorbea Lemmi se marcharía con ella), y mientras encontraran un sitio donde vivir les alojaría en la redacción.

Elena escribía en *Crítica* artículos sobre la huella de España en América, y otros en *El Sol* sobre grandes personalidades del mundo, con especial énfasis en las mujeres. También colaboraba con *La Prensa* con diversos cuentos, que se publicarían más tarde en Madrid, con dibujos de Viera Sparza, otra amiga del Lyceum. También trabajaría en el Registro Civil y la Biblioteca Municipal.

En los años treinta se fundó un Club Argentino de Mujeres, que escogió como modelo el Lyceum Club de Madrid. Las fundadoras habían sido Lola Pita Martínez, que conocía a fondo el club madrileño, y Mercedes Dantas Lacombe, la primera presidenta. Inés Field, gran amiga de Encarna, había sido miembro de la primera comisión. Ella le habló de las críticas que recibía el club. Todas las mujeres aficionadas a escribir o con inquietudes literarias pertenecían al mismo. Encarna asistía a algunas reuniones, pero ni se inscribió como miembro ni contribuyó a las publicaciones del club.

Carmen Baroja nos dejó una descripción entrañable de Encarnación Aragoneses, *Elena Fortún,* una de las compañeras más queridas por las socias del Lyceum, una mujer curiosa y extravagante. «Era Encarnación pequeñita, de ojos grandes negros, ocultista, teósofa y espiritista, muy simpática, excelente persona, vegetariana, y un poco chiflada. Vivía en una casa muy bonita de Chamartín a la que alguna vez fui con el chico, cuando era pequeño.»[302] En 1949, Encarna le escribe lo siguiente a su amiga Mercedes Hernández:

Después de haber sido espiritista, teósofa, y hasta Rosacruz, ahora soy profundamente católica. He vuelto a la iglesia de mis padres, donde he encontrado todo lo que andaba buscando en la filosofía y en todas esas teorías absurdas creadas por otros buscadores de espiritualidad como yo... Aquí la iglesia es más limpia, más filosófica, más sana... ¡Allí me ahogaba! Puedes creerme que soy católica porque he aprendido a serlo fuera de España: en España, la iglesia es beligerante, como dijo una vez Azaña, y es un partido más que una religión, mientras que fuera de España es una filosofía, es algo aparte de todas las ideas y de todos los partidos. Tú dices que la moral del mundo ha ido cambiando, en general, y estoy de acuerdo contigo, pero es que en España es peor que en ninguna otra parte, porque está enmascarada de religión y de prepotencia; esos curas españoles que se ponen a gritar en el púlpito, parece que están dispuestos a pegar una paliza al que no les crea...[303]

Su amiga Inés Field fue la que la ayudó a reconciliarse con el catolicismo.

Encarna empezó a soñar con el retorno a España. Trabajó para la amnistía de su marido, y como seguía teniendo buenos amigos allí y sus libros seguían publicándose con mucho éxito, en 1948 decidió regresar. Su hijo vivía en Estados Unidos, y se opuso al regreso de sus padres a España, pero Encarna decidió volver y prepararlo todo para que Eusebio pudiera seguirla. A su regreso, le hicieron varias entrevistas y publicaron muchas fotos suyas, lo que significó un reclamo para sus antiguas amigas del Lyceum: algunas como Matilde Ras, Matilde Calvo Rodero, Adelina Gurrea, María Galdiz o Viera Sparza, con las que tenía ya pocas cosas en común; Consuelo Bastos, estupenda amiga, pero que vivía en Barcelona; María Martos de Baeza, sin embargo, era para ella como una hermana, y se fue a vivir temporalmente a su casa. Con ella había seguido manteniendo una relación epistolar fluida.

El 20 de diciembre de 1948 su amiga Inés la llama y le dice que Eusebio había sufrido un accidente mortal, sin querer darle más detalles. Encarna se teme lo peor. Las cartas de su hijo, angustiado por las palabras tan duras que había escrito a su padre regañándole por pretender regresar a España, con lo mal que le había tratado ese país, le preocuparon mucho. Eusebio se había suicidado. Encarna pasa una temporada con su hijo en Estados Unidos, pero ni le gusta el ritmo de vida que llevan ni su nuera la hace sentirse cómoda. Luis, que se culpa de la muerte de su padre, se encuentra muy mal.

Carta de Encarna a su amiga Mercedes en 1950:

> Aún pasaría por todas las privaciones de esta posguerra, pero las injusticias sociales me enloquecen. Ver por las mañanas ir al colegio a las niñas, muy vestiditas de azul con cuellecitos almidonados... y por allí mismo las otras niñas, al colegio también, con sus libros, con sus vestiditos rotos y con sus zapatitos más rotos aún... no lo puedo soportar. Un niño es igual a otro y no tiene por qué haber diferencia social, ni en su traje ni en la escuela. En América (¡Dios los bendiga!) van todos los niños a las escuelas nacionales, ¡todos, sin distinción de clase!, porque la cultura es la misma para todos y es herencia de todos. Y todos van con sus delantales blancos. Al que no tiene para comprárselo a su hijo, la escuela se lo da, del mismo género que el que lleva el rico, porque no se admite más que una misma clase de tela para to-

dos. Y aquí dicen que son cristianos... allí no lo dicen porque no lo son, y hay niños judíos, y niños católicos, y con todos ellos se cumple la Ley de Cristo...[304]

Su antigua amiga del club Asita Madariaga trabajaba como enfermera en Barcelona con un especialista del pulmón, y como la salud de Encarna empeoraba fue a ver al médico. Tras una larga enfermedad (un cáncer de pulmón), Encarna muere el 8 de mayo de 1952. Viera Sparza publicaba un dibujo de Celia y Mila, una «estela a Elena Fortún» en el *ABC.* El 16 de junio de 1957 se inauguraba en el parque del Oeste un monumento costeado por suscripción popular, dedicado a su recuerdo.

En 1987 se publica una última aventura de Celia, escrita en 1943, inacabada. Se titula *Celia en la revolución.* Uno de los personajes, Valeriana, dice una frase que puede resumir la triste experiencia, la desasistida esperanza del Lyceum: «A mí se me hace que todos los hombres juntos parlando de lo que no entienden, son los que arman las revoluciones... Si los hombres tienen que arreglar el mundo, ¿por qué no los enseñan?, digo yo» (Valeriana en la p. 31).[305]

ISABEL OYARZÁBAL. Permaneció en Suecia hasta el inicio de 1939, fecha en que salió rumbo a América con su familia para instalarse en México. Ella había escrito y representado diversas obras de teatro en Madrid, en la década de los veinte, obras que fueron publicadas bajo el título *Diálogos con el dolor* una vez en México, en la editorial Leyenda, entre 1940 y 1944. Son nueve dramas breves y un cuento titulado *Alcayata,* que complementa el sentido de la publicación, de acuerdo con el prólogo de la autora. Asimismo, estas obras dramáticas son interesantes en dos sentidos: de un lado nos dan plena información de la intensa atmósfera teatral en Madrid en los años veinte y, de otro lado, son una muestra de un motivo recurrente en la obra de Isabel: el pensamiento cristiano, que implica la caridad hacia el prójimo y la entrega solidaria a los oprimidos, entre los que destacan las mujeres, los afectados por algún tipo de enfermedad y los desfavorecidos económicamente.

Durante su largo exilio mexicano, Isabel Oyarzábal vivió de sus colaboraciones periodísticas en periódicos mexicanos y en los fundados por los republicanos españoles, entre ellos: *España Peregrina, Romance* y *Las Españas* (1943-1953). Realizó numerosas traducciones del inglés de autores como Jane Austen, George Elliot y Sir Arthur Conan Doyle, entre otros. Además, se refugió en la escritura de la memoria. La autobiografía de Isabel Oyarzábal, *I Must Have Liberty,* aparece en 1940, en lengua inglesa. Le sigue otro libro: *The Life of Alexandra Kollontay,* la embajadora de la Unión Soviética con la que coincidió en Suecia, y una tercera obra también en lengua inglesa: *Smouldering Freedom (The Story of the Spanish Republicans in Exile),* publicada en 1945, que relata la tragedia de los perdedores republicanos, tanto los que se exiliaron en Europa y América como los que se quedaron en España. En estos libros afirma su convicción de que «la democracia es el único sistema político bajo el que una persona puede ser feliz. Que el odio es la fuerza más destructiva que las naciones pueden sufrir, y que la libertad es el más preciado de los regalos. Y no me refiero únicamente a la libertad política, que es, por supuesto, esencial. También me refiero a la libertad económica, y a otras libertades que permiten al hombre crecer y desarrollarse de acuerdo con los deseos de su corazón. Hay muchas maneras de ser esclavos y no menos degradante es la que nos impide usar nuestras capacidades creativas».[306]

Fruto de las experiencias vividas por Isabel durante la guerra civil es la novela *En mi hambre mando yo* (1959), en la que se relatan trágicos episodios acontecidos en Madrid y en Málaga. «No es que me haya resignado. La resignación es fruto de la desesperanza y yo tengo esperanza, y también fe. (...) Puedo empezar la vida de nuevo: pensando en España, segura de España, y con mi corazón lleno de gratitud hacia México.»[307]

Muere en México en 1974. Esta malagueña de madre escocesa vivió 96 años, pero no conoció la transición española a un sistema democrático en el que creía firmemente.

ERNESTINA DE CHAMPOURCIN. Ernestina llegó en barco a México desde Francia, con su marido, Juan José Domenchina. Como Rosa Chacel, María Teresa León, Constancia de la Mora, Concha Méndez, Ernestina era una de las escritoras de origen aristocrático o burgués que hicieron suya la causa de la República. Domenchina, además, fue secretario de Azaña. Su amiga Luz María Jiménez Faro contaba que «en México, y por muchas cosas que me contó Ernestina, la fuerte era ella. Como vulgarmente se dice, ella era la que tiraba del carro. Se organizó perfectamente. Buscó trabajo. Se hizo traductora, y tan buena, que además de libros –contratada por el Fondo de Cultura Económica– traducía en congresos, y estaba muy solicitada. Trabajaba mucho, y contaba que le faltaba tiempo para todo. Yo pienso que fue una mujer muy activa y muy inteligente. Un espíritu fuerte que hizo más llevadero el exilio a Domenchina. Una gran mujer. Ella me contaba que, precisamente, por ser mujer se adaptó enseguida y él no. Tomó las riendas de sus vidas y ya... En México se encontraron con muchos poetas, que les ayudaron bastante, que les facilitaron las cosas ya que no tenían nada. Ayuda que en esos primeros tiempos fue muy valiosa».[308] Colaboraba también en la revista femenina *Rueca*, entre 1942 y 1945.

En una carta de 1981 escribe Ernestina: «En *Primer exilio* (libro de poemas que escribe en el exilio) no hay dolor. Son cosas que volvería a vivir con alegría. Fue todo precioso, ¿no lo ves? Por eso lo conservo con acciones de gracias. Los que quieren convertir el exilio en drama se estrellan conmigo.»[309] En distintas entrevistas y en sus poemas ha contado sus primeras experiencias al llegar a México: el asombro ante la naturaleza exuberante y llena de colores, olores y sabores insospechados; la alegría ante la abundancia de comida, después de muchos meses de pasar hambre y hacer largas colas para comer; el cálido recibimiento de que fueron objeto y las relaciones con otros exiliados y con intelectuales del país. «Nos recibieron muy bien, hay un calor especial en México, no sé qué pasa pero ahí encuentra uno un calor humano que no se encuentra en todas partes.»[310]

Cuando Cristina Mabrey, autora de un libro sobre Ernestina, le señala a Luz María Jiménez Faro que se demuestra en su segunda etapa poética, a partir de 1952 (ya en el exilio), una gran fuerza de espíritu, una poesía claramente espiritual, ésta señala que «toda la obra de Ernestina tiene un profundo sentimiento religioso. Es una mujer profundamente religiosa, y además lo expresa en sus poemas».[311]

Su amiga Rosario Camargo cuenta que «recién llegados los dos comenzaron a reunirse con amigos y compañeros de exilio (...). Allí asistía también otro historiador, don Ernesto Santillán, sacerdote del Opus Dei, a quien llamó poderosamente la atención la personalidad de Juan José. Por lo mismo, averiguó su dirección y un día se lanzó a visitarlo (...). Así comenzó una estrecha amistad entre Juan José y Ernestina y don Ernesto, que les diera a conocer la obra».[312] Ernestina empezó a interesarse por la formación cristiana que daban en los centros del Opus Dei, y a acudir a uno de ellos, una residencia universitaria dirigida desde 1950 por mujeres del Opus. Solicitó la admisión en el Opus en 1952. En una entrevista a Elena Aub dice: «Pues yo creo que el Opus Dei y mi relación con el Opus Dei es una cosa mía personal, íntima, ¿no?, que no le interesa verdaderamente a nadie (...). Porque dentro del Opus Dei, donde cada uno sigue su vocación, hay algunos señores con vocación política, lo mismo que hay obreros y mineros y campesinos y maestros, que son del Opus Dei (...). Pero el Opus Dei es una realidad interior, es una organización de tipo espiritual.»[313]

Los años siguientes a la muerte de su marido fueron particularmente fecundos. Multiplicó su acción a favor de los más necesitados y publicó varios libros de poemas: *El nombre que me diste* (1960), *Cárcel de los sentidos* (1964), *Hai-kais espirituales* (1967), *Cartas cerradas* (1968) y *Poemas del ser y del estar* (1972).

Ya de regreso en España, parece encontrarse en un momento de vacío interior. Y la pérdida paulatina de la palabra está vinculada en ella a una conciencia de vejez: «Lo peor de la vejez son los otros. No sé antes, pero hoy cómo duele y molesta la actitud de los demás. Salvo algún que otro joven con inclinaciones intelectuales, esos otros ponen a prueba nuestra paciencia. No nos ven con mirada objetiva. Si saben la edad que tenemos estamos perdidos.

En su fuero interno creen imposible que sirvamos aún para algo. Si nos falla la vista es que estamos completamente ciegos. Si nos falla el oído es que no oímos nada. No se fijan en que hay personas que parece que hablan para que no se las oiga y también sistemas de sonido deficientes.»[314]

Como señala Mónica Jato, «el exiliado vive en el destiempo, en ese desfase de los tiempos históricos que le excluye también del futuro. ¿En qué tiempo habitar entonces? ¿En el pasado? Para María Zambrano, la amenaza del desexilio acentúa la imagen de que el exiliado es sólo pasado: "un pasado que ha quedado quieto, en pura presencia... Pero que no pasa, que está ahí, detenido". Esta España a la que regresa Ernestina ha instalado el olvido como terapia de reconciliación. (...) Si *Primer exilio*, escrita tras su regreso a España, proyecta entre sus páginas la noción del destiempo como causa primera del desajuste existencial vivido por el exiliado en lo que se refiere a su dimensión temporal, la segunda entrega poética producto del regreso, *La pared transparente*, gira en torno al desplazamiento espiritual originado por la desposesión espacial que sufre el sujeto-poético en su llegada a Madrid. Para remontar esta perpetua alienación se recurrirá también, en una primera instancia, a la memoria (al rescate del pasado), único procedimiento disponible para transformar la ciudad inhóspita y deshumanizada en un lugar habitable. *La pared transparente* acentúa con gran intensidad poética el mensaje de insondable desarraigo que provoca este segundo exilio.»[315]

Su amiga Luz María apunta que «siempre fue muy sincera. Y tuvo una gran dignidad. Por ejemplo, al venir del exilio podía haberse aprovechado de esa circunstancia, como otros hicieron. Rosa Chacel consiguió que el Gobierno la ayudara económicamente. Ernestina tenía para vivir, muy justa, su pensión por haber sido traductora tantos años en México, pero nunca jamás se quejó. Fue de una elegancia exagerada. Cuando hablaba del exilio decía que Domenchina no se adaptó nunca y murió de pena, porque, además, era un madrileño muy, muy acendrado y tenía a Madrid metido en el corazón. Pero para ella México le había dado todo: trabajo, cariño, amigos españoles, poetas también en el exilio, y había sido muy feliz».[316]

A pesar de sus limitaciones físicas, como la sordera o la falta de visión, siguió trabajando, y publicó ocho libros de poemas. En 1981 salió a la luz *La ardilla y la rosa*, un libro autobiográfico con el que rendía homenaje a Juan Ramón Jiménez y a Zenobia.

Falleció el 27 de marzo de 1999, a los 93 años.

CONCHA MÉNDEZ. Cuando se produjo la rebelión militar del 36, Concha y Manuel se aprestaron a trabajar para la Alianza de Escritores y Artistas Antifascistas. Durante la guerra civil ella colabora con distintos poemas en *Hora de España*. Publica en *Hora de España* su prólogo de *El Solitario*, drama poético en tres actos. Concha y su hija Paloma son evacuadas a Barcelona con la mujer y la hija de Pablo Neruda, y Altolaguirre se traslada a Valencia. En marzo de 1937, Concha y su hija embarcan en Valencia rumbo a Marsella:

> Pronto aconteció la terrible guerra española. Con el fin de salvar a mi hija de aquel horror, a los pocos meses decidí salir con ella al extranjero. Este viaje obedeció a una de mis corazonadas y, en efecto, acerté. Pocos días después de dejar España, Manolo me contó en una de

sus cartas cómo en el lugar en el que se encontraba la cuna vacía, a horas de la madrugada, había caído una bomba de la que él se salvó milagrosamente, y fue así que por mi repentina decisión había salvado la vida de nuestra hija. Escrita con letras inmensas, su carta parecía la de un loco. Poco más de un año pasamos mi hija y yo entre París, Londres, Oxford, Bruselas, acogidas por gentes amigas. Pero nuestra ausencia empezó a inquietar a Manolo, y regresamos a reunirnos con él a Barcelona. Acabada la guerra, los tres salimos al destierro.[317]

Concha tuvo que salir de Barcelona huyendo de las bombas, y gracias a enfundarse en un viejo abrigo de pieles y a que hablaba idiomas se hizo pasar por extranjera al llegar a Francia y no la llevaron a un campo de refugiados. Habían cruzado la frontera en el automóvil de unos diplomáticos belgas por la Junquera. «Íbamos y las bombas caían sobre la gente que iba a pie; caían sobre familias enteras, sobre niños y viejos que intentaban llegar a la frontera; el camino era largo y no todos llegaban.»[318] Desde allí consiguieron llegar en tren a París. El poeta malagueño lo haría unas semanas después en unas condiciones terribles. Pasó a pie la frontera, y lo que vio le produjo tal angustia que tuvieron que ingresarle en un manicomio durante un tiempo.

En París, el gran poeta Paul Éluard nos ofreció la hospitalidad de su casa, adonde fueron a visitarnos infinidad de personalidades, entre ellas Pablo Picasso, amigo ya de Manolo, pero a quien yo vine a conocer entonces. Ayudados por este grupo de buenos amigos, embarcamos para América.[319]

Después de una estancia en La Habana, donde fundan otra imprenta y una colección poética llamada «El ciervo herido», marchan a México, donde publica *Navidad* y *Sombras y sueño*. Altolaguirre la abandona, marchándose con una mujer cubana, y se divorcian.

> En un viaje a España, Altolaguirre perdió la vida en un accidente de automóvil. Cuatro años después, aquí en mi casa, en donde residía con nosotros durante más de diez años y a quien considerábamos como hermano, falleció de un síncope el poeta Luis Cernuda. Esta pérdida es para mi hija –ya casada– y para mis nietos otro nuevo golpe. Después de más de treinta años de ausencia, a fines de 1966, vuelvo a Madrid, me acompaña un nieto casi adolescente y nos hospedamos en la casa paterna, en la que viven aún cuatro de mis siete hermanos, y la cual abandoné hace cuarenta años para marchar un día, sola por el mundo adelante, tal vez para cumplir mi destino. Este hecho de volver a lo desconocido fue una de las impresiones más grandes de mi vida. Desconocida España, desconocida la familia, me enfrentaba a algo desconcertante.[320]

Murió en México, el año 1986. Cuatro años después se publican sus *Memorias habladas, memorias armadas* (Mondadori, Madrid, 1990), obra sacadas de unas cintas que había ido grabando su nieta, Paloma Ulacia Altolaguirre, quien armó el material que Concha iba desgranando oralmente desde su casa de Coyoacán.

MARÍA TERESA LEÓN. Condenada a vivir en un segundo plano, a la sombra del poeta que ama y al que facilita la vida, cobra por fin protagonismo, pero tiene que ser dentro de una guerra. En julio de 1936, María Teresa y Alberti se encontraban en Ibiza. La Guardia Civil trata de detenerlos, pero logran huir al monte, donde permanecen veintitrés días escondidos en una cueva, hasta que las fuerzas republicanas entran en la isla. Al regresar a la península, comienzan a formar parte de la Alianza de Escritores y Artistas Antifascistas, que se reunía en el Palacio del Marqués de Heredia Spínola. En la Alianza nace la publicación *El mono azul*, dedicada a los combatientes, que publica, entre otras cosas, romances. Gran parte de ellos los escribían soldados en las trincheras.

En la Alianza, se organizó el Teatro de Arte y Propaganda del Estado, que funcionó en el teatro de la Zarzuela. De la dirección se encargaron María Teresa y Rafael. Uno de los grandes éxitos del teatro fue una adaptación de Alberti de *La Numancia* o *La destrucción de Numancia*, de Cervantes. Al endurecerse el asedio de Madrid tuvieron que cerrar el teatro de la Zarzuela, y los improvisados actores, coros y comparsas se convirtieron en soldados. Un día, María Teresa dijo: «¿Por qué no ir hasta la línea de fuego con nuestro teatro?» Así nacieron las Guerrillas del Teatro del Ejército del Centro. Santiago Ontañón recordaría: «Al frente íbamos regularmente con las Guerrillas del Teatro, que dirigía María Teresa León. La víspera de la batalla de Brunete estuvimos muy cerca de Buitrago, con una división, e hicimos teatro al aire libre. No me acuerdo bien de lo que representamos. Pero pudo ser el enfermo imaginario, que montábamos en el campo y quedaba precioso. Los soldados se subían a los árboles y María Teresa les echaba los discursos con una pena tremenda, porque todos pensábamos que, al día siguiente, quizá ya no estarían vivos.»[321]

María Teresa, embutida en su mono de miliciana y su

simbólica pistola al cinto, recorrió los frentes recitando, declamando, dirigiendo teatro, dando mítines... El periodista soviético Mijaíl Kolstov, que luego sería víctima de las purgas de Stalin, en su libro *Diario de la guerra de España* cuenta que vio a María Teresa en la carretera de Talavera «bañada en lágrimas, con una pistolita en la mano, va de un fugitivo a otro, los exhorta a detenerse con palabras afectuosas y con otras ofensivas, invocando su honor revolucionario, varonil y español. Algunos le hacen caso y vuelven sobre sus pasos al combate».[322]

María Teresa también colaboró en la Junta de Defensa y Protección del Tesoro Artístico Nacional. En los primeros días de la guerra un grupo de intelectuales propuso al Ministerio de Instrucción Pública la creación de una comisión que velase por la conservación de las obras de interés artístico o histórico que había en los edificios ocupados por las milicias, los partidos políticos y las organizaciones sindicales. El 23 de julio de 1936 se crea por decreto la Junta de Incautación del Tesoro Artístico. Dependía directamente del director general de Bellas Artes, que era miembro de la Alianza de Intelectuales Antifascistas (José Renau). Para evacuar de sus lugares de origen las obras de arte, y su posterior cuidado y conservación, se formó un equipo de expertos profesionales a quienes les estaban confiadas las tareas de limpieza, embalaje y traslados. María Teresa intervino tres veces en las tareas de la Junta: una para retirar objetos y cuadros en El Escorial, otra para evacuar algunos cuadros de El Greco de Toledo, y la otra para evacuar el Museo del Prado. «Jamás soñé entrar en el Museo del Prado bajando una escalerilla insospechada y, mucho menos, llevando en la mano un documento oficial autorizándome para empresa tan grande: trasladar a Valencia los cuadros del Museo del Prado... ¡Qué dificultades para todo! Faltaba madera de entarimar, para hacer los cajones de los embalajes, y no teníamos camiones, porque cada camión del frente tenía su tarea señalada. Recurrimos al Quinto Regimiento, recurrimos a los ferroviarios. Los ferroviarios se encargaron de traernos la madera de unos almacenes que se habían quedado entre dos fuegos, en el cerro negro. El V Regimiento y la Motorizada dieron al transporte la protección para el camino. Fue una batalla... No recuerdo en qué noche del mes de noviembre llegaron al patio de la Alianza de Intelectuales los camiones que iban a trasladar a sitio seguro la primera exposición de las obras maestras del Museo del Prado. *Las Meninas*, de Velázquez, y el *Carlos V*, de Tiziano, estaban protegidos por un inmenso castillete de maderas y lonas. Soldados del V Regimiento y de la Motorizada rodeaban los camiones, esperando la hora de marcha.»[323]

El mes de febrero de 1939 lo pasaron los Alberti en Elda, Alicante. El 6 de marzo abandonaban Elda a bordo de un Dragón, que despegó de una improvisada pista. Se iniciaba así un exilio que duraría treinta y ocho años, hasta el 27 de abril de 1977 (exilio que les llevó a París, Argentina, Roma). María Teresa incluye en sus *Memorias de la melancolía* párrafos realmente emocionantes, que nos permiten entender lo que sentían los que se vieron obligados a exiliarse: «Luego, sintió que la expulsaban de la sociedad como un objeto maligno debajo de la piel de los muy bien sentados. Era para que sintiera cómo se detenía su corazón. ¿Otra vez andar? ¿Hacia dónde? ¿No había sido ya bastante? Por eso, cuando apareció la ciudad, sintió deseos de besar las fachadas y las esquinas y el asfalto y los vidrios de los balcones y acercar su sed de justicia al agua de las fuentes, acariciar el gato transeúnte y encontrar el hueco del olvido dejado para ella en las calles menos transitadas. Una patria,

Señor, una patria pequeña como un patio o como una grieta en un muro muy sólido. Una patria para reemplazar a la que me arrancaron del alma de un solo tirón. Si eso sucediese, mis ojos llorarían como recién nacidos el llanto más cálido que los ojos humanos pueden proporcionar. Y pasaría después entre las gentes y las cosas porque... Dejé en el suelo mis cansancios y me senté. ¡Una patria! Agarré la mano siempre amada. Temblaba un poco. Nos quedamos mirándonos. Y nada más.»[324]

Y se reconoce dispuesta a volver, y continuar con el camino que siente que anduvo a medias: «Estoy cansada de no saber dónde morirme. Ésa es la mayor tristeza del emigrado (...). Estoy cansada de hilarme hacia la muerte. Y sin embargo, ¿tenemos derecho a morir sin concluir la historia que empezamos? (...) Porque todos los desterrados de España tenemos los ojos abiertos a los sueños... Yo creo que nos hemos llevado la ley que hace al hombre vivir en común, la ley de la vida diaria, hermosa verdad transitoria (...). No sé si se dan cuenta los que quedaron por allá, o nacieron después, de quiénes somos los desterrados de España. Nosotros somos ellos, lo que ellos serán cuando se restablezca la verdad de la libertad. Nosotros somos la aurora que están esperando. Un día se asombrarán de que lleguemos, de que regresemos con nuestras ideas altas como palmas para el domingo de los ramos alegres. Nosotros, los del paraíso perdido (...). Dejadnos las ruinas. Debemos comenzar desde las ruinas. Llegaremos (...). Nuestro paraíso, el que defendimos, está debajo de las apariencias actuales. También es el vuestro.»[325]

Enferma de Alzheimer, regresó a España. «Cuando ya todo lo olvide y cante como mi abuela con la última luz de la memoria», presagió en sus escritos. Murió el 13 de diciembre de 1988.

No todas las socias del Lyceum fueron al exilio. Muchas quedaron en España. Carmen Baroja, por ejemplo, nunca dejó de sentir que había desperdiciado su vida. A Benita Asas la expulsarían, tras la guerra, del cuerpo de maestras. Entre las que se quedaron, queremos mencionar a una mujer extraordinaria que, a su manera, mantuvo vivo el proyecto del Lyceum. Nos referimos a María Lafitte, condesa de Campo Alange. Giménez Caballero nos habla en su folletín de una misteriosa condesa, a la que compara con «Diana Cazadora»: «Se la consideraba muy peligrosa. Mujer de fibra y raza.» En el Lyceum, según el censo que elaboró Concha Fagoaga, había varias condesas, duquesas y marquesas, como las condesas de Venadito o de San Luis, la duquesa de Pastrana o la marquesa de Amposta. En principio, nada parece indicar que formase parte de él la condesa de Campo Alange, aunque debemos recordar que muchas acudieron a sus conferencias o su sala de té sin ser socias del mismo. Nos hemos encontrado con un dato muy curioso: en 1964 se publica un libro suyo en el que, entre otras cosas, se da noticia del club. *La mujer en España: cien años de su historia (1860-1960)*[326] recoge en uno de sus capítulos un retrato y varias fotografías del mismo. ¿A cuento de qué viene a recordarnos ese «casino femenino» que cerró sus puertas hace mucho? A lo mejor tiene relación con lo que nos preguntábamos al inicio de nuestro viaje: ¿existirán otras decididas a continuar su obra, fuese cual fuese ésta? María Lafitte y Pérez del Pulgar, casada con el conde de Campo Alange, sevillana que se instala en Madrid tras su matrimonio, parece decidida a hacerlo. ¿Por qué?

> Mi suegra me dijo que era costumbre presentar al hijo recién nacido a la Virgen (...). Paró el automóvil en

la puerta de la iglesia y bajé de él acompañada de mi marido y de ama Carmen. Intenté entrar rápidamente en el templo, ya que, como he dicho, hacía frío. Apenas atravesé la puerta, todavía sin entrar en la iglesia, alguien me cortó el paso: era el sacristán que estaba esperando mi llegada con su roquete blanco sobre sotana negra y acompañado de dos monaguillos de sotanas rojas también con roquete blanco. Algo precipitadamente, y desde luego autoritariamente, me dijo el sacristán: «Usted no puede pasar todavía.» «¿Por qué?», interrogué sin comprender. Él me contestó de mala gana: «Es una misa de purificación, señora, y usted todavía no está purificada.» Yo había oído a mi suegra hablar de presentación, no de purificación, ¿qué era aquello? Inmediatamente el sacristán hizo un gesto a mi marido diciéndole: «Señor, haga usted el favor de pasar», y mi marido, el sacristán y los dos monaguillos entraron en el interior de la iglesia formando una pequeña comitiva, mientras yo permanecía en el atrio, con el niño (...). Entonces, ¿el padre no necesita purificación? Me sentía confusa, molesta, malhumorada, rabiosa, humillada (...). Fue a partir de entonces cuando empecé a estudiar seriamente, con verdadera ansia. Quería descubrir la vida en todas sus dimensiones, históricas, sociológicas, biológicas... quería saber todos los porqués reprimidos en mi infancia que habían quedado sin contestación. También quería prepararme para combatir, un día, las injustas diferencias sociales existentes entre el hombre y la mujer.[327]

En 1931 se traslada temporalmente a París con su familia. Allí decide estudiar pintura, y descubre a María Blanchard, de la que decide, a su vuelta a Madrid, escribir una biografía. «Lo que el artista quiere decir, lo que expresa, me intriga, me atrae, a veces me apasiona.» Tuvo que editar el libro por su cuenta. Eugenio d'Ors la invita a formar parte de su Academia Breve de Crítica de Arte.

Ciertas asociaciones entre el artista y la mujer surgieron espontáneamente y, mientras trabajaba por conseguir que la sociedad aceptase la evolución de las artes plásticas, es decir, la nueva óptica con que se enfocaba la realidad de acuerdo con su momento histórico, pensaba confusamente en las razones que se oponían a la evolución social de la mujer, manteniéndola siempre, por puro hábito, de acuerdo con esquemas sociales ya ampliamente sobrepasados. Me preocupaba el origen de las corrientes sociales que unas veces frenan y otras empujan la evolución. Nacida en un medio tradicional, situada bruscamente en una sociedad evolucionada, había conocido el pasado, respiraba a pleno pulmón el presente, y me sentía fuertemente atraída por un porvenir por el que me veía obligada a luchar. Empecé a madurar un proyecto. Dirigí mis lecturas hacia temas de sociología o de antropología cultural. Investigué el puesto que la mujer ocupó en el mundo clásico, en la Edad Media, en la época victoriana, en la literatura de nuestro siglo XIX... Estudié en lo posible civilizaciones distintas. Leí a Margaret Mead. Me inicié en el proceso de las llamadas sufragistas inglesas, tan ridiculizadas, pero que, al conocerlas más íntimamente, me parecieron verdaderas heroínas y, por supuesto, muy femeninas, imagen enteramente distinta a la del juicio colectivo proyectado en la Historia.

(...) Me encontraba yo, por entonces, en luna de miel con la literatura. En aquellos momentos estaba ya escribiendo mi libro que se titularía *La secreta guerra de los sexos*, en el que tenía puestas grandes ilusiones. No hacía mucho, como ya he dicho, había expuesto al maestro [Eugenio d'Ors] mi proyecto y él lo había acogido no ya con frialdad, sino con marcado desdén, actitud que había lastimado mi amor propio. Seguía yo convencida de que, en aquel Madrid de los años cuarenta, el tema de la situación social de la mujer, aunque no era nada nuevo, necesitaba una revisión, y en aquel momento hacerla era especialmente oportuno. Además, la guerra de los sexos evidentemente existía. Era una guerra fría, latente y soterrada que yo percibía a cada instante. La percibía en el campesino, en el obrero, en el burgués, en el intelectual... Era como una mezcla de actitud protectora, de dominio sexual, de agresividad y de desdén ante toda opinión, aun la más simple, emitida por boca de mujer. El tema estaba aún muy lejos de agotarse. Quedaban muchas cosas por decir y más por hacer. Pensé que, de aceptar la propuesta del maestro [convertirla en el mejor crítico de arte de España], la preocupación por las Artes Plásticas iba a absorber por entero mi atención. En ese caso, la suerte del libro quedaría seriamente comprometida (...).[328]

Cuenta que, en los años cuarenta, «en el paupérrimo panorama intelectual de entonces», fue donde empieza a dar sus primeros pasos. Forma parte del grupo El Correo Erudito, que se reúne periódicamente en el domicilio de Mercedes Gaibrois, académica de número de la Real Academia de la Historia, miembro del Lyceum, y de su marido Antonio Ballesteros.

En los años sesenta la nombran vicepresidenta del Ateneo. «De otra parte, quise formar un grupo de mujeres con inquietudes sociales más o menos difusas, a fin de concienciarlas y promocionarlas para presionar, de algún modo, sobre determinados organismos y lograr las necesarias y deseadísimas modificaciones del Código Civil en relación con la mujer, el matrimonio, la familia y el mundo laboral ya iniciadas. En este último proyecto fracasé rotundamente. Desde el primer momento noté una sorda resistencia a pesar de que el tema era actual, evidentemente no tanto como sería años después. La pasión política actuó sigilosamente pero con firmeza. Ciertos avances sociales parecen ser privativos de ciertos grupos. ¿Es que mi condición de Condesa –Tolstói también fue Conde, así como fue Condesa la Pardo Bazán– me invalidaba para llevar a cabo este avance social? ¿Es que en el Ateneo no se podía hacer ninguna labor positiva?»[329] Funda un Seminario de Estudios Sociológicos sobre la Mujer, por el que desfilaron personalidades destacadas del movimiento feminista como Cristina Alberdi, Carmen Llorca, Pilar Folguera, María Aurelia Capmany o María Telo.

–Ralph Waldo Emerson –dice MT– nos indica una idea que me interesa resaltar en relación con el destino del Lyceum tras la guerra: «Ahora te toca a ti, y luego a mí, ésa es la regla del juego. Cuando a la forma primigenia de lo universal se le ponen obstáculos, entonces ésta se plasma por todas partes en su forma secundaria.»[330] Cuando el espíritu primigenio que confluye en el Lyceum se fragmenta dramáticamente con la guerra civil, ese mismo espíritu se plasmaría de nuevo en formas secundarias, tanto en España como en el extranjero. Se continuó de maneras diferentes, pero no desapareció con el cierre del club. Sus protagonistas tuvieron que reproducirlo utilizando formas a veces inconcebibles, difíciles de apreciar por la mayoría. «Nadie va a resolver el problema de su propio carácter según nuestras ideas preconcebidas, sino que lo hará a su manera, que será tan magna como inesperada», continúa Emerson.[331] Puede ser que una abogada funde una revista en el extranjero, o que una condesa escriba libros en España; son diferentes maneras de proyectar un espíritu común. María Martínez Sierra nos recuerda que esa forma primigenia de lo universal se reencarna continuamente: «Hoy mi alma no quiere morir. Y piensa: este gozo que a veces me inunda al hallar que algo de lo que he sentido nacer –pensamiento, emoción– dentro de mí, como indudablemente mío, lo sintió o lo pensó hace un siglo o tres siglos o cinco mil años otro ser humano a quien tuve por amigo y maestro aun antes de saber que un día vibraría al unísono conmigo, este gozo, repito, ¿cómo es posible que no lo sienta el otro al percatarse de que mi pensamiento o su emoción han vuelto a surgir, a tanta distancia de tiempo y lugar en otro corazón, en otro entendimiento?»[332]

EPÍLOGO

La experiencia del Lyceum fracasó, víctima del terrible naufragio de la sociedad española. Su justo proyecto de emancipación femenina, fundado en la igualdad de derechos, en la educación y en la ética, se vio envuelto en una batalla que no era la suya. Y el fracaso de la inteligencia social española lo arrastró. El régimen franquista, con el apoyo de la Iglesia católica, retomó el modelo patriarcal. En nombre de la defensa de la familia se volvió a limitar la autonomía femenina. Desde su llegada al poder, Franco emprendió una peculiar «liberación de la mujer». Pretendió devolverla a su reino clausurado: el hogar, añadiendo insistentemente que se trataba de liberarla de la esclavitud del trabajo. En un discurso a la Sección Femenina, el 30 de mayo de 1939, apeló a la «reconquista del hogar» como una llamada al cumplimiento de los deberes patrióticos. Pero de la historia de este fracaso emerge un hecho que permite confiar en el dinamismo de la inteligencia social, en su teleología salvadora, en la fuerza de la *satyagraha:* con cincuenta años de retraso, el modelo de feminidad que habían defendido las mujeres del Lyceum –y otras más, por supuesto– se ha impuesto, de la misma manera que lo ha hecho la democracia, prolongando y a la vez mejorando el modelo de la Segunda República. Tiene razón Paul Preston cuando, hablando sobre Manuel Azaña, dice: «Su programa para la creación de una España moderna no se llevaría a la práctica hasta después de la muerte de Franco.»[333]

Durante los primeros años del régimen, la ideología franquista fue demoliendo el modelo femenino defendido por la República. En esto, como en otras cosas, Giménez Caballero, con su exageración esperpéntica, nos sirve de testigo. En su artículo sobre el Lyceum, Shirley Mangini señala que a partir de 1930 Giménez Caballero empieza a ver como enemigos a sus antiguos amigos, ahora convertidos en activistas republicanos. En 1939, con el triunfo de los nacionales, publica un artículo donde enaltece los «valores artístico-bélicos», y critica el afeminamiento republicano: «Nuestra época española de hoy es de hombres. Tiene acento viril. Tiene expresión de guerra. De macho. Todo lo feminoide ha pasado con don Fernandito el de los Ríos, con el Lyceum Club, con Azaña y Cipri. Mientras líricamente no se puede interpretar nuestra grandiosidad viril, la mejor estrofa fue oír los ritmos dionisíacos del cañón o la poesía frenética de la ametralladora. O las cadencias épicas de las bombas de trimotor» (Cipri es Cipriano de Rivas Cherif, dramaturgo, cuñado de Azaña).[334]

En el nuevo sistema ideológico, patriarcal y machista, la educación de la mujer –una vez más– parece inútil, cuando no peligrosa: «Se enseña a las niñas muchas cosas inútiles, muchas cosas extranjeras, muchas franceserías e ingleserías, mucha lectura, muchas cosas vanas y muchas curiosidades, todo menos el ser mujeres, el ser españolas y el ser verdaderamente virtuosas», escribe Remigio Vilariño en *El mensajero del Corazón de Jesús* (noviembre, 1952). En comparación con estas afirmaciones suenan templadas las de fray Justo Pérez de Urbel, asesor religioso de la Sección Femenina, historiador, que en 1945, en el discurso al consejo provincial de S. F., aunque criticaba a la mujer intelectual, al menos le permitía leer algunos clásicos: «La veréis inmóvil, devorando libro tras libro, en vez del Evangelio o las *Confesiones de San Agustín*, o *La perfecta casada* de fray Luis de León, o la historia del arte, encontraréis allí toda clase de lecturas insustanciales y peligrosas.»[335]

Es cierto que esa desconfianza hacia la educación no se limitaba sólo a la femenina. En 1943, el ministro de Educación, José Ibáñez Martín, declaraba ante las Cortes que «lo verdaderamente importante desde el punto de vista político es arrancar de la docencia y de la creación científica la neutralidad ideológica y desterrar el laicismo, para formar una nueva juventud, poseída por aquel principio agustiniano de que mucha ciencia no acerca al Ser Supremo».[336]

La revista *Consigna* lo decía con frase lapidaria: «El niño mirará al mundo. La niña mirará al Hogar.» La educación tenía que recuperar la verdadera naturaleza femenina, borrando la huella satánica del periodo anterior:

> Hincharon las velas de aquel feminismo absurdo que iba desde la sufragista masculinizada y la heroína de novela ibseniana (que en lugar de hijos y amor a su hogar tenía conflictos espirituales) hasta la compañera marxista, desvinculada de su auténtico destino de mujer para integrarse con su eventual pareja a campañas de agitación y propaganda revolucionaria.[337]

El mismo autor saca las consecuencias educativas derivadas de la vuelta al redil de la mujer:

> Mucho más provechoso y práctico que saber demostrar que los tres ángulos de un triángulo valen dos rectos es para la mujer guisar un plato de patatas de seis maneras distintas. Aquel teorema no ha de resolverle ninguna dificultad; en cambio, la preparación de estos modestos manjares puede contribuir a aumentar la estima de su esposo, la gratitud de sus hijos y la paz de su hogar.[338]

Si espigamos las revistas femeninas de la época, aparece de nuevo la mitología antifemenina. Se desconfía de la mujer intelectual: «A los 17 años, Ana presume de intelectual y desprecia a sus vulgares amigas. A los 18, desdeña la novela rosa y lee de todo lo que es inmoral. Así posee una cultura literaria y espinosa que le permite hablar libremente, resultando muy poco femenina y muy superior. No hay nada extravagante que no acapare su atención. Practica el surrealismo, el existencialismo y el último ismo de moda. Espera enamorarse de un hombre superior, pensador o literato, pero luego a los 35, aburrida, se casa con un bobalicón, que son los únicos que se extasían con ella.»[339] En *Medina*, leemos que «en las mujeres, el conocimiento analítico puede perturbar las finas arterias de su feminidad».[340] La desconfianza se extiende al terreno económico: «La mujer acostumbrada a manejar un sueldo ganado por sí misma, no soportará pacientemente escaseces económicas que la obliguen a suprimir aquellos caprichos, y condenará a su esposo a un descontento humillante.»[341] A finales de los sesenta, las encuestas dicen todavía que muchas mujeres que acceden a estudios superiores temen que el despliegue de sus capacidades intelectuales ahuyente a un marido en potencia. Y, de hecho, la mayoría de los universitarios querían que sus propias mujeres llevaran una vida en gran parte calcada de la de sus madres.

El régimen franquista se limitó a aplicar las normas educativas de la Iglesia católica, entre ellas la prohibición absoluta de la coeducación, tal como habían sido expuestas por Pío XI en su encíclica *Divini illius magistri* (1929).

> Igualmente erróneo y pernicioso para la educación cristiana es el método llamado de la coeducación, fundado también, según muchos, en el naturalismo negador del pecado original y, además, según todos los sostenedores de este método, en una deplorable confusión de ideas que trueca la legítima convivencia en una promiscuidad e igualdad niveladora.

Conviene recordar que la actitud eclesiástica reforzaba uno de los «modelos de mujer»: sometida al marido, madre abnegada, depositaria de las virtudes, religiosa, hogareña, dispuesta a renunciar a todo para proteger la estabilidad familiar. Las tres ces –cocina, cuna, campanario– vuelven a dirigir la vida de las mujeres. La influencia religiosa es abrumadora, como corresponde a un Estado confesional. Vuelve a aparecer la «mística de la abnegación». La esencia de la mujer es la maternidad, y la esencia de esta esencia es el sacrificio. José de Juanes escribía en la revista femenina *Medina:*

> Se llega a la maternidad por el dolor, como se llega a la gloria por la renunciación. Maternidad es continuo martirio. Martirio creador, perpetuador, que comienza con la primera sonrisa del hijo y sólo finiquita cuando los ojos inmensos de la madre se cierran para siempre. Iluso sería quien pretendiera asociar la perfección a la felicidad.[342]

El «ama de casa», la «reina del hogar», debe sacrificarse para que el marido esté contento. «El mal humor, los quehaceres desagradables, el desaliño y la casa revuelta se dejan para cuando el esposo está ausente del hogar. Hay que evitar que él os vea enfundadas en esa vieja bata que usáis para la limpieza, calzadas con unas zapatillas deterioradas, greñudas y mal aseadas. No hay nada que desilusione tanto a un hombre como ver a su compañera poco cuidadosa de su persona, demasiado ocupada de las cosas del hogar e indiferente a la proximidad de su esposo.» Para prepararlas, «siempre que ello sea posible, cultívese en las niñas la mujer y el cuarto propio, que se acostumbrarán desde la primera edad a cuidar y a adornar. Son las mujeres que nos están acechando ya».[343]

El primer gobierno de Franco volvió a implantar la legislación anterior a la República. La ley de 23 de agosto de 1938 derogó la ley del divorcio. La ley de 12 de marzo de 1938 restablece el matrimonio canónico y deroga la ley de 1932, ley que establecía el matrimonio civil obligatorio conforme al principio de aconfesionalidad de la Constitución de 1931, volviendo a la anterior redacción del artículo 42 del Código Civil de 1889, que recogía dos tipos de matrimonio, el civil y el canónico. Se restableció el artículo 42 mientras no se redactaran normas nuevas, que serían introducidas tras la reforma del Código de 24 de abril de 1958. A través de esa ley se reforma de nuevo este artículo, requiriendo para poder casarse civilmente prueba de que ninguno de los cónyuges profesaba la religión católica. Esta misma reforma del Código de 1958 también introdujo mejoras en la situación de la mujer. Una abogada madrileña, Mercedes Fórmica, de quien ya hemos hablado, decidió publicar un artículo en el diario *ABC* a raíz de un suceso indignante. Un hombre apuñala a su mujer después de años de malos tratos, durante los cuales no puede separarse de él porque si lo hacía perdía su casa, sus hijos y sus bienes, y a raíz de ello Mercedes escribe un artículo en *ABC* titulado «El domicilio conyugal», en el que se reclama la reforma de una ley injusta. La vivienda familiar era considerada la casa del marido, de ahí que cuando una mujer intentaba separarse, ya fuera considerada culpable o inocente, debía abandonar el hogar conyugal para ser «depositada» en otro domicilio, normalmente el de los padres, o en un convento. Como el administrador de los bienes gananciales era el marido, ella quedaba privada de recursos económicos y, en muchas ocasiones, sin la custodia de sus hijos. Contra esta situación reaccionó Mercedes Fórmica reclamando el hogar compartido, pero tardó cinco años en conseguirlo.

La promulgación del Código Penal de 1944 supuso un claro y duro empeoramiento de la situación jurídica de la mujer. Reincorporó el llamado «uxoricidio por causa de honor» que había suprimido el Código republicano, en virtud del cual el marido podía matar o lesionar a la esposa sorprendida en flagrante adulterio o a la hija menor de veintitrés años, mientras viviere en la casa paterna, cuando fuere sorprendida en análogas circunstancias. La pena impuesta era tan sólo de destierro. Este delito se mantuvo en vigor hasta una ley de 1963, pero no se suprimió porque se pensara que era arcaico o injusto, sino porque se consideraba que los mismos efectos podían conseguirse con la aplicación de la parte general del Código.

Al mismo tiempo que la recluía en el hogar, el régimen dio una apariencia de protagonismo político a la mujer. En efecto, la ideología política de Franco era el Movimiento Nacional. Esto quería decir que todo el país participaba teóricamente en un proyecto político total. Se instauró –en el papel, no en la realidad– una «democracia orgánica», en la que el ciudadano no estaba representado a través de los partidos políticos –a los que Franco odiaba o despreciaba o temía–, sino mediante lo que se llamaba unidades naturales de convivencia: la familia, el municipio y el sindicato.

La Sección Femenina fue el exponente de esa engañosa visibilidad política. Figuraba en todas partes, pero dejaba bien claro que la misión de la mujer debía ser tan sólo asistir al marido. En una entrevista, Pilar Primo de Rivera dice que la mujer está tan dotada como el hombre para las funciones públicas, «siempre que se limite a colaborar con él y a no tener iniciativas propias». En el número de 20 de marzo de 1941, la revista *Medina*, editada por la Sección Femenina, publicaba un editorial muy poco femenino: «Amamos a la mujer que nos espera pasiva, dulce, detrás de la cortina, junto a sus labores y sus rezos. Tememos instintivamente su actividad, sea del tipo que sea.» En fin, la propia Pilar diseñó la visibilidad invisible de la mujer:

> A las Secciones Femeninas, mientras menos se las vea y menos se las oiga, mejor. Que el contacto con la política no os vaya a meter a vosotras en intrigas y habilidades impropias de las mujeres. Nosotras atendamos a lo nuestro y dejemos a los hombres, que son los llamados, para que resuelvan todas las complicaciones que lleva en sí el gobierno de la Nación.[344]

La Sección Femenina fue una institución equivocada, en la que, sin embargo, trabajaron mujeres extraordinariamente valiosas. Por ejemplo, Viky Eiroa, que dirigió la antigua Residencia de Señoritas que había fundado María de Maeztu. Llegaron a tener algunos enfrentamientos con la autoridad eclesiástica, por ejemplo, con motivo de la clase de gimnasia en la escuela. La enseñanza de la educación física resultó especialmente ofensiva en algunos colegios, a pesar de que el atuendo estipulado para la práctica del deporte contaba con la aprobación de fray Justo Pérez de Urbel. Pero también planteó problemas la enseñanza de una asignatura obligatoria para las chicas que se llamaba «Hogar». Las monjas se quejaban de que en las clases de puericultura se daba a las alumnas información demasiado explícita. Debido a anteriores protestas, el programa no hablaba de sexualidad, sino sólo de cuidados posnatales. «La respuesta de la SF fue vigorosa», escribe Kathleen Richmond, que ha estudiado espléndidamente este asunto. «Pilar defendió su postura ante la asociación profesional de monjas recordándoles que debían su existencia y la de sus escuelas a los sacrificios de Falange durante la Guerra Civil.»[345]

Conviene no simplificar la situación, ni despachar todo esto tachándolo de anacronismo ridículo, si queremos entenderlo en profundidad. La «historia lineal», con su encadenamiento nítido de culpables y víctimas, impide la comprensión. Por debajo de los acontecimientos históricos hay siempre una historia emocional que hay que explicar sistémicamente, como un sistema complejo de interacciones. Sucede lo mismo, por ejemplo, con las modas. Una moda impone su determinismo a los individuos, pero los individuos son los que ponen de moda algo. No basta con decir que habían ganado la batalla los antifeministas –las derechas y la Iglesia–, y que a continuación impusieron *manu militari* su modelo. Hay que recordar que el modelo feminista se había cargado de muchas connotaciones políticas e ideológicas que lo caricaturizaban. Se había enfrentado farisaicamente la imagen de la mujer moderna contra la familia. Se ponía a la mujer ante una alternativa fraudulenta:

maternidad, familia, hogar, abnegación, por un lado, o libertad, autonomía, derechos civiles y políticos, por otro. Era una alternativa tramposa, pero que no se ha desmontado todavía. Sin ninguna razón, la izquierda ha entregado el concepto de «familia» a la derecha; y muchas feministas han tenido que excluir el concepto de «maternidad» de sus planteamientos ideológicos.

Además, después de la guerra muchas mujeres se sentían más protegidas con el sistema patriarcal. En este asunto también funcionó ese miedo a la libertad, que, según Fromm, empujó a mucha gente en brazos del nazismo. En 1943, la revista *El Español* realiza una encuesta entre mujeres con carreras universitarias. Isabel Ribera, médico odontólogo, opinaba: «Ninguna mujer prefiere ejercer una profesión a estar en casa como una reina y señora de ella, con su marido y sus hijos. Pero la vida moderna», añadía como disculpándose, «tiene una complejidad y un ritmo que nos arrastra fuera del hogar. Y, bien mirado, ¿y las que no encuentran a su príncipe?» La abogada madrileña María Teresa Segura insiste: «Me encanta la carrera, pero me encanta más casarme. La mujer no tiene más misión que el matrimonio. ¡Estaría bonito!» Hasta una mujer tan rompedora como Pilar Careaga, que fue la primera ingeniera industrial, procuradora en Cortes y alcaldesa de Bilbao, afirmaba rotundamente: «La profesión, podemos llamarla así, específica de la mujer es su vida de casa.»

¿Reflejaban estas encuestas un sentir mayoritario? ¿Eran puro efecto de un adoctrinamiento? Ni una cosa ni otra. La situación cambiaba según la clase social. En los años sesenta, los sondeos de opinión indican que muchas mujeres ven «quedarse en casa» tras contraer matrimonio como una liberación y un ascenso social. Todavía he escuchado en pueblos de Castilla un curioso refrán dicho por mujeres:

«El día que me casé, un burrito me compré.» Desde este punto de vista, resultaba comprensible que el Fuero del Trabajo de 1938 buscase «liberar a las mujeres casadas de los talleres y las fábricas». En épocas de pobreza, la supervivencia se valora más que la independencia. Además, en la permanencia de este modelo intervenía un espejismo de utopía accesible. El imaginario social que hay por debajo remite a una familia acomodada, donde la mujer se limita a organizar al servicio doméstico, lo que le permite tener tiempo para la vida social, cultural y familiar. Su marido es el proveedor de estatus y de comodidad. Los hijos son fuente de emociones, pero no de trabajo, porque para eso están las niñeras. De nuevo aparece la influencia del servicio doméstico en el mantenimiento de un tipo de familia. El nombre de «criada» indica el tipo de relación, que apenas se consideraba laboral. El servicio doméstico, más que signo de riqueza de los señores, era un signo de pobreza de los servidores.

Al principio de este libro nos preguntábamos si la conspiración del Lyceum Club Femenino había desaparecido o permanecía. Hemos de decir que sobrevivió. Con otros nombres, otras voces, otras situaciones, pero con el mismo ímpetu hacia la claridad y hacia la justicia. Tras el hundimiento de la dictadura, hubo otras mujeres –y otros hombres, por supuesto– que enderezaron la situación. Pero es triste que tuvieran que volver a pelear batallas que ya habían sido ganadas. La conspiración debe continuar. Estos días, mientras terminamos este libro, nos llegan dos noticias. Una de ellas, que en Afganistán se aprueba una ley que permite a los maridos no alimentar a sus mujeres si no atienden sus requerimientos sexuales. Teniendo en cuenta que el precepto legal del «débito conyugal» ha existido en España hasta hace muy poco tiempo, el hecho debe hacernos reflexionar. La segunda noticia nos habla de que otra mujer va a ser lapidada en Irán por un delito de adulterio. En una época globalizada sería estupendo poder organizar un Lyceum Club a escala mundial.

Sin este dramatismo, también en Occidente están planteados problemas que afectan a la condición femenina, a la estructura de la familia, a la maternidad, a la sociabilidad básica, a la convivencia. Los modelos antiguos no funcionan, y no tenemos aún soluciones de recambio. La vida íntima está sometida a una especie de «bricolaje afectivo», a un «arréglatelas como puedas», que no está consiguiendo buenos resultados. Tendremos que esperar de la «inteligencia social» que sea capaz de encontrar buenas soluciones, pero para ello habremos de confiar una vez más en la utopía educativa. Ortega, cuando era aún un mozalbete, pronunció una conferencia titulada «La pedagogía social como programa político», en la que dijo una verdad de a puño: «La pedagogía individual es un proyecto estéril.» Desde Platón, todos los grandes pedagogos han sabido que hay que educar la ciudad para educar al individuo.[346] Pues en eso estamos. La búsqueda de la justicia no se detiene, aunque a veces lo parezca, incluso parezca que retrocedemos. Las mujeres del Lyceum nos han contagiado su optimismo.

Aquí nos despedimos, hasta una próxima aventura de Mermelada & White. Lo haremos con un adiós poético, para animarnos: leyendo un poema de Neruda titulado «Oda a la claridad», que es muy apropiado para los desfacedores de entuertos, es decir, para los detectives:

> Hasta luego.
> Mañana
> nos veremos.
> Hoy tengo muchas sombras

que herir y terminar.
Hoy no puedo
estar contigo, debo
cumplir mi obligación
de luz:
ir y venir por las calles,
las casas y los hombres
destruyendo
la oscuridad. Yo debo
repartirme
hasta que todo sea día,
hasta que todo sea claridad
y alegría en la tierra.

Ya lo ven. La última palabra en este libro la tiene una utopía. Hasta pronto.

NOTAS

El vocabulario náutico guarda una sabiduría ancestral. Por ello distingue entre «obra viva» y «obra muerta» de un barco. «Obra viva» es la que soporta las fuerzas del oleaje, la presión del agua, es decir, lo que está bajo el nivel de flotación y mantiene el barco a flote. La obra muerta es lo vistoso, lo que se pavonea al aire. En los libros sucede lo mismo. Las páginas anteriores pueden navegar porque la bibliografía y la documentación se lo permiten. En este barco, hemos cuidado mucho, reforzado mucho, su obra viva, para que pueda doblar con éxito no sólo el Cabo de las Tormentas, sino, sobre todo, el Cabo de Buena Esperanza.

1. Para ver las relaciones entre Peirce, Sherlock Holmes, y la teoría de la abducción, debe leerse el divertidísimo libro editado por el semiólogo Umberto Eco *El signo de los tres: Dupin, Holmes, Peirce,* Lumen, Barcelona, 1989. Entre los intereses de Mermelada & White. Investigadores está elaborar una teoría de la interpretación de vestigios que esperamos sirva para anticipar acontecimientos.

2. JAM recogió las primeras aventuras de su agencia de detectives en *Memorias de un investigador privado,* La Esfera de los Libros, Madrid, 2003.

3. Fortún, E., *Celia, lo que dice,* prólogo de Carmen Martín Gaite, Alianza, Madrid, 2004. «Las aventuras y desventuras (en el colegio, en casa y durante las vacaciones) de aquella niña rubia, preguntona e intrépida, nacida en Madrid poco antes de la República, fueron apareciendo compendiadas en sucesivos volúmenes de la Editorial Aguilar a lo largo de los años treinta, y tuvieron un éxito fulminante»,

señala Carmen en ese prólogo, p. 8. En el capítulo «Promesas sin cumplir», en la página 70 del libro, tras pedirle Celia que le tome la lección, la madre le comenta que tiene mucho que hacer, y una de esas cosas es «salir a las 6 a tomar el té con mis amigas del Lyceum». «Celia, a pesar de lo preguntona que es, no hace comentario alguno sobre ese nombre flotante y misterioso, el Lyceum, que nunca más se vuelve a pronunciar. Yo, que me sé casi de memoria lo que se dice en *Celia, lo que dice,* había pasado muchas veces por esta conversación entre la madre impaciente y la niña que no entiende su lección de historia, pero me había quedado tan *in albis* como Celia sobre la identidad de ese sitio raro adonde se escapaba su madre por las tardes a tomar el té, y que sonaba a latín, aunque fuera tan moderno», pp. 19 y 20.

4. Martín Gaite, C., *Pido la palabra*, Anagrama, Barcelona, 2002. Recoge una serie de conferencias de la autora. Entre las conferencias, destacan «Elena Fortún y su tiempo», y especialmente «Elena Fortún y sus amigas», en la que habla del club.

5. León, M. T., *Memorias de la melancolía*, Castalia, Madrid, 1999, pp. 514 y 515. Logroño, 1904-Madrid, 1988. Escritora, directora de teatro y activista comunista. Sobrina de María Teresa Goyri. Vanguardista y rupturista, trató de combinar la sensibilidad artística con el compromiso político y convertir la cultura en arma de lucha. Vinculada a Rafael Alberti, tanto su obra como su figura fueron eclipsadas por las de su compañero. Tomado de *Mujeres en la Historia de España,* dirigido por Cándida Martínez y otros, Planeta, Barcelona, 2000.

6. De Zulueta, C., *La España que pudo ser. Memorias de una institucionista republicana*, Universidad de Murcia, 2000, p. 43. Nacida en 1916, hija de Luis de Zulueta, republicano liberal que fue ministro de Estado y embajador de España ante la Santa Sede durante la guerra, sobrina de Julián Besteiro, cuenta en sus memorias su experiencia en el Instituto-Escuela. El padre de Carmen había sido profesor de María de Maeztu en la Escuela Superior de Magisterio. La primaria del Instituto-Escuela estaba en el semisótano del Instituto Internacional, en Miguel Ángel 8. Tras la guerra, se exilió a Estados Unidos. Es autora de un libro sobre el Instituto Internacional y coautora junto a Alicia Moreno de un libro sobre la Residencia de Señoritas, que citamos como parte de la bibliografía de este libro. En otros libros retrata a personajes importantes de la época, incluidos su padre y su tío Julián.

7. Pérez de Villanueva Tovar, I., *María de Maeztu. Una mujer en el reformismo educativo español*, UNED, 1989, pp. 133-138. En él cita a Carlos Morla-Lynch, que en su libro *En España con Federico García Lorca* hace el siguiente retrato de María de Maeztu: «sin el menor aspecto varonil, no tiene, sin embargo, tiempo para ser femenina. Viste de cualquier manera, sin ninguna coquetería, y es inexistente en ella todo espíritu de conquista. Lleva puesto un abrigo de carácter indeterminado y un sombrerito en la nuca, siempre el mismo, al cual Federico le ha dedicado, con cariño, una copla inofensiva con acompañamiento de guitarra: el sombrerito de María. Dicen que es de moda llevarlo así, pero en ella diríase que se le va a caer... o que ya se le ha caído (...). Nerviosa, vibrante, de una vivacidad y una rapidez asombrosas (...) acciona las manos velozmente, sin desperdiciar un segundo, como una persona que no tiene tiempo que perder, con la celeridad de un tren expreso que pasa (...) posee la movilidad del mercurio y una viveza de ardilla (...) se expresa con una locuacidad tal que, a veces, es casi imposible seguirla. Es inconcebible la cantidad de cosas que hilvana en tan breve periodo. Es una tarabilla, pero llena de criterio y de buen sentido, una tarabilla que sabe lo que dice». Se cree que Benito Pérez Galdós se inspiró en ella para el personaje femenino protagonista de *Mariucha*, testimonio recogido (aunque duda de su veracidad) por Julio Caro Baroja, por Vicente Marrero y por Ramiro de Maeztu, hermano de María, en su breve escrito «Dos Mariuchas» *(op. cit.*, pp. 197-198).

8. *Ibid.*

9. García Lorca, Isabel, *Recuerdos míos*, Tusquets, Barcelona, 2002, p. 198. Isabel relata en sus memorias cómo tuvieron que trasladarse por motivos de seguridad en el Madrid de comienzos de la guerra a la Residencia de Señoritas, por los ataques de grupos incontrolados de anarquistas. Entraban por Miguel Ángel 8, aunque vivían en el pabellón de Fortuny 53.

10. De Maeztu, María, *El problema de la ética: la enseñanza de la moral*, Universidad de Buenos Aires, Facultad de Filosofía y Letras, Instituto de Didáctica, 1938, p. 68.

11. *Ibid.*, p. 9.

12. Marina, J. A., *Los sueños de la razón*, Anagrama, Barcelona, 2003; Marina, J. A., *Las arquitecturas del deseo*, Anagrama, Barcelona, 2007; Marina, J. A., *La pasión del poder*, Anagrama, Barcelona, 2008.

13. Hayek, F. A., *La fatal arrogancia*, Unión Editorial, Madrid, 1990.

14. Dennett, D., *La peligrosa idea de Darwin,* Círculo de Lectores, Madrid, 1999, p. 761.

15. Ortega y Gasset, J., «España invertebrada», en *Obras completas,* Alianza, Madrid, 1983, t. III, p. 103.

16. Marina, J. A., y Válgoma, M. de la, *La lucha por la dignidad,* Anagrama, Barcelona, 2000; Marina, J. A., *Los sueños de la razón, op. cit.;* Marina, J. A., *La pasión del poder, op. cit.*

17. Marina, J. A., *La revolución de las mujeres. Crónica gráfica de una evolución silenciosa.* Colaboradora de investigación: María Teresa Rodríguez de Castro. J de J Editores, Madrid, 2006.

18. Carmen de Burgos y Seguí, «Colombine» (Almería 1867-Madrid 1932). Periodista; en 1903 se convertiría en la primera mujer redactora de un periódico, del naciente *Diario Universal;* posteriormente colaboraría con el *Heraldo de Madrid,* donde popularizó su seudónimo, *Colombine,* y donde publicó sus polémicas encuestas sobre el divorcio y el voto femenino; y sería la primera mujer corresponsal de guerra, en concreto de la de Marruecos). Escritora, maestra, traductora, viajera incansable..., cría en solitario a una hija de un matrimonio fracasado y funda una famosa tertulia literaria, *los miércoles de Colombine.* Pareja durante veinte años de Ramón Gómez de la Serna, encabezaría como presidenta de la Cruzada de Mujeres Españolas la primera manifestación que en España reivindicó el voto femenino, en 1921.

19. Gómez de la Serna, R., «Prólogo» a *Confidencias de artistas,* Sociedad Española de la Librería, S. A., Madrid, p. 16, citado por Núñez Rey, Concepción, *Carmen de Burgos Colombine en la Edad de Plata de la literatura española,* Fundación José Manuel Lara, Sevilla, 2005, p. 232.

20. Martínez Sierra, G., *Cartas a las mujeres de España,* Renacimiento, Madrid, 1916, pp. 34-35. Gregorio Martínez Sierra (Madrid 1881-1947) fue un escritor español. Fundador de las revistas *Helios* y *Renacimiento,* de tendencia modernista, desarrolló una importante renovación teatral como director escénico. Casado con la maestra y escritora María de la O Lejárraga (1874-1974), una de las protagonistas de nuestra investigación.

21. Scanlon, Geraldine M., *La polémica feminista en la España contemporánea (1868-1974),* Siglo XXI, Madrid, 1976, pp. 196-212. El asociacionismo femenino se manifiesta de diferentes formas en la España del primer cuarto del siglo XX. En 1899, Adolfo González Po-

sada realiza, en su libro *Feminismo*, una clasificación de éste en la que distingue tres tendencias: «Feminismo radical», que cree en la igualdad completa de los sexos y exige iguales derechos, oportunidades y educación; «Feminismo oportunista y conservador», apolítico, que no siempre cree en la completa igualdad de los sexos, pero exige derechos concretos sociales, económicos y legales; «Feminismo católico», que se preocupa principalmente de mejorar la educación de la mujer, y cuenta con un apoyo considerable del clero francés.

Geraldine M. Scanlon afirma que «el impulso dado al movimiento de la mujer por la guerra [I] tuvo repercusiones en España, pues fue después de la guerra cuando comenzaron a aparecer las primeras organizaciones feministas serias. Margarita Nelken señala acertadamente que el movimiento español no estuvo tan inspirado por la lucha feminista en otros países como por el éxito de esa lucha. Cuando las mujeres españolas comenzaron a organizarse en grupos feministas con programas coherentes, las feministas de otros países ya habían conseguido muchos de sus objetivos y el feminismo ya no era motivo de escándalo (...) Cuando el feminismo llegó a España, ya había sido domesticado; el voto, considerado por la mayoría de las feministas como el derecho último y más importante, había marcado el final del feminismo como movimiento verdaderamente vital». Hay que tener en cuenta que Geraldine escribe esto en 1974. «Margarita Nelken señala la razón principal del fracaso del movimiento feminista español. La agudeza de las tensiones políticas y sociales en España hizo imposible que las feministas de diferentes opiniones políticas encontraran ciertas bases comunes y despojaran a su campaña de todo sectarismo político. No sólo eran mutuamente antagonistas las feministas de derecha y de izquierda, sino que eran implacablemente hostiles a cualquier organización feminista que intentara mantener una postura centrista y apolítica. El feminismo español nunca gozó de un desarrollo libre e independiente; fue arrastrado, quizá inevitablemente, al conflicto más general entre la izquierda y la derecha.»

Al Feminismo Católico pertenecía María de Echarri (1878-1955), maestra y fundadora de los Sindicatos Católicos de Obreras, que formó parte de la Asamblea Nacional de la dictadura de Primo de Rivera; y asociaciones como la Acción Católica de la Mujer, que reconocía como derechos básicos de la mujer el amor, la familia y el hogar. O la Institución Teresiana, fundada en 1911 por el padre Poveda, con el fin de lograr la promoción humana y la transformación social desde el Evangelio, mediante la educación y la cultura. Fueron mujeres (entre las primeras con educación superior en España, maestras, inspectoras, profesoras de Escuelas Normales, muy activas en el compromiso social) quienes comprendieron y dieron vida a la Institución. La incorporación de hombres como miembros fue históricamente más tardía. En 1914 crean la primera residencia universitaria femenina, el actual Colegio Mayor Padre Poveda, en Madrid. La maestra y beata Victoria Díez y Bustos de Molina tuvo un gran protagonismo en la Institución. Josefa Segovia (1891-1957), cofundadora y directora desde 1919, nacida en Jaén, es una de las más destacadas teresianas. Andaluza de Jaén, maestra, inspectora de primera enseñanza, alentó un asociacionismo femenino que favoreciera la implicación y el protagonismo de las mujeres en diferentes ámbitos de la sociedad a través del ejercicio de la profesión y la participación en la vida pública. Favoreció la creación de centros que apoyaron el acceso de mujeres jóvenes a la educación superior.

«Feminismo oportunista y conservador»: María Espinosa de los Monteros, primera presidenta de la ANME, asociación fundada en 1918, escribe lo siguiente *(Influencia del feminismo en la legislación contemporánea):* «Que las aspiraciones comunes del feminismo han de ser el lazo de unión entre los distintos grupos constituidos lo demuestra el hecho de haberse ya federado cinco asociaciones importantes: "la mujer del porvenir" y la "progresiva femenina" de Barcelona, "la liga española para el progreso de la mujer" y la "Sociedad Concepción Arenal" de Valencia, y la "ANME", que con sus filiales y delegaciones forman el Consejo Supremo Feminista de España, constituyendo un organismo representativo para los asuntos de interés colectivo en el orden nacional o internacional (...) Los que desconociendo el feminismo acusan como un fracaso el hecho de que en muchos países donde la mujer tiene derecho al sufragio íntegro sea exiguo el número de las elegidas como miembros del Parlamento, no saben que, lejos de significar esto lo que ellos suponen, demuestra que la mujer no pide el voto para abandonar por las ocupaciones político-sociales los sagrados deberes que como esposa, madre y guardadora del hogar le son de antiguo privativos. (...) En el seno de su junta directiva (la de la ANME) se manifestó una discrepancia motivada por el procedimiento a seguir en la admisión de asociadas que, atendiendo a sus ideas, dibujaron claramente tres tendencias distintas que podrían llamarse derecha, centro e izquierda. A pesar de los sobrehumanos esfuerzos que hice para aunarlas, proponiendo fórmulas de concordia que, basadas en una perfecta autonomía federativa, consintieran la unidad social, fue vana tarea e inútil empeño. Quedó la Asociación Nacional con núcleo bastante fuerte y entusiasta para continuar en un punto equidistante de ambos extremos, donde hoy nos hallamos, y permanecemos fieles a nuestro programa, convencidas de que con prudente ecuanimidad podremos ser nexo entre los citados puntos cuando los apasionamientos del momento se aquieten en una inteligente y eficaz acción común en todos aquellos problemas de sustantividad feminista que necesariamente habrán de plantearse en breve.»

Según Geraldine M. Scanlon, «a pesar de su declarado interés por la causa de la mujer de clase baja, la ANME pertenecía totalmente a la clase media y se concentró en la labor de mejorar las condiciones de las mujeres de su propia clase».

La Unión de Mujeres de España (la UME), también creada en 1918, se situaba a la izquierda de la ANME, y tenía como objetivo primordial el obtener mejoras sociales en beneficio de la mujer y el acoger en su seno a todas las individualidades sin exclusión ni preferencia alguna. La presidía la marquesa de Ter.

Agrupación Femenina Socialista, 1912: el nombre anterior fue el de Grupo Femenino Socialista, y se creó en Madrid en 1906. Entre sus objetivos estaba el de integrar a las mujeres en el ideario socialista. Se había fundado otro en Bilbao en 1904, y Amparo Martí fundó en 1911 el de Barcelona. Figuras importantes del feminismo socialista fueron Virginia González, que trataba de articular los intereses de mujeres y hombres en la lucha por el socialismo a través de la revista *La Lucha de Clases de Bilbao* durante los años 1905 y 1907 (la importancia de la mujer estaba relacionada con su papel de compañera del revolucionario y madre de los futuros revolucionarios); o María Cambrils, que escribió la obra *Feminismo socialista*, y que mostraba sus cautelas acerca del voto femenino, que con sus inconvenientes a corto plazo podía significar a la larga una ventaja para el socialismo. Para esta última sólo el socialismo garantizaba la igualdad de derechos.

22. Marina, J. A., *La revolución de las mujeres. Crónica gráfica de una evolución silenciosa*, *op. cit.*, p. 42.

23. *Ibid.*, p. 52.

24. Núñez Rey, Concepción, *Carmen de Burgos Colombine en la Edad de Plata de la literatura española*, *op. cit.*, p. 241.

25. Alberti, R., *La arboleda perdida,* Seix Barral, Barcelona, 1984, pp. 262-269. Cita un comentario de Ernestina de Champourcin en la revista *La Gaceta Literaria:* «Cuando Alberti, el año pasado, nos ofreció su conferencia, la aceptamos, desde luego, cumpliendo el propósito de llevar al club a todas las figuras algo destacadas de la literatura nueva. Por eso, cuando este invierno me escribió, dándome ya el título de lo que llamaba *divertimento sobre la poesía cómica española,* nos apresuramos a fijarle fecha para su conferencia (...). Alberti fue, desde luego, al club en plan batallador, y su conferencia fue una explosión de humor juvenil que realizó, según creo, completamente, a pesar de muchos o muchas (...). Empezaron las protestas, sotto voce, al ver la indumentaria del conferenciante, perfecta imitación cinemática que casi nadie entendió. La dirección perdió sus fueros en cuanto Alberti empezó a nombrar y criticar a algunos conocidos escritores (...). Protestaron, como era de esperar, varias señoras, algunas mujeres de los autores aludidos; otras que por pertenecer a otras épocas no podían comprender el sentido ni el humor de aquello. En cambio, todas las jóvenes y varias señoras de espíritu más comprensivo aplaudían y protestaban contra los protestatarios (...). Guardo la impresión de una hora divertidísima, muy movida y propia del momento. Lo que quisiera olvidar es la conducta poco cortés con que parte del público demostró su incomprensión.»

26. Además de las fuentes que recogemos en estas notas, nos han servido de referencia los estupendos artículos de las investigadoras Amparo Hurtado, Concha Fagoaga y Shirley Mangini que citamos a lo largo de estas páginas.

27. La página web de los lyceum clubs cuenta la historia de sus orígenes: http://www.lyceumclub.org/en/history.htm, citando el libro de Constance Smedley *Crusaders: The Reminiscences of Constance Smedley Mrs Maxwell Armfield,* Duckworth, Londres, 1929. Ella y sus amigas –Christina Gowans Whyte, Elsa Hahn, Violet Alcock y la americana Jessie Trimble, miembros del club de escritores– deciden fundar un club de mujeres con ramas en todos los países, con casas en las principales capitales del mundo, pero el Comité del Club mencionado rechaza la idea. Sin desalentarse, empiezan a considerar la fundación de un nuevo club, que comprendería a escritoras e ilustradoras. Envían sesenta cartas a mujeres prominentes en esos campos, pero únicamente dos muestran su apoyo. Pese a todo, no cejan en su empeño, y el Comité Provisional que habían constituido va encon-

trando nuevas adhesiones. Constance pide ayuda a su padre, W. T. Smedley, experimentado hombre de negocios y partidario de que las mujeres tengan una vida profesional, que decide ayudarlas a buscar un edificio, aunque pone como condición que debían conseguir un millar de miembros con una suscripción anual de una guinea cada una. Constance y sus amigas se ponen manos a la obra. El nombre «Lyceum» lo sugiere la norteamericana Jessie Trimble, a modo de los Lyceums americanos, que eran centros de discusión y lectura (en Europa, el término tuvo su origen en el Liceo de Aristóteles). A estas alturas, se había decidido que el club debía ampliarse a las mujeres con cualificaciones académicas y a las mujeres e hijas de hombres distinguidos. La investigadora Amparo Hurtado, en un artículo publicado en el BILE, número 36, 1999, pp. 23-40, recoge esta historia de los Lyceum Clubs.

28. Mangini, Shirley, «El Lyceum Club de Madrid. Un refugio feminista en una capital hostil», *Asparkía,* 17, 2006, pp. 125-140.

29. Tusell, J., y Queipo de Llano, G., *Alfonso XIII,* Taurus, Madrid, 2001, p. 227.

30. Nourry, Philippe, *La novela de Madrid*, Planeta, Barcelona, 2009.

31. Hurtado, A., *El Lyceum Club Femenino Español (Madrid 1926-1939)*, BILE, 36, 1999, pp. 23-40. La primera Junta directiva del Club la presidió María de Maeztu. Las vicepresidentas de la misma fueron Isabel Oyarzábal y Victoria Kent; la Tesorera, Amalia Galarraga; la secretaria, Zenobia Camprubí, y la vicesecretaria, Helen Phipps, directora del Instituto Internacional por aquellos años. Lyceum Club Femenino se inauguró el 4 de noviembre de 1926 en la calle de las Infantas número 31, en el edificio conocido como «la Casa de las Siete Chimeneas», por cuyas estancias, decían, se paseaban fantasmas. Cuando compraron aquella casa los esposos de la leyenda, el inmueble estaba a las afueras de un Madrid todavía minúsculo. El marido fue destinado a Flandes y la mujer, la bella Elena, quedó sola en la casa. El marido murió preso y Elena le lloró desconsolada. Nunca más volvió a salir de la casa hasta que, un día, apareció muerta. Unos dijeron que su propio padre la había asesinado; otros, que la mató la pena. El caso fue que el padre de Elena se ahorcó en una de las vigas de la casa. Felipe II, que entonces era príncipe, encargó una investigación que no esclareció nada. Se decía que fue él quien compró la casa para sus encuentros amorosos con la bella Elena

(entrevista a Clara Tahoces, autora de *Guía de Madrid*, en la que habla de la Casa de las Siete Chimeneas, *El Mundo*, jueves 13 de marzo de 2008, pp. 32). Carmen Baroja nos cuenta que ella propuso como presidenta de honor al fantasma de la Dama Blanca, propuesta que, a su juicio, no debió de tomarse muy en serio, y es que Carmen asegura que nunca se les apareció.

32. Romano, J., «Lyceum, el primer club femenino», *La Esfera*, 20-11-1926. En este artículo, Isabel cita parte del Reglamento del Club Femenino (Ramona Velasco, Vda. de Pérez, Madrid, 1929), que recoge sus objetivos:

> a) Defender los intereses morales y materiales de la mujer, admitiendo, encauzando y desarrollando todas aquellas iniciativas y actividades de índole económica, benéfica, artística, científica y literaria que redunden en su beneficio.
>
> b) Fomentar el espíritu colectivo, proporcionando a sus asociadas, en el local de la Sociedad, cuantas comodidades sean posibles para hacerles agradable su estancia en él, facilitando así el intercambio de ideas y la compenetración de sentimientos.
>
> c) Organizar obras de carácter social y celebrar sesiones, conferencias, cursillos, concursos, excursiones, y fiestas privadas y públicas, dentro de los límites que marca el apartado a.

El club, como tantos otros Lyceums europeos, se divide en varias secciones. La primera de las secciones es la sección social. En ella se organizan cursillos de Derecho para impulsar la participación activa de la mujer en la vida ciudadana, y se producen numerosos debates sobre la situación de la mujer. Resultado de la labor de esta sección social es también la constitución de la Asociación Auxiliar del Niño, a finales de 1931, modelo de autoeducación infantil, estableciendo para los niños bibliotecas y círculos donde se movieran libremente (se estableció, entre otras, una Biblioteca Infantil en el puente de Vallecas). La segunda de las secciones del Lyceum es la de música. Esta sección organiza fiestas y conciertos, con la cooperación de artistas como la Argentinita, Adolfo Salazar, La Nieto, la compositora María Rodrigo, etc. La sección tercera, de artes plásticas e industriales, organiza exposiciones de pintura, escultura y artes industriales. Promueve, de acuerdo con la política del club, a los valores jóvenes, como es el caso de las dos hijas de Sorolla, que serán de las primeras en exponer en sus salones. La sección cuarta, la de literatura, organiza conferencias, una de las actividades destacadas del club, que constituyen un enorme éxito. La sección quinta, de ciencias sociales, comprende actividades relacionadas con la vida pública y la ciencia doméstica. La sección sexta, sección internacional, tiene como fines, entre otros, la cooperación científica y los asuntos civiles en el exterior. Estará en constante relación con el Instituto de Ginebra. En 1931 la presidirá Clara Campoamor, aunque también Zenobia la llegará a dirigir en otra época. Por último, existe una sección especial iberoamericana, que busca cultivar relaciones con los países de habla hispana. Las asociadas hispanoamericanas organizan comités de hospitalidad y apoyo de sus compatriotas. Una de sus presidentas será, hacia el año 1931, Amalia Galarraga. Entre otras, se asociarán al club Delmira Agustini, Norah Borges, Gabriela Mistral y Alfonsina Storni.

33. Art. cit.

34. Baroja, C., *Recuerdos de una mujer de la Generación del 98*, Tusquets, Barcelona, 1999, p. 46. Carmen Baroja (Pamplona 1883-Madrid 1950) fue hermana de Pío y Ricardo, y madre de Julio y Pío Caro Baroja.

35. *Ibid.*, p. 57.

36. Josefina Carabias (Ávila 1908-Madrid 1980). Pionera del periodismo escrito y del radiofónico, fue precursora de un nuevo estilo caracterizado por la voluntad de difundir la información incidiendo en sus implicaciones cotidianas. El artículo de Josefina se recoge en la revista *Crónica*, «La señora vuelve a su club», 2-12-1934.

37. Díaz Fernández, J., *La Venus mecánica*, Moreno-Vila Editores, Madrid, 1989, p. 105. José Díaz Fernández (Salamanca 1898-Toulouse 1941) alternó sus trabajos literarios y periodísticos (colaborando en *El Sol* y *La libertad*, entre otros) con la política, siendo encarcelado por la dictadura de Primo de Rivera en 1926. Activo militante republicano, murió exiliado en Toulouse.

38. Giménez Caballero, E., *Memorias de un dictador*, Planeta, Barcelona, 1979, p. 58. Fue el quinto afiliado a Falange Española, después de Ramiro Ledesma Ramos, José Antonio Primo de Rivera, Julio Ruiz de Alda y Rafael Sánchez Mazas. Román Gubern ha contado en *Viaje de ida* (Anagrama, Barcelona, 1997) una divertida visita que hizo al anciano Giménez Caballero, quien intentó ligarse a Maruja Torres en la terraza. Las excentricidades de Giménez Caballero no tienen fin. En una ocasión regaló por Navidad al matrimonio Goebbels un taurino capote de paseo y un nacimiento murciano arte-

sanal. Cf. el libro de Enrique Selva *Ernesto Giménez Caballero, entre la vanguardia y el fascismo,* Pre-Textos, Valencia, 2008. En la página 13 de sus *Memorias de un dictador*, Giménez Caballero señala que «titulé lo que yo fui recordando *Memorias de un dictador* no solamente porque las dictaba a una linda muchacha, sino porque quién sabe si en el fondo yo lo he sido en ciertos periodos de mi vida política».

39. Giménez Caballero, E., *Memorias de un dictador, op. cit.*, p. 64.

40. *Ibid.*, p. 55.

41. *Ibid.*, p. 152.

42. Giménez Caballero, E., «La feminidad en mi República. Folletín», en *La Gaceta Literaria,* artículos de 1-11-31, pp. 5- 6; 1-12-31, pp. 12; y de 15-2-32, p. 11.

43. Giménez Caballero nos cuenta el origen del nombre del protagonista del folletín: «*La Gaceta Literaria* duró desde el 1 de enero de 1927 hasta 1932, que terminó con el *Robinson Literario de España,* seis números que me escribí íntegramente incluso haciendo yo mismo mis ilustraciones» (Giménez Caballero, E., *Memorias de un dictador, op. cit.,* p. 64). La investigadora Amparo Hurtado, en *El Lyceum Club Femenino Español (Madrid 1926-1939)*, BILE, 36, 1999, p. 38, recoge lo siguiente: «Situado a 18 km al sur de Lérida, el abrigo prehistórico de Cogul del que Giménez Caballero tomaba el nombre, había sido descubierto en 1907. Allí se encontraron unas pinturas rupestres, cuya escena principal representaba un personaje fálico, rodeado de mujeres con faldas acampanadas, realizando una danza en torno a él. Una reproducción de esta escena fue aprovechada por el periodista como ilustración de su folletín, con el pie siguiente: *Baile de trajes en el Lyceum de Cogul.*»

44. En el libro *Breve historia feminista de la literatura española (en lengua catalana, gallega y vasca),* volumen VI, Iris M. Zavala (coord.), Anthropos, Barcelona, 2000, se habla del Lyceum Club de Barcelona, fundado en 1931. Su sede estaba en el número 39 de la Vía Laietana (en la Ciutat Vella). De él formaron parte Carmen Karr i Alfonsetti, Aurora Bertrana (escritora y concertista, que lo llegó a presidir), Carmen Montoriol Puig (escritora y concertista, que llegaría a ser asesora literaria del club), María Baldó (que lo presidió en 1938, según parece; fuente: www.20.gencat.cat), Anna Murià (periodista y escritora, que presionó para crear una sección cultural en el club), Teresa Vernet (instada por Anna Muriat para presidir la sección social). Al parecer, también se abrió un Lyceum en San Sebastián.

45. Christie, A., *Un cadáver en la biblioteca,* Molino, Barcelona, 1997.

46. Marina, J. A., *La revolución de las mujeres. Crónica gráfica de una evolución silenciosa, op. cit.*, p. 17.

47. Hurtado, A., «El Lyceum Club Femenino Español (Madrid 1926-1939)», BILE, 36, 1999, pp. 23-40.

48. Giménez Caballero, E., artículos de fecha 1-12-31, p. 12; y de 15-2-32, p. 11, en *La Gaceta Literaria.*

49. De Zulueta, C., *Compañeros de paseo*, Renacimiento, Madrid, 2001, p. 178.

50. Artículo de Zenobia Camprubí en la revista *Américas*, volumen 6, número 10, octubre de 1954. Recogido en *Juan Ramón y yo y ríos que se van*, Artes Gráficas Luis Pérez, Madrid, 1971.

51. Giménez Caballero, E., artículo de 15-2-32, p. 11, en *La Gaceta Literaria.*

52. «Una visita al Lyceum Club Femenino», artículo de Luís E. de Aldecoa, publicado en el diario *La Estampa* el 5 de junio de 1928. María Martos, casada con el escritor Ricardo Baeza, bibliotecaria del club, le informa de que tienen más de 3.000 libros. Lo más solicitado «varía mucho, según las temporadas. Cuando el estreno de Sánchez Mejía, se leyó mucho a Freud. Generalmente el autor que más se pide es Martínez Sierra».

53. Carmen Martín Gaite, en el prólogo a Fortún, E., *Celia, lo que dice*, Alianza, Madrid, 2004, p. 18, escribe: «A mí no hay quién me quite de la cabeza que en este texto (perteneciente a un libro muy divulgado en la época), donde se da una de cal y otra de arena, está el embrión del proyecto que le andaba rondando a María de Maeztu, fiel trasunto, enunciado en castellano, de aquellos clubs europeos y americanos que ella había conocido, propicios para fomentar el intercambio de ideas, encauzar actividades de tipo artístico y literario o simplemente dar a algunas amas de casa, hartas de encierro, ocasión para cambiar de decorado y conocer a nuevas amigas, con las cuales charlar, tomar el té, y jugar a las cartas.»

54. Martínez Sierra, G., *Cartas a las mujeres de España*, Renacimiento, Madrid, 1916, capítulo II, «Clubs de mujeres», pp. 14-16. Empieza el capítulo citando a la señora Percy V. Pennybacker, presidenta de la Federación General de los Clubs de Mujeres en Norteamérica: «No queremos ocupar los puestos que ocupan nuestros padres, nuestros hijos, nuestros hermanos; pero estamos convencidas de que ha

llegado la hora que avisa a la mujer de que también ella tiene deberes cívicos que cumplir, y de que no le es lícito negarse a cumplirlos.»

55. Martínez Sierra, M., *Gregorio y yo*, Pre-Textos, Valencia, 2000. «Yo ahora –le escribe a María Lacrampe en 1948– estoy haciendo no examen sino recuerdo de mi vida porque quiero escribir un libro de memorias con el plausible fin de ganar un poco de dinero con una bonita obra de arte y al recorrer las horas pasadas siento rabia contra mí misma por las muchísimas que he desperdiciado en sufrir por amor; ahora que lo veo a la clara luz de la ancianidad, veo que no valía la pena esa *pena insolente y malnacida que no tiene consuelo ni medida.* Claro es que como he seguido siempre el consejo de Goethe: si tienes un monstruo, escríbele, tal vez a esa calamidad debo el haber escrito algunas cosas que no están mal del todo» (pp. 23-24).

56. Rodrigo, Antonina, *María Lejárraga, una mujer en la sombra*, Algaba, Madrid, 2005, pp. 229-231. Poder firmado por Gregorio Martínez Sierra: «Declaro para todos los efectos legales que todas mis obras están escritas en colaboración con mi mujer, doña María de la O Lejárraga García. Y para que conste, firmo esto en Madrid, a catorce de abril de 1930. Gregorio Martínez Sierra. Testigos: Eusebio de Gorbea, Enrique Ucelay.» Era sólo un poder extendido para facilitar trámites burocráticos a María a la hora de gestionar los derechos de las obras, que aparecían en el registro de la Sociedad de Autores a nombre de Gregorio.

57. Woolf, V., *Un cuarto propio*, Horas y Horas, Madrid, 2003. «Si las mujeres consiguen quinientas (libras) al año y un cuarto propio, si consiguen la costumbre de la libertad y la valentía de escribir exactamente lo que piensan, si se alejan un poco de la sala de estar común, si ven un poco más allá ("ningún ser humano nos debería tapar la vista"), si llegan a afrontar el hecho de que no hay un brazo del que colgarse sino que andan solas, y que su relación es con el mundo de la realidad y no solamente con el mundo de los hombres y las mujeres, entonces la poetisa muerta que fue la hermana de Shakespeare podría llegar a cobrar vida. (...) Ella nacerá derivando su vida de las vidas de las desconocidas que la precedieron, como hizo su hermano antes que ella. Que ella llegue sin esa preparación, sin ese esfuerzo nuestro, sin la determinación de que cuando vuelva a nacer le será posible vivir y escribir su poesía, no lo podemos esperar, porque sería imposible. Pero yo sostengo que vendrá si trabajamos para ella, y que trabajar así, incluso en la pobreza y la oscuridad, merece la pena.»

58. Hurtado, A., «El Lyceum Club Femenino Español (Madrid 1926-1939)», BILE, 36, 1999, pp. 23-40.

59. Ortega y Gasset, J., «La pedagogía social como programa político», en *Obras completas*, Alianza, Madrid, 1983, t. I, p. 519.

60. De Palencia, Isabel, *I Must Have Liberty,* Longmans, Nueva York, 1940, p. 177.

61. Mangini, Shirley, «El Lyceum Club de Madrid. Un refugio feminista en una capital hostil», *art. cit.*

62. De Champourcin, E., y Conde, C., *Epistolario (1927-1995)*, edición de Rosa Fernández Urtasun, Castalia, Madrid, 2007, p. 271.

63. *Iris de Paz* era el «órgano de la Archicofradía del Inmaculado Corazón de María y del Comité Ejecutivo de la Obra de la Buena Prensa». La «charla semanal» la escribía alguien que utilizaba el seudónimo de Lorvent, y que según Amparo Hurtado, en el citado artículo que publicó en el BILE, era un canónigo de la Archicofradía del Corazón de María. Los artículos en contra del Lyceum los escribiría entre junio y noviembre de 1927. En concreto, el trozo citado se encuentra en: Lorvent, *Iris de Paz,* 10 de julio de 1927, p. 548.

64. Lorvent, *Iris de Paz,* 26 de junio de 1927, p. 508. Sus artículos fueron combatidos por diferentes periódicos. *El Sol*, el 21 de agosto, con un artículo de Ricardo Baeza; *La Libertad*, el 23 de agosto, con un artículo en que la firmante se declaraba «una de las solteras imposibles que integran el Lyceum»; *La Libertad*, el 26 de agosto, vuelve a contraatacar con un artículo de Teresa Escoriaza; como también haría *La Voz* (artículo de 2 de octubre de 1927, pp. 788-789). «Es el caso que, como mis lectores saben muy bien, combatí al Lyceum Club Femenino no por ser una reunión de señoras, sino porque, al mismo tiempo que ostentaba públicamente un fin social y educativo, hacía gala de neutralidad religiosa. Y sabido es que, en el campo religioso, más que en el político, hay neutralidades que matan» (artículo de 2 de octubre de 1927, p. 787).

65. Martínez Sierra, G., *Cartas a las mujeres de España, op. cit.*, p. 17.

66. Vallejo-Nájera, A., «Psiquismo del fanatismo marxista», *Revista Semana Médica Española*, 1939. Cf. Vinyes, R., Armengou, M., y Belis, R., *Los niños perdidos del franquismo,* Debolsillo, Barcelona, 2003; González Duro, E., *Los psiquiatras de Franco,* Península, Barcelona, 2008.

67. Neira, Julio, *Manuel Altolaguirre. Impresor y editor*, Publicaciones de la Residencia de Estudiantes/Universidad de Málaga, 2008.

68. Las memorias de Durán, tituladas *Sucedió*, y escritas entre 1980 y 1982, son propiedad de Vicente Carretón Cano. «Si el verbo "entender" es el eufemismo actual para reconocer la identidad homosexual, en aquel tiempo "ser así" servía a los mismos fines, y con "Así es" tituló Victorina uno de sus manuscritos donde relata en forma de ficciones las experiencias lésbicas que marcaron su vida adulta.» Simonis, Angie, *Yo no soy esa que tú te imaginas. El lesbianismo español del siglo XX a través de sus estereotipos*, Universidad de Alicante, 2009, pp. 89-93.

69. De Prada, Juan Manuel, *Las esquinas del aire. En busca de Ana María Martínez Sagi*, Planeta, Barcelona, 2000.

70. Lucía fue una de las fundadoras de la organización Mujeres Libres, que formaba parte del movimiento de anarcosindicalistas español, y que movilizó a más de 20.000 mujeres. Sobre este movimiento se puede consultar el libro de Martha A. Ackelsberg, *Mujeres libres; el anarquismo y la lucha por la emancipación de las mujeres*, Virus, Barcelona, 1999.

71. Scanlon, Geraldine M., *La polémica feminista en la España contemporánea (1868-1974)*, *op. cit.*, p. 197. Cf. Nelken, M., *La condición social de la mujer en España*, CVS, Madrid, 1975, p. 90.

72. Marina, J. A., *La revolución de las mujeres, op. cit.*, pp. 52 y ss.

73. Cf. Capel, R. M., *El trabajo y la educación de la mujer en España (1900-1930)*, Ministerio de Cultura, Madrid, 1986, y Durán, M. A., *El trabajo de la mujer en España*, Tecnos, Madrid, 1972.

74. León, M. T., *Memorias de la melancolía, op. cit.*, pp. 513-514.

75. Artículo del escritor José María Salaverría, publicado en el *ABC* de 12 de noviembre de 1926, y citado en Fagoaga, Concha, «El Lyceum Club, élite latente», en Bussy, D. (ed.), *Les Espagnoles dans l'histoire. Une sociabilité démocratique (XIXe - XXe siècles)*, Presses Universitaires de Vincennes, Saint Denis, diciembre de 2002, pp. 145-168.

76. Baeza, Ricardo, «Una lanza por Lyceum», en su columna «Blanco y Negro» del diario *El Sol*, 21 de agosto de 1927.

77. León, M. T., *Memorias de la melancolía, op. cit.*, pp. 513-514.

78. Hurtado, A., «El Lyceum Club Femenino Español (Madrid 1926-1939)», BILE, 36, 1999, pp. 23-40.

79. Una visita al Lyceum Club Femenino», artículo de Luis E. de Aldecoa, publicado en el diario *La Estampa*, el 5 de junio de 1928.

80. Kent, Victoria, «La Casa de los Niños», diario *El Sol*, 24 de abril de 1927.

81. Fortún, Elena, «Nochebuena en la Casa del Niño», *Crónica*, 30 de diciembre de 1934.

82. Bastos Ansart, M., *Una vida de mujer,* Barcelona, 1965. Citado en Fagoaga, Concha, «El Lyceum Club, élite latente», en Bussy, D. (ed.), *Les Espagnoles dans l'histoire. Une sociabilité démocratique (XIXe - XXe siècles), op. cit.*, pp. 145-168.

83. Lorvent, *El Iris de Paz,* 20 de noviembre de 1927, p. 927.

84. Hurtado, A., «El Lyceum Club Femenino Español (Madrid 1926-1939)», BILE, 36, 1999, pp. 23-40.

85. Dorao, M., *Los mil sueños de Elena Fortún*, Alboroque, Cádiz, 2001, p. 122.

86. Flecha García, Consuelo, *Las primeras universitarias en España. 1872-1910*, Narcea, Madrid, 1996, p. 19.

87. *Heraldo de Madrid,* 18-1-1908.

88. Cf. «Prospecto de la Liga de Educación Política española», en «Nueva y Vieja política», *Obras completas*, Alianza, Madrid, 1983, pp. 300-307.

89. Marías, J., *Ortega. Circunstancia y vocación,* Alianza, Madrid, 1983, p. 222.

90. Flecha García, C., *Las primeras universitarias en España. 1872-1910, op. cit.*

91. *Ibid.*, pp. 141 y 185.

92. *Ibid.*, p. 185.

93. Sáinz Moreno, Javier, «En torno a un cuento anónimo original de María Goyri», Cuadernos ADANAE, 2006.

94. Martínez Sierra, G., *Cartas a las mujeres de España, op. cit.*, p. 4.195. León, M. T., *Memorias de la melancolía, op. cit.*, pp. 514 y 515.

96. Flecha García, C., *Las primeras universitarias en España. 1872-1910, op. cit.*, p. 140.

97. De la Mora y Maura, Constancia, *Doble esplendor,* Gadir Madrid, 2004, p. 48 (prólogo de Jorge Semprún).

98. Claremont de Castillejo, I., *Respaldada por el viento*, Castalia, Madrid, 1995, p. 80.

99. De Zulueta, Carmen. *Cien años de educación de la mujer española: historia del Instituto Internacional,* Castalia, Madrid, 1992, p. 147.

100. De Zulueta, Carmen, y Moreno, Alicia, *Ni convento ni college. La Residencia de Señoritas,* Publicaciones de la Residencia de Estudiantes, Madrid, 1993, pp. 136 y 137.

101. La colaboración entre el Instituto Internacional y la Residencia de Señoritas fue tan estrecha que la Junta de Ampliación de Estudios y el mismo Instituto firmaron un convenio por el que el Instituto Internacional alquilaba sus locales a la Residencia de Señoritas y al Instituto-Escuela; todo esto fue debido a la falta de personal directivo y docente y un creciente déficit en los limitadísimos fondos por la Primera Guerra Mundial, y al interés del Comité Directivo del Instituto en seguir colaborando en fomentar la educación de la mujer en España. El acuerdo se firmó el 1 de octubre de 1918, y se renovaría más tarde (De Zulueta, Carmen, y Moreno, Alicia, *Ni convento ni college. La Residencia de Señoritas, op. cit.*, pp. 89-111).

102. Fagoaga, Concha, «El Lyceum Club, élite latente», en Bussy, D. (ed.), *Les Espagnoles dans l'histoire. Une sociabilité démocratique (XIXe-XXe siècles), op. cit.*, pp. 145-168.

103. Artículo del escritor José María Salaverría, publicado en el *ABC* de 12 de noviembre de 1926, y citado en Fagoaga, Concha, «El Lyceum Club, élite latente», en Bussy, D. (ed.), *Les Espagnoles dans l'histoire. Une sociabilité démocratique (XIXe - XXe siècles), op. cit.*, pp. 145-168.

104. Morla-Lynch, Carlos, *En España con Federico García Lorca*, Renacimiento, Sevilla, 2008, p. 423. En los Diarios de Carlos Morla, diplomático chileno y amigo de Lorca, encontramos estupendas descripciones de María. Una de ellas es la que la compara con su amiga Gabriela Mistral. «Gabriela es pausada, tranquila, de una serenidad austera, seca y severa, que infunde respeto al tiempo que arredramiento. Tiene la reciedumbre del granito. María es, en cambio, lista y avispada, de una vivacidad y rapidez asombrosas. Diríase que anduviera sobre patines de ruedas. Expresa en un minuto –con una facundia prodigiosa– lo que Gabriela –con su calma reflexiva– tarda un cuarto de hora en formular. Y acciona con las manos velozmente, sin desperdiciar un segundo, como una persona que no tiene tiempo que perder, con la celeridad de un tren expreso que pasa. Posee la movilidad del mercurio.»

105. Umbral, F., *Memorias de un niño de derechas,* Destino, Barcelona, 1972, p. 165.

106. Campo Alange, María Laffitte, *La mujer en España: cien años de su historia (1860-1960)*, Aguilar, Madrid, 1964, p. 224.

107. Rodrigo, Antonina, *Mujeres para la historia. La España silenciada del siglo XX*, Carena, Barcelona, 2002, pp. 39-40.

Repasando la *Historia de la Filosofía* (Alianza, Madrid, 2005, pp. 35-37) de Julián Marías, encontramos un curioso testimonio. En la introducción, Marías relata cómo un grupo de muchachas estudiantes, de 18 a 20 años, compañeras suyas, le pidieron que les ayudara a preparar el examen intermedio. Era en octubre de 1933; tenía 19 años y estaba en el tercero de sus estudios universitarios. Se organizó un curso privadísimo, en alguna de las aulas de la Residencia de Señoritas. Al año siguiente, durante el curso de 1935-1936, María de Maeztu le encargó formalmente un curso de filosofía para las residentes.

> «Aquellos cursos de filosofía eran únicos en muchos sentidos, pero sobre todo en uno: mis estudiantes eran mis compañeras de universidad, mis amigas, muchachas de mi edad; esto quiere decir que no me tenían ningún respeto. Esta experiencia de lo que podríamos llamar docencia irrespetuosa no ha tenido precio para mí. Estas chicas no aceptaban nada *in verba magistri;* el argumento de autoridad no existía para ellas. En la facultad dominaba una estimación ilimitada de la claridad y la inteligibilidad. Ortega solía decir con frecuencia los versos de Goethe:
>
> *Ich bekenne mich zu dem Geschlecht,*
> *das aus dem Dunkel ins Helle strebt.*
>
> Que traducía:
>
> *Yo me confieso de linaje de esos*
> *que de lo oscuro a lo claro aspiran.*
>
> Y repetía una vez y otra que *la cortesía del filósofo es la claridad.* No existía ninguna complacencia en lo que Ortega mismo había llamado alguna vez la *lujuria de la mental oscuridad.* Quiero decir con esto que mis alumnas pretendían entender todo lo que yo les enseñaba, y que era nada menos que la totalidad de la historia de la filosofía en Occidente; me pedían que lo aclarara todo, lo justificara todo; que mostrara por qué cada filósofo pensaba lo que pensaba, y que ello era coherente, y si no lo era, por qué. Pero esto significa que yo tenía que entenderlo, si no previamente, sí a lo largo de la clase. Nunca he tenido que esforzarme tanto, ni con tanto fruto, como ante aquel auditorio de 14 o 16 muchachas florecientes, risueñas, a veces burlonas, de mente tan fresca como la piel, aficionadas a discutir, con afán de ver claro,

inexorables. Nadie, ni siquiera mis maestros, me ha enseñado tanta filosofía. En rigor, debería compartir con ellas los derechos de autor o royalties de mis libros.»

En la Residencia había un pabellón destinado a las personalidades intelectuales femeninas extranjeras que visitaban nuestro país y que, en aquel tiempo, se veían obligadas a albergarse en hoteles o en conventos, cosa que no a todas agradaba. El 23 de abril de 1931 Marie Curie dicta, dentro de la Sociedad de Cursos y Conferencia, vinculada a la Residencia de Estudiantes, una lección con el título: «La radioactividad y la evolución de la Ciencia». Durante su visita a Madrid con su hija Eva, se alojó en la Residencia de Señoritas. La crónica de *ABC* destaca esta visita: «la sala completamente llena, como en las grandes solemnidades. Movimiento de curiosidad. Muchas damas aristócratas e intelectuales que vienen a rendir homenaje a su gloriosa hermana». La conferencia la da, sin embargo, en la Residencia de los chicos, no en la de Señoritas: Marie Curie es demasiado importante como para permitir que la conferencia se pronuncie en el local del Grupo de Señoritas, considerado un apéndice del Grupo de Estudiantes. La Residencia de Señoritas se ocupa de alojarla, únicamente, y de facilitarle la estancia. La que sería periodista y escritora María Luz Morales, residente, acompaña a Marie en su visita a la ciudad. Esta gallega, muy vinculada al mundo del teatro, dirigió el periódico *La Vanguardia* durante la guerra civil.

108. Zulueta, Carmen, y Moreno, Alicia, *Ni convento ni college. La Residencia de Señoritas, op. cit.*, p. 127.

109. Gutiérrez Vega, Zenaida, *Victoria Kent, Una vida al servicio del humanismo liberal*, Universidad de Málaga, Servicio de Publicaciones, 2001, p. 19.

110. De la Fuente, Inmaculada, *La roja y la falangista. Dos hermanas en la España del 36*, Planeta, Barcelona, 2006.

111. De la Mora y Maura, Constancia, *Doble esplendor, op. cit.*, pp. 125-130, 147.

112. Martínez Sierra, M., *Gregorio y yo, op. cit.*, p. 227.

113. Espinosa de los Monteros, María, *Influencia del feminismo en la legislación contemporánea*, Madrid, 1920. Citado por Scanlon, Geraldine, *La polémica feminista en la España contemporánea (1868-1974), op. cit.*, p. 203. Esta autora cita los puntos principales del programa de la ANME. Tenía tres partes: a) Parte político-social, con 36

puntos; b) Parte para el niño, con 5 puntos; c) Parte económica, con 5 puntos. Entre estos puntos, estaban todos los referidos a modificaciones que habían de hacerse en las leyes para equiparar a la mujer con el hombre en sus derechos y, en general, a la apertura para la mujer de profesiones y de lugares de decisiones comerciales y legales.

114. Martínez Sierra, M., *Gregorio y yo*, *op. cit.*

115. Martínez Sierra, M., *Una mujer por caminos de España*, Castalia, Madrid, 1989, p. 77.

116. De Palencia, Isabel, *I Must Have Liberty*, *op. cit.*, p. 134.

117. Isabel dio una conferencia en el Ateneo de Salamanca sobre las mujeres del pasado. Unamuno, que estaba entre los oyentes y que mostró gran interés, le comentó que estaba convencido de que una de las cosas que las mujeres hacen infinitamente mejor que los hombres es escribir novelas. Le aseguró que no había mejor novelista en el mundo que Emily Brontë y que habría dado lo que fuese por escribir *Cumbres borrascosas*, novela que le entusiasmaba. Isabel le dijo que eso demostraba que las mujeres eran muy capaces de ser creativas, hecho que los hombres niegan con frecuencia (De Palencia, Isabel, *I Must Have Liberty*, *op. cit.*, p. 136).

118. Fagoaga, Concha, «El Lyceum Club, élite latente», en Bussy, D., (ed.), *Les Espagnoles dans l'histoire. Une sociabilité démocratique (XIXe - XXe siècles)*, *op. cit.*, pp. 145-168.

119. Dorao, M., *Los mil sueños de Elena Fortún*, *op. cit.* Carmen Martín Gaite señala en su libro de conferencias que cuando entró a formar parte del "Club de las maridas" andaba rondando la cuarentena, y en María Martínez Sierra, doce años mayor, debió de despertar las ansias de Pygmalión, a las que la Gorbea se plegó de buen grado. Pero posiblemente se conocían de antes. Al separarse de su marido, María, cuyo sueño era tener una casa con jardín cerca del mar, se mandó construir una en Cannes, en la colina donde pintó y murió Renoir. La rodeó de cipreses y naranjos y la llamó Helios, como homenaje a la revista del mismo nombre que fundaron Gregorio y Juan Ramón en 1903. Una sobrina suya, Margarita Lejárraga, recuerda que cuando leía de niña los cuentos de Elena Fortún, su tía Maruja le contó un día que la idea de Celia había surgido en la Costa Azul, durante una temporada que su autora había pasado, invitada por ella, en Helios» (Martín Gaite, C., *Pido la palabra*, *op. cit.*).

120. Baroja, C., *Recuerdos de una mujer de la Generación del 98*, *op. cit.*, pp. 68 y 69.

121. Publicación interna del Instituto Internacional llamada «Notes and News», Notes & News #11, septiembre de 1926; Notes & News #12, septiembre de 1927.

122. León, M. T., *Memorias de la melancolía, op. cit.*, pp. 514 y 515.

123. De Champourcin, E., y Conde, C., *Epistolario (1927-1995), op. cit.*, pp. 60, 67, 81, 84. La poetisa Carmen Conde, desde Cartagena, mantiene una intensa correspondencia con Ernestina de Champourcin, y le pide que le informe sobre el Lyceum y sus actividades. «Voy al Lyceum cuando hay conferencias o conciertos, tengo allí algunas amigas aunque las muchachas asociadas no abundan. Mis visitas son en calidad de invitada, pues a pesar de mi gran deseo de pertenecer aún al Club, Madrid en el terreno de los dichosos prejuicios debe estar, desgraciadamente para nosotras, a la misma altura que Cartagena.» Le habla de los «torneos poéticos femeninos», organizados por el Lyceum, que facilitan el acercamiento a la obra de las poetisas de la época. «El viernes o sábado tendrá lugar el torneo poético femenino en el Lyceum. Toman parte en él Santa Teresa, Sor Juana Inés de la Cruz, Gertrudis Avellaneda, Carolina Coronado, en fin, todas las precursoras y luego nosotras...; es decir, Concha Méndez Cuesta, Rosa Chacel, Josefina de la Torre, Isabel Buendía, Pilar Valderrama, tú y yo. Te daré toda clase de detalles transmitiéndote los aplausos que recibirás sin duda.» Pilar Valderrama sería la *Guiomar* de Antonio Machado.

Ernestina se extraña de la actitud de Rosa, no entiende su rechazo al club y lo que éste significa. «Rosa Chacel sigue siendo un misterio. El club femenino la invitó a sus conferencias y ni siquiera contesta. Dicen que es antifeminista y enemiga del Lyceum, lo que no va muy bien con su estilo literario, bastante avanzado», *op. cit.*, pp. 60, 67, 81, 84.

124. Ulacia Altolaguirre, Paloma, *Concha Méndez. Memorias habladas. Memorias armadas,* Mondadori, Madrid, 1990, p. 26.

125. Giménez Caballero, E., artículo de 15-2-32, p. 11, en *La Gaceta Literaria.*

126. De Champourcin, E., y Conde, C., *Epistolario (1927-1995), op. cit.*, p. 247.

127. Valender, J., *Una mujer moderna. Concha Méndez en su mundo (1898-1986)*, Publicaciones de la Residencia de Estudiantes, Madrid, 2001, pp. 16-17.

128. De Champourcin, E., y Conde, C., *Epistolario (1927-1995). op. cit.*, p. 265.

129. *El Debate,* 23 de noviembre de 1924.

130. Ulacia Altolaguirre, Paloma, *Concha Méndez, Memorias habladas. Memorias armadas, op. cit.*, citado en Martín Gaite, C., *Pido la palabra, op. cit.*, p. 67.

131. Romano, J., «Lyceum, el primer club femenino», *La Esfera*, 20-11-1926.

132. Lorvent, *Iris de Paz*, 10 de julio de 1927, p. 547.

133. Umbral, F., *Ramón y las vanguardias*, Espasa-Calpe, Madrid, 1978, p. 63.

134. Fernández Urtasun, R., y Ascunce, J. Á. (eds.), *Ernestina de Champourcin. Mujer y cultura en el siglo* XX, Biblioteca Nueva, Madrid, 2006, p. 120.

135. *Ibid.*, pp. 106 y 107.

136. *Ibid.*, p. 120.

137. *Ibid.*, p. 25.

138. *Ibid.*, p. 27.

139. *Ibid.*, p. 67.

140. De Champourcin, E., y Conde, C., *Epistolario (1927-1995), op. cit.*, p. 263. El 7 de enero de 1929 se representó en el club *El ángel cartero*, auto mágico de Concha Méndez Cuesta, con decorado de Maruja Mallo.

141. Ferris, J. L., *Maruja Mallo, la gran transgresora del 27*, Temas de Hoy, Barcelona, 2004.

142. *Ibid.*

143. Kaku, Michio, *Hiperespacio*, Crítica, Barcelona, 2007.

144. Ulacia Altolaguirre, Paloma, *Concha Méndez. Memorias habladas. Memorias armadas, op. cit.*, citado en Martín Gaite, C., *Pido la palabra, op. cit.*, p. 68.

145. León, M. T., *Memorias de la melancolía, op. cit.*, pp. 514 y 515.

146. León, M. T., *op. cit.*

147. Camprubí, Z., *Diario 1. Cuba (1937-1939)*, edición de Graciela Palau de Nemes, Alianza, Madrid, 2006, p. XXX.

148. *Ibid.*

149. *Ibid.*, p. XXVIII.

150. Baroja, C., *Recuerdos de una mujer de la Generación del 98, op. cit.*, p. 45.

151. *Ibid.*, pp. 75, 78, 79.

152. *Ibid.*, p. 44.

153. Mangini, S., *Las modernas de Madrid,* Península, Barcelona, 2001.

154. Martínez Sierra, G., *Feminismo, feminidad, españolismo,* Renacimiento, Madrid, 1917, citado en Rodrigo, Antonina, *María Lejárraga; una mujer en la sombra, op. cit.*, p. 114.

155. Ulacia Altolaguirre, Paloma, *Concha Méndez. Memorias habladas. Memorias armadas, op. cit.*

156. Camprubí, Z., *Diario 1. Cuba (1937-1939), op. cit.*, p. 40.

157. Podríamos hacer una antología del disparate: «La mujer convertida en obrera ya no es mujer», dice José Elías de Molins en su libro *La mujer obrera en Cataluña, en la ciudad y en el campo,* Barcelona, p. 23: «¡Resignación!... No aspire a más ni piense en otra cosa ni solicite mayores venturas» (Francos Rodríguez, J., *La mujer y la política española,* Pueyo, Madrid, 1920, p. 231).

158. Marina, J. A., *La revolución de las mujeres. Crónica gráfica de una evolución silenciosa, op. cit.*, pp. 153 y 154.

159. *Ibid.*

160. Campo Alange, María Laffitte, *La mujer en España: cien años de su historia (1860-1960), op. cit.*, p. 211.

161. Ruiz Franco, Rosario, *Mercedes Fórmica*, Ediciones del Orto, Madrid, 1997, pp. 80 y 81, donde se cita parte del prólogo que Mercedes escribió para «los derechos de la mujer contados con sencillez». Esta abogada gaditana, nacida en 1916, publica en 1953 en el diario *ABC* el artículo «El domicilio conyugal», artículo que, partiendo de un caso real de malos tratos a una mujer casada que por la discriminación por razón de sexo que imperaba en la legislación española no podía separarse de su marido, tuvo una repercusión enorme, tanta que a la reforma del Código Civil de 1958, que introdujo modificaciones en determinados artículos del mismo, se la llegó a conocer cariñosamente como «la reformica».

162. Scanlon, Geraldine M., *La polémica feminista de la España contemporánea (1868-1974), op. cit.*, pp. 127-137.

163. «Una visita al Lyceum Club Femenino», artículo de Luís E. de Aldecoa, publicado en el diario *La Estampa,* 5 de junio de 1928.

164. «1931: las mujeres españolas ante la República», artículo de Juan Aguilera Sastre, doctor en Filología Hispánica, http://www.ciere.org/CUADERNOS/Art%2064/Art.7%20Juan%20Aguile-

ra%20Sastre.htm. Los artículos que se citan en él están recogidos en el libro de María Martínez Sierra, *Ante la República: Conferencias y entrevistas (1931-1932)*, estudio introductorio, edición y notas de Juan Aguilera Sastre, Instituto de Estudios Riojanos, Logroño, 2006, pp. 11-120.

165. *Ibid.*

166. Hurtado, A., «El Lyceum Club Femenino Español (Madrid 1926-1939)», BILE, 36, 1999, pp. 23-40.

167. Lorvent, *Iris de Paz*, 3 de julio de 1927, p. 529.

168. Cf. el precioso librito de Catherine Kintzler *Qu'est-ce que la laïcité*, Vrin, París, 2007.

169. De Maeztu, María, *El problema de la ética: la enseñanza de la Moral*, *op. cit.*

170. Kavafis, *Poesía selecta*, Edicomunicación, Barcelona, 1999, p. 188.

171. Armstrong, Karen, *Breve historia del mito*, Salamandra, Barcelona, 2005.

172. *Reglamento del Club Femenino* (Ramona Velasco, Vda. de Pérez, Madrid, 1929), que recoge sus objetivos; entre ellos, el b) «Fomentar el espíritu colectivo, proporcionando a sus asociadas, en el local de la Sociedad, cuantas comodidades sean posibles para hacerles agradable su estancia en él, facilitando así el intercambio de ideas y la compenetración de sentimientos».

173. Emerson, Ralph W., *Ensayos*, Espasa-Calpe, Madrid, 2001, p. 38.

174. Juliá, S., *Manuel Azaña. Una biografía política*, Alianza, Madrid, 1990, p. 55. Un resumen sobre la «historia de los conceptos» puede verse en el libro de François Dosse *La marcha de las ideas*, Universidad de Valencia, Valencia, 2006.

175. Maura, M., *Así cayó Alfonso XIII*, Marcial Pons, Madrid, 2007, p. 261.

176. *Ibid.*

177. *Ibid.*, p. 262.

178. «1931: las mujeres españolas ante la República», artículo de Juan Aguilera Sastre, doctor en Filología Hispánica, http://www.ciere.org/CUADERNOS/Art%2064/Art.7%20Juan%20Aguilera%20Sastre.htm. Los artículos que se citan en él están recogidos en el libro de María Martínez Sierra, *Ante la República: Conferencias y entrevistas (1931-1932)*, *op. cit.*, pp. 11-120.

179. De Champourcin, E., y Conde, C., *Epistolario (1927-1995), op. cit.*, p. 373.
180. *La Voz,* 3-4-1931.
181. *Crisol,* 9-5-1931.
182. *Crónica,* 26-4-1931.
183. Telo Núñez, María, *Concepción Arenal y Victoria Kent. Las prisiones. Vida y obra,* Instituto de la Mujer, Madrid, 1995, pp. 58 y 59.
184. *Ibid.*, p. 64.
185. *Ibid.*, p. 65.
186. Morla Lynch, Carlos, *En España con Federico García Lorca,* Renacimiento, Sevilla, 2008, pp. 118 y 119.
187. Telo Núñez, María, *Concepción Arenal y Victoria Kent. Las prisiones. Vida y obra, op. cit.*, p. 68.
188. *Ibid.*
189. *El Sol,* 5-5-1931.
190. *Mundo Gráfico,* 1-7-1931.
191. *El Liberal,* 29-4-1931.
192. *La Voz,* 18-5-1931.
193. *Heraldo de Madrid,* 2-12-1931.
194. Martínez Sierra, M., *Ante la República: conferencias y entrevistas (1931-1932), op. cit.*
195. *Ibid.*
196. Cf. Zapatero, V., *Fernando de los Ríos. Biografía intelectual,* Pre-Textos, Valencia, 1999, p. 277.
197. Baroja, C., *Recuerdos de una mujer de la Generación del 98, op. cit.*, p. 105.
198. El debate sobre el voto femenino puede verse en Rosa M.ª Capel, *El sufragio femenino en la 2.ª república española,* Universidad de Granada, Granada, 1975.
199. Fernández Flórez, W., *Acotaciones de un oyente,* Prensa Española, Madrid, 1962, vol. II, p. 89.
200. Dentro del texto constitucional varios son los artículos destinados a declarar la igualdad entre el hombre y la mujer. A nivel jurídico, la establecen los artículos 2: «Todos los españoles son iguales ante la ley», y el 25, que dice: «No podrán ser fundamento de privilegio jurídico la naturaleza, la filiación, el sexo, la clase social, la riqueza, las ideas políticas, ni las creencias religiosas...» A nivel familiar, el artículo 43, según el cual «la familia está bajo la salvaguarda especial del Estado. El matrimonio se funda en la igualdad de derechos de

ambos sexos y podrá disolverse por mutuo disenso o a petición de cualquiera de los dos cónyuges, con alegación en este caso de causa justa». A nivel político, el artículo 36, que otorga el sufragio femenino.

201. *Diario de Sesiones*, núm. 30, p. 15.

202. *Ibid.* pp. 16-19.

203. Fagoaga, Concha, y Saavedra, Paloma, *Clara Campoamor. La sufragista española,* Dirección General de la Juventud y Promoción Socio Cultural, Subdirección General de la Mujer, 1981, p. 81.

204. http://www.euskonews.com/0250zbk/efem.html. Asas fue la encargada de presentar a las Cortes un memorando sobre el derecho al voto ante la comisión constitucional.

205. Catálogo de la Exposición de la Biblioteca Nacional, celebrada entre el 4 de noviembre y el 7 de diciembre de 2003, titulada «El voto de las mujeres, 1877-1978». Dirección del Catálogo y Comisaria de la Exposición: Rosa María Capel Martínez, Editorial Complutense, Madrid, 2003, p. 72.

206. Fagoaga, Concha, y Saavedra, Paloma, *Clara Campoamor. La sufragista universal, op. cit.,* p. 96.

207. *Ibid.,* p. 97.

208. *Ibid.,* p. 106.

209. *Ibid.,* pp. 108-114.

210. *Ibid.,* pp. 122-123.

211. Domingo, Carmen, *Mi querida hija Hildegart,* Destino, Barcelona, 2008, pp. 77 y 78.

212. Fagoaga, Concha, y Saavedra, Paloma, *Clara Campoamor. La sufragista universal, op. cit.,* p. 129.

213. *Ibid.,* pp. 130-131.

214. Entrevista en el diario *El Sol,* 20-11-1931.

215. Fagoaga, Concha, y Saavedra, Paloma, *Clara Campoamor. La sufragista universal, op. cit.,* pp. 166-167.

216. Campoamor, C.: *El voto femenino y yo. Mi pecado mortal,* Beltrán, Madrid, 1936.

217. Nash, M., *Rojas,* Taurus, Madrid, 2006, p. 240.

218. Ortega y Gasset, J., *España invertebrada, op. cit.,* p. 94.

Tal vez no sea exacto hablar de «quiebra de la inteligencia social», porque eso supondría que en alguna ocasión España había poseído esa riqueza, lo que resulta dudoso. Manuel Azaña, en su escrito *Causas de la guerra de España* señala que «la historia política del último siglo» había desembocado en un régimen incapaz de evolucionar pacíficamente hacia la democracia, y «el fondo mismo de la estructura social española», con la burguesía y, en general, la clase media atravesada por una «discordia interna» y una clase obrera que mantenía intactas sus expectativas revolucionarias y se encontraba en situación de guerra civil permanente» habían determinado el fin de la república. Cf. Juliá, S., «Sistema de apretados y problemas de consolidación de la democracia», *Política en la segunda república,* edición de Santos Juliá, Marcial Pons, Madrid, 1995, pp. 111-140.

219. Beck, U., y Beck-Gernsheim, E., *La individualización,* Paidós, Barcelona, 2003. Sobre Bauman, autor interesante pero muy repetitivo, puede verse el libro de Helena Béjar, *Identidades inciertas: Zygmunt Bauman,* Herder, Barcelona, 2007.

220. Ackelsberg, M. A., *Mujeres libres. El anarquismo y la lucha por la emancipación de las mujeres,* Virus, Barcelona, 1999, p. 160.

221. Azaña, M., «Tres generaciones del Ateneo», en *Obras completas,* edición de Santos Juliá, Centro de Estudios Políticos y Constitucionales, Madrid, 2007, t. 2, p. 1.009. El tema había interesado mucho siempre a Azaña, que en 1900 presenta su Memoria doctoral con el título *La responsabilidad de las multitudes, Obras completas, op. cit.,* t. I., pp. 17-43.

222. En *Obras completas, op. cit.,* pp. 382-384. En este Manifiesto, escrito en 1924, aparece una frase que resume lo dicho: «Nuestra democracia deberá ser docente.»

223. Gil Robles, J. M., *No fue posible la paz,* Ariel, Barcelona, 2006, p. 615.

224. Maura, Miguel, *El Sol,* 25 de junio de 1936, *op. cit.,* p. 535. Como era de esperar, es difícil encontrar unanimidad al señalar a los culpables de la quiebra de la inteligencia social y del fracaso de la República, precisamente por ser un fenómeno sistémico, donde lo estructural y lo biográfico interactúan. Para Alejandro Lerroux, el culpable fue el primer presidente de la República, Niceto Alcalá Zamora, y el socialismo (Lerroux, A., *La pequeña historia de España,* Akrón, Astorga, 2009).

Henry Buckley, un periodista inglés que nos dejó un vivo retrato autobiográfico de esa época en *Vida y muerte de la República española,* Espasa-Calpe, Madrid, 2004, escribe: «Podían haberse encontrado distintas salidas a aquella crisis de gobierno, pero nadie parecía interesado en buscarlas. El país se encaminaba hacia el desastre sin que ello pareciera preocupar lo más mínimo a los políticos que lo conducían» (p. 107). Stanley Payne atribuye las desdichas españolas a un radicalismo que impulsaba a la violencia, y a los planteamientos del Frente Popular que consideraban que lo importante eran los objetivos revolucionarios y no los procedimientos para conseguirlo. Que el fin justificaba los medios era ideología compartida en toda Europa por los partidos fascistas y por los partidos marxistas.

225. Gil Robles, J. M., *No fue posible la paz, op. cit.*, p. 803.

226. Garzón Valdés, E., *Instituciones suicidas,* Paidós, México, 2000.

227. Gil Robles, J. M., *No fue posible la paz, op. cit.*, p. 633.

228. Payne, S., *El colapso de la República*, La Esfera de los Libros, Madrid, 2005, p. 46. De este mismo autor debe leerse *La primera democracia española. La segunda república, 1931-1939,* Paidós, Barcelona, 1995.

229. Largo Caballero, F., *El Socialista*, 13-10-1932.

230. De Madariaga, S., *España. Ensayo de historia contemporánea,* Espasa-Calpe, Madrid, 1979, p. 318.

231. Seco, C., «El mito azañista», *El País*, 21-4-1977.

232. Juliá, S., Introducción a Manuel Azaña, *Diarios, 1932-1933,* Crítica, Barcelona, 1997, p. XXXIX.

233. Juliá, S., *Manuel Azaña, op. cit.*, p. 69.

234. Discurso del 14 de septiembre de 1931, t. II, pp. 29-44, Azaña, M., *Discursos,* Tecnos, Madrid, 1979.

235. Marina, J. A., *Ética para náufragos,* Anagrama, Barcelona, 1995.

236. Testimonio de Concepción del Pilar y Monge, Madrid, 3-6-1987, recogido en Antonina Rodrigo, *María Lejárraga, una mujer en la sombra, op. cit.*, pp. 248 y 249.

237. Martínez, C., Pastor, R, de la Pascua, M. J., y Tavera, S., *Mujeres en la Historia de España. Enciclopedia biográfica*, Planeta, Barcelona, 2000, pp. 582-584.

238. Fragmento del primer mitin de María como diputada socialista, en un pueblo manchego. En Martínez Sierra, M., *Una mujer por caminos de España, op. cit.*, pp. 88-89.

239. De la Mora y Maura, Constancia, *Doble esplendor, op. cit.*, p. 268.

240. Camprubí, Z., *Diario 1. Cuba (1937-1939), op. cit.*, p. 16.

241. *Ibid.*, p. 28.

242. Cf. Richmond, K., *Las mujeres en el fascismo español,* Alianza, Madrid, 2003.

243. Cal, R., *A mí no me doblega nadie: Aurora Rodríguez, su vida y su obra (Hildegart),* Ediciós do Castro, Sada, A Coruña, 1991.

244. *Ibid.,* p. 73.

245. *Ibid.,* p. 98.

246. *Ibid.,* p. 85.

247. Domingo, Carmen, *Mi querida hija Hildegart, op. cit.,* p. 128.

248. Cal, R., *A mí no me doblega nadie: Aurora Rodríguez, su vida y su obra (Hildegart), op. cit.,* p. 5.

249. Domingo, Carmen, *Mi querida hija Hildegart, op. cit.,* p. 126.

250. *Ibid.,* p. 114.

251. *Ibid.*

252. *Ibid.,* p. 127.

253. *Ibid.,* p. 127.

254. Cal, R., *A mí no me doblega nadie: Aurora Rodríguez, su vida y su obra (Hildegart), op. cit.,* p. 109.

255. Domingo, Carmen, *Mi querida hija Hildegart, op. cit.,* p. 136.

256. *Ibid.,* pp. 40-41.

257. Gil Robles, J. M., *No fue posible la paz, op. cit.,* citamos por la edición de 2007.

258. Chapaprieta, J., *La paz fue posible,* Ariel, Barcelona, 1971.

259. Nash, M., *Rojas, op. cit.*

260. Baroja, C., *Recuerdos de una mujer de la Generación del 98, op. cit.,* pp. 108 y 109.

261. De Zulueta, C., *Cien años de educación de la mujer española: historia del Instituto Internacional, op. cit.*

262. De Zulueta, C., y Moreno, A., *Ni convento ni college. La Residencia de Señoritas, op. cit.*

263. Telo Núñez, María, *Concepción Arenal y Victoria Kent. Las prisiones. Vida y obra, op. cit.,* p. 105.

264. Una primera aproximación la hizo en el libro *Españoles fuera de España,* en *Obras completas,* Espasa-Calpe, Madrid, 1966, t. IX, pp. 273-320.

265. De Palencia, Isabel, *I Must Have Liberty, op. cit.,* p. 463.

266. Pérez-Villanueva, I., *María de Maeztu: una mujer en el reformismo educativo español,* UNED, Madrid, 1989, p. 127.

267. Campo Alange, María Laffitte, *La mujer en España; cien años de su historia (1860-1960), op. cit.,* p. 226.

268. Preston, P., *Las tres Españas del 36,* Debolsillo, Barcelona, 1999.

269. Ibárruri, D., *El único camino*, Castalia, Madrid, 1992, p. 550.

270. De la Fuente, Inmaculada, *La roja y la falangista. Dos hermanas en la España del 36, op. cit.*, p. 346.

271. Rodrigo, Antonina, *Mujeres para la historia. La España silenciada del siglo XX, op. cit.*, p. 48 (prólogo de Montserrat Roig, octubre de 1978).

272. Pérez-Villanueva, I., *María de Maeztu: una mujer en el reformismo educativo español, op. cit.*, pp. 131 y 132.

273. Gutiérrez Vega, Zenaida, *Victoria Kent, Una vida al servicio del humanismo liberal, op. cit.*, p. 16.

274. *Ibid.*, pp. 16 y 17.

275. Telo Núñez, María, *Concepción Arenal y Victoria Kent. Las prisiones. Vida y obra, op. cit.*, p. 96.

276. *Ibid.*, pp. 97 y 98.

277. *Ibid.*, p. 98.

278. *Ibid.*

279. *Ibid.*, p. 99.

280. *Ibid.*

281. *Ibid.*

282. *Ibid.*, p. 102.

283. *Ibid.*, p. 103.

284. *Ibid.*, pp. 106-108.

285. Fagoaga, Concha y Saavedra, Palomo, *Clara Campoamor. La sufragista española, op. cit.*, pp. 194 y 195.

286. *Ibid.*, p. 213.

287. *Ibid.*, p. 222.

288. *Ibid.*

289. *Ibid.*, pp. 224 y 225.

290. Camprubí, Z., *Diario 1. Cuba (1937-1939), op. cit.*, p. 26.

291. Camprubí, Z., *Diario 2. Estados Unidos (1939-1950)*, Alianza, Madrid, 2006, pp. 10 y 11.

292. Camprubí, Z., *Diario 1. Cuba (1937-1939), op. cit.*, p. 111.

293. *Ibid.*, p. 143.

294. *Ibid.*, p. 156.

295. Camprubí, Z., *Diario 2. Estados Unidos (1939-1950), op. cit.*, p. 20.

296. Rodrigo, Antonina, *María Lejárraga, una mujer en la sombra, op. cit.*

297. De la Mora, C., *Doble esplendor, op. cit.*, p. 536 (prólogo de Jorge Semprún).

298. De la Fuente, Inmaculada, *La roja y la falangista. Dos hermanas en la España del 36, op. cit.*

299. *Ibid.*, p. 309.

300. *Ibid.*, p. 387.

301. Dorao, M., *Los mil sueños de Elena Fortún, op. cit.*

302. Baroja, C., *Recuerdos de una mujer de la Generación del 98, op. cit.*, p. 107.

303. Dorao, M., *Los mil sueños de Elena Fortún, op. cit.*, pp. 184 y 185.

304. *Ibid.*, pp. 336 y 337.

305. *Ibid.*, p. 127.

306. De Palencia, Isabel, *I Must Have Liberty, op. cit.*, pp. 471 y 472.

307. *Ibid.*

308. Mabrey, M. C., *Ernestina de Champourcin, poeta de la Generación del 27, en la oculta senda de la tradición poética femenina,* Torremozas, Madrid, 2007, p. 395.

309. Fernández Urtasun, R., y Ascunce, J. Á. (eds.), *Ernestina de Champourcin; mujer y cultura en el siglo XX, op. cit.*, p. 212.

310. *Ibid.*, p. 213.

311. Mabrey, M. C., *Ernestina de Champourcin, poeta de la Generación del 27, en la oculta senda de la tradición poética femenina, op. cit.*, p. 396.

312. Fernández Urtasun, R., y Ascunce, J. Á. (eds.), *Ernestina de Champourcin; mujer y cultura en el siglo XX, op. cit.*, p. 217.

313. *Ibid.*, p. 218.

314. *Ibid.*, pp. 197-198.

315. *Ibid.*, pp. 229 y 231.

316. Mabrey, M. C., *Ernestina de Champourcin, poeta de la Generación del 27, en la oculta senda de la tradición poética femenina, op. cit.*, pp. 390 y 391.

317. Artículo de Concha Méndez de mayo de 1967, citado en Valender, J., *Una mujer moderna. Concha Méndez en su mundo, op. cit.*, pp. 21 y 22.

318. Neira, Julio, *Manuel Altolaguirre, editor e impresor, op. cit.*, p. 393.

319. Artículo de Concha Méndez de mayo de 1967, citado en

Valender, J., *Una mujer moderna. Concha Méndez en su mundo,* pp. 21 y 22.

320. *Ibid.,* pp. 21 y 22.

321. Rodrigo, Antonina, *Mujeres para la historia. La España silenciada del siglo XX, op. cit.,* p. 107.

322. *Ibid.,* p. 110.

323. *Ibid.,* pp. 113 y 114.

324. León, M. T., *Memorias de la melancolía, op. cit.,* pp. 80-81.

325. *Ibid.,* pp. 97 y 98.

326. Campo Alange, María Laffitte, *La mujer en España: cien años de su historia (1860-1960), op. cit.*

327. Campo Alange, María Laffitte, *Mi atardecer entre dos mundos; recuerdos y cavilaciones,* Planeta, Barcelona, 1983, pp. 41 y 42.

328. *Ibid.,* pp. 62-65.

329. *Ibid.,* p. 120.

330. Emerson, Ralph W., *Ensayos, op. cit.,* p. 433.

331. *Ibid.,* p. 345.

332. Martínez Sierra, M., *Una mujer por caminos de España, op. cit.,* p. 74.

333. Preston, Paul, *op. cit.,* n. 288, p. 209.

334. Giménez Caballero, E.: «El arte y la guerra», *Levante. Órgano de la Falange Española Tradicionalista y de las JONS,* 1939, citado por Shirley Mangini en «El Lyceum Club de Madrid: un refugio feminista en una capital hostil», *art. cit.*

335. *Consejos provinciales de la sección femenina,* FET, Madrid, 1945, pp. 69-70.

336. Citado por José María Maravall en el prólogo al conmovedor libro de María Antonia Iglesias *Maestros de la República,* La Esfera de los Libros, Madrid, 2006, p.19.

337. Maíllo, A., *Educación y Revolución. Los fundamentos de una educación nacional,* Editora Nacional, Madrid, 1943.

338. *Ibid.*

339. *Chicas,* 23-3-1952. Para todo este periodo, debe leerse el delicioso libro de Carmen Martín Gaite *Usos amorosos de la postguerra española, op. cit.,* 1987.

340. *Medina,* 15-11-1942.

341. Morales, M. L., en *Mujeres,* 78, 1944.

342. Juanes, J., en *Medina,* 6-12-42.

343. Morales, M. P., *Letras,* 3, 1950.

344. Primo de Rivera, P., *Medina*, 16-1-44.

345. Richmond, K., *Las mujeres en el fascismo español, op. cit.*, p. 123.

346. Ortega y Gasset, J., «La pedagogía social como programa político», en *Obras completas*, Alianza, 1983, t. I, p. 515.

ÍNDICE ONOMÁSTICO

ÍNDICE